Grundloses Moor

Ulrich Hammer

GRUNDLOSES MOOR

HINSTORFF

Der Ostseekrimi »Grundloses Moor« ist eine fiktive Geschichte. Der Autor, selbst ein begeisterter Geocacher, hat alle Personen, Webportale, Organisationen und Gegebenheiten frei erfunden. Eventuelle Ähnlichkeiten sind daher rein zufällig und nicht beabsichtigt.

Liebe Leserin, lieber Leser, wir freuen uns über Ihre Bewertung im Internet!

Die Deutsche Nationalbibliothek verzeichnet diese Publikation in der Deutschen Nationalbibliografie; detaillierte bibliografische Daten sind im Internet über http://dnb.de abrufbar.

© Hinstorff Verlag GmbH, Rostock 2020

1. Auflage 2020
Herstellung: Hinstorff Verlag GmbH
Lektorat: Henry Gidom
Titelbild: Montage Jürgen Reich (Hintergrund)/Kukuma - cleanpng.com (Hand, Smartphone)
Druck: GGP Media GmbH, Pößneck
Printed in Germany
ISBN 978-3-356-02323-7

Kapitel 1

Der Hack

»Yeah«, hallte es plötzlich durch den Raum, »ich bin drin! Die Säcke, die … Ich hab sie! Dafür krieg ich das Bundesverdienstkreuz!«

Der Aufschrei war aus dem gemeinschaftlich genutzten Wohnzimmer mehrerer Informatikstudenten gekommen. Dort saß Torsten Bentlin zwischen der Zimmerecke und dem Kopfende eines reichlich gebrauchten Sofas, das in seinem Leben schon einiges erlebt zu haben schien. Auf dem Schoß des jungen Mannes stand ein Laptop der Sonderklasse, den er aber günstig bei eBay erstanden hatte. Seine Finger flogen über die Tasten, um den so lang ersehnten Zugang so schnell wie möglich wieder zu schließen. Mit einem zweiten »Yeah«, nicht mehr so impulsiv und laut, sank er erschöpft in die Zimmerecke, schloss die Augen und atmete zweimal tief durch.

Sein Gefühlsausbruch hatte sich über Bande den Weg durch den Flur in die Gemeinschaftsküche gebahnt, in der seine drei Mitbewohner beim Kaffee zusammensaßen.

»Was is' los, Torte!?«, rief einer zurück.

»Ich bin drin!«

»Ich dachte, du bist alleine.«

Lautes pubertäres Gelächter der anderen.

Torsten stand mit dem Laptop in der Hand in der Küchentür, nunmehr aufgeregt flüsternd: »Ich hab den Zugang!

5

Diese Geocaching Profile in Berlin, die GCP. Ich sage euch, das ist ein superfetter Happen. Das ist das große Ding. Die machen Sachen, die sind so dark wie das Netz.«

»Wie bist du reingekommen?«

»Na ja, neulich war ich mal nicht alleine. Hab jemanden kennengelernt. Eine Mail geschrieben, Trojaner, Keylogger gesetzt und dann über VPN. Kein Problem.«

Die anderen schüttelten den Kopf. »Du hättest mit dem Hacken in der zehnten Klasse aufhören sollen, du Spinner! Du bist genauso dark wie die, wenn du bei denen rumrührst.«

»Hört auf!«, gab er hastig zurück. »Da ist richtig was zu holen. Und ich weiß auch schon wie.« Als er das sagte, schweiften seine Gedanken bereits von der Szenerie der Küche ab. Sein Blick verlor sich an der graubraunen Decke des Raumes, die wie die ganze Wohnung schon vor Jahren mit frischer Farbe hätte gestrichen werden müssen. Er ritt mit seiner Vision wie auf einem fliegenden Drachen in eine paradiesische Ferne.

Seine Mitbewohner wollten sich von diesem Virus jedoch keineswegs infizieren lassen und wehrten eine weitere Vertiefung des Themas ab, indem sie ihre Unterhaltung wieder aufnahmen.

Die Studenten-WG lag in der KTV, der Rostocker Kröpeliner-Tor-Vorstadt, Budapester Straße. Eine schon unmittelbar nach dem Mauerfall angesagte Gegend mit Szenekneipen und einem dichten Menschenmix aus allen Studiengängen, die die altehrwürdige Alma mater zu bieten hatte.

Alternative Szenen hatten mit ihrer Schwarmintelligenz aus der geerbten Tristesse ein lebendiges Viertel gemacht.

Torsten Bentlin war ein mittelgroßer, schlanker, schüchterner 21-Jähriger mit dunkelblonden Haaren, der von seiner Wirkung auf Frauen seiner Altersgruppe noch immer nicht wirklich etwas ahnte. Der junge Mann war froh, dass ihm ein Zuzug und damit ein Dazugehören gelungen war. Sein Leben war auch das Leben der Anderen. Was früher fremd war und bespitzelt wurde, bot sich heute unbekümmert feil. Seine Eltern waren im Rostocker Stadtteil Lütten Klein nicht weit weg. Dennoch schickten Sie ihm über unzählige Telefonate die immer gleichen Sorgenpakete, so wie das Eltern eben machen, um zu bewahren, was langsam aber sicher flügge geworden war. Informatik war seine Welt. Hier war der Fakt noch ein Fakt. Hier wurde nichts hineininterpretiert oder spitzfindig ausgelegt, hier war die 1 eine 1 und die 0 eine 0. An dieser durch ihre Einfachheit bestechenden Grundlage hatte sich nie etwas geändert. Fantasien mit einer informationstechnischen Formulierung zu unterlegen, war die Faszination, die ihn in diese Studienrichtung getrieben hatte. Das passte zu ihm. Rostock war für ihn die erste Adresse, als es um die Wahl des Studienortes gegangen war. Nicht nur, weil er hier aufgewachsen war, sondern weil die Fakultät für Informatik und Elektrotechnik ein sehr günstiges Studenten-Professoren-Verhältnis hatte und auch bundesweit einen Spitzenplatz einnahm.

Die WG war für ihn in den zurückliegenden Monaten zu einer zweiten Familie geworden. Er hatte gelernt, wie wichtig die Interaktion mit anderen Studierenden ist. Da er ohne Geschwister aufgewachsen war, musste er sich anfangs überwinden, hatte sich dann aber mehr und mehr geöffnet. Er hatte schnell gelernt, dass das Wohl und Wehe des einen in der WG auch immer jeden anderen Mitbewohner berührte. Das reichte von der Fahrradluftpumpe über den Kochtopf, über schwierige Studienaufgaben, bis zum Einkaufen oder Kranksein.

Kapitel 2

Ulmen-Campus

Torsten Bentlin nahm sich vor, mit der Bahn nach Rügen zu fahren und dort Freunde zu besuchen, die er noch aus der Schulzeit kannte. Deren Eltern besaßen in Sellin ein kleines Ferienhaus, in dem er einige Tage verbringen wollte. Das Wetter war top und er hatte nicht vor, bis zum Wochenende zu warten. Das Semester hatte zwar gerade angefangen und die neue Woche auch, aber er wusste natürlich, wie seine Abwesenheit nicht auffallen würde. Eigentlich war angedacht, seinen WG-Kumpel Bruno mit an die frische Inselluft zu nehmen. Es war früher Nachmittag.

»Ich kann wirklich nicht mit«, krächzte der, »hab voll den Rotz. Fahr allein und mach dir keinen Kopf! Unser Kühlschrank ist ja voll.«

Torsten musste laut lachen. »Dein Elektronenhirn ist doch nur scharf auf einsames Zimmerkino: Fußball, Bier und Chips. Du frisst dich noch mal fett an dem Zeug.«

»Nein, lass den Scheiß! Du weißt, dass es nicht so ist.«

»Na gut, mein Lieber, aber lass meinen Läppi in Ruhe! Der ist für dich tabu.« Er zog sich seine Jacke über, schlüpfte in die Schuhe und raffte sein kleines Handgepäck zusammen, in das er das Nötigste für zwei, drei Tage gepackt hatte. »Ich bin reif für die Insel.« Mit diesen Worten ging er aus der Tür. Diese fiel scheppernd ins Schloss.

Während sein Zimmerkumpel die ersehnte Einsamkeit genoss, schulterte Torsten Bentlin seinen Rucksack und machte sich auf den Weg zur S-Bahn-Station Parkstraße. Nach dem Überqueren der Ulmenstraße lief er quer über den Campus. Die großen Backsteingebäude, die durch ihre perfekten Konturen Symbole unbedingter Langlebigkeit sind, lagen schnell hinter ihm. Dann ging er zwischen den neuen Hörsälen hindurch. Er verzögerte seinen Schritt, denn auf dem Parkplatz 50 Meter vor ihm, unterhalb der Treppe, liefen zwei Männer aufgeregt um einen älteren Kleinwagen herum, aus dessen Motorhaube es qualmte. Der eine hatte einen kleinen Feuerlöscher in der Hand. Torsten näherte sich den beiden nun wieder schneller, um dann bei ihnen stehen zu bleiben. »Na, wo brennt's denn? Kann ich helfen oder haben Sie alles im Griff?«

Einer der Männer wandte ihm zunächst weiterhin den Rücken zu, während der andere sich für die Hilfsbereitschaft bedankte. In diesem Moment der Zuwendung schlug der Erstere, aus einer trainierten schnellen Rechtsdrehung heraus, eine schwere, kantige Rückhand gegen den Hals des Studenten.

Schreckgeweitete, sich langsam leerende Augen, Röcheln, Kontrollverlust, erschlaffende Muskeln, Übermacht einer Armee aus Reflexen, die einem Browser gleich den biologischen Server in ihm abräumte und den Eigenrhythmus des Herzens bis zum endgültigen Stillstand hinwegfegte. Sein schlaffer Körper sank in kräftige Arme. Es war helllichter Tag. Etwa hundert Meter entfernt fuhr in diesem Moment die S-Bahn ein.

Kapitel 3

Falk und Mirko

Bad Doberans Ortsteil Althof galt seit dem späten zwölften Jahrhundert als Ursprung der Christianisierung Mecklenburgs. Das Kloster mit seinem Münster war ein Symbol für die norddeutsche Backsteingotik. Die Geschichte des ersten deutschen Seebades Heiligendamm, die Geologie der Endmoränen zwischen Doberan und Kühlungsborn – all diese Dinge waren Falk und Mirko, einundzwanzig und neunzehn Jahre alte Brüder, nicht gänzlich unbekannt, aber doch sehr fern. Sie gehörten zu denen, die sich als Verlorene sahen. Verlorene, weil sie mit zwölf und zehn aus dem Blick derer verschwunden waren, die sie hätten behüten sollen. Verschwunden, weil all das, was ihre Eltern einst ausmachte, sich über viele Jahre in einer Mischung aus Alkohol und anderen Drogen aufgelöst hatte. Eltern, die sich irgendwann einmal innig geliebt hatten, die aber sich und ihre Kinder ebenso wenig wie ihre Zuneigung hatten bewahren können, deren Lebensgefüge zerbrochen war und die ihre Zerbrechlichkeit an die Kinder weitergegeben hatten. Leben im Heim, Alkohol, immer Stärke demonstrierende Persönlichkeiten, die mit ihrem Willen nie dahin passten, wo sie gerade waren. Konflikte mit jedem und allem, was sie umgab. Die Brüder lebten nicht, sondern zerlebten ihre Zeit. Schulabbruch, Abbruch der Ausbildung, Fahren ohne Führerschein, Körperverletzungen, kleine Diebstähle und irgendwann ein Raub. Jugendstrafen, zunächst auf Bewährung, Bewährungswiderruf, Freiheitsstrafen in Neustrelitz und Bützow. Neues Wir-Gefühl unter strenger Administration. Haftbedingungen boten endlich ein festes Zeitgefüge, was sich aber in Freiheit ebenso auflöste, wie alles, was sie bisher versucht hatten.

Die Mollistraße in Bad Doberan hat einige Nebengassen. Die Schienen der Bahn und die uneben verlegten Gehwegplatten glänzten feucht. Von den Laternen tropfte es. Ein ungemütlicher Herbstwind trieb die kalte Feuchtigkeit durch die Straßen, als müsste er sie beatmen. Es wurde dunkel, Abendbrotzeit für die meisten, die von der Arbeit nach Hause gehetzt waren, die Einkaufsbeutel trugen und Kinderwagen schoben. Die Geschäfte in der Mollistraße und am Kamp gingen ins Finale des Tages. Abendbrotzeit für die, die Familie hatten, die vom Kalten und Ungemütlichen ins Warme konnten. Nicht für solche wie Falk und Mirko, die keinen Tagesrhythmus hatten, auf die keiner wartete, die aber trotzdem da waren, immer, jeden Tag. Nicht für die, die in kleinen Gruppen standen und tranken und deren kehlige Stimmen sich manchmal ins Gehör derer drängten, die mit ihnen lieber nichts zu tun haben wollten. Sie fanden sich auf dem Kamp zusammen, um sich gegen Kälte und fremde Blicke zu schützen, um das bisschen zu halten, was ihnen gemeinsam war.

Am Abend des 22. Oktober rollte die S-Klasse aus Richtung Rostock kommend und hielt sich an die vorgeschriebene Geschwindigkeit, um nicht aufzufallen. Das Fahrwerk schluckte elegant jede Bodenwelle. Am östlichen Ortseingang von Bad Doberan eine Ampelkreuzung, links und rechts Gewerbegebiete. »Da hinten ist eine Tanke, fahr da mal ran!«

Der Wagen bog rechts ab, um gleich wieder links auf das Gelände einer Tankstelle einzuschwenken. Er hielt zwischen den Luftsäulen und der Waschanlage. Der Fahrer und seine zwei Begleiter stemmten ihre trainierten Körper aus dem Wagen, stellten sich zusammen und ließen ihre von einiger Routine getriebenen Augenpaare einen Stadtplan absuchen, den sie auf dem Autodach ausgebreitet hatten. Sie hielten nach einem Gebiet Ausschau, das am ehesten ihrem Vorhaben entgegenkam.

»Warum nehmen wir nicht einfach Google Maps?«

»Damit nicht irgendwann einer auslesen kann, dass ich jetzt und hier auf Google Maps was gesucht habe.« Dann wandte sich der Fahrer wieder dem ausgefalteten Stadtplan zu. »Lass es uns hier versuchen!« Er zeigte auf ein grünes Dreieck, einen Park oder eine Grünanlage, die offenbar von drei Straßen umgeben war. »Es wird hier so sein, wie überall. Die Penner hängen da drinnen irgendwo ab. Keiner sieht sie, schon gar nicht jetzt im Dunkeln. Dort können wir uns bewegen.«

»Du wirst recht haben«, meinte einer der beiden Mitfahrer, »aber wir sollten vielleicht sehen, dass wir an Typen kommen, die dann auch funktionieren. Hab keine Lust, in diesem Kaff Geld in den Sand zu setzen.«

Die Männer setzten sich in Bewegung, fuhren die B 105 bis zum Alexandrinenplatz und bogen nach rechts in Richtung Kamp. Sie rollten langsam durch die August-Bebel-Straße, dann nach links in die Severinstraße.

»Die haben sogar ein Kino hier. Scheiße, da sitzen noch welche am Bier. Lass uns weiter rum fahren, da sind nur noch Geschäfte. Bieg da vorne wieder links ab! An der Apotheke vorbei und dann hältst du!«

»Da, seht ihr?« Der Fahrer deutete auf zwei dunkle Gestalten. »Die an dem Pavillon da. Ich gehe von der Westseite rein«, bestimmte er, »und ihr beiden kommt mir entgegen. Wir nehmen sie zwischen uns. Haltet erst mal Abstand, das Übliche dann auf mein Zeichen.«

Sie verteilten sich wie besprochen, kreisten das Innere der Parkanlage ein und bemerkten schon nach wenigen Metern zwei Männer, die sich lautstark unterhielten. Die Stimmen kamen von einem schwach beleuchteten, roten Pavillon. Die Männer standen unter dem Dachüberstand und sprachen relativ sauber, zumindest nicht sinnlos betrunken. Als sich die Kontur des Fahrers im Gegenlicht der Straßenlampen abzeichnete, drehten sie sich zu ihm und verstummten.

»Alles okay, kein Stress!«, bemühte der sich in lässigem Ton. »Brauche zwei verlässliche Leute, viel Geld für wenig Arbeit.«

»Was soll das? Wir sind hier am Schluck aber nicht bescheuert. Verpiss dich, Locke!«

»Zweitausend auf die Hand. 500 gleich, den Rest danach.«

Stille. Die Angesprochenen waren verunsichert. Sie sahen sich scheu um. Niemand in der Nähe, der etwas mitbekommen würde. Das klang zu direkt und zu gewaltig, als dass sie ein neues »Verpiss dich!« ausgerufen hätten. Das war einfach zu viel und gleichzeitig unglaublich, weil noch nie so gehört.

»Wer bist du?«, traute sich Mirko die breitschultrige Gestalt vor ihm zu fragen.

»Nicht das Arbeitsamt«, entgegnete diese.

»Wer dann?«

»Wer will das wissen?«

»Wir beide!«

»Ich bin der, den ihr nach dem Job vergessen dürft, aber erst dann. Vorher überzeugt ihr mich, dass ich die Richtigen gefunden habe.«

»Warum suchst du deine Leute im Dunkeln?«

»Ganz einfach …« hörten Falk und Mirko ihr Gegenüber noch sagen, als dieser ein Handzeichen gab und sich aus dem Nichts hinter ihnen zwei weitere Gestalten lösten, die die beiden ahnungslosen Kleinstadtganoven mit katzengleicher Gewandtheit und trainierten Griffen und Hebeln nach hinten rissen, sodass sie mit einem dumpfem Rums zu liegen kamen. Die Angreifer knieten jeweils neben dem Brustkorb und pressten ihn mit Schenkeldruck zusammen, ihre Unterschenkel lagen über den gespreizten Beinen der Überwältigten, man hielt ihnen den Mund zu, riss die Oberbekleidung auf, tastete die Jackeninnen- und die Taschen der Hosen ab und fingerte mit geübten Bewegungen die Geldbörsen heraus. Nachdem das Gesuchte zur Inspektion nach oben gereicht worden war, lockerte man die Griffe.

An Gegenwehr war überhaupt nicht zu denken. Zum einen waren die zwei Brüder keine routinierten Straßenkämpfer, zum anderen ließen die körperliche Dominanz der Angreifer und das Überraschungsmoment sowie die eigene Alkoholisierung keinen derartigen Gedanken zu. Als man die bis eben zugepressten Münder wieder freigab, keuchten diese ihre Angst, ihren Schmerz und ihren Schock heraus und ihre Gehirne veranlassten, dass die eingetretene Sauerstoffschuld nachgeatmet wurde. Sie lagen völlig wehrlos auf dem Sand eines Weges, den Stadtplaner sorgfältig durch eine Grünanlage hatten legen lassen und auf dem morgen wieder Mütter ihre Kinderwagen schieben würden. Aber jetzt lief noch das Kontrastprogramm, von dem niemand in der näheren Umgebung etwas mitbekam, weil es bereits dunkel war.

»Nun habt ihr die Antwort. Die Fragen stellen wir, denn wir müssen wissen, ob unser Geld gut angelegt ist und der Gegenwert auch geliefert wird.« Dabei leuchtete er mit einer Taschenlampe auf die Ausweispapiere. »Ihr seid also Falk und Mirko?« Dann steckte er die Papiere ein.

Beide wurden an ihren Jacken wieder nach oben gezerrt und auf die Füße gestellt. Sie sagten nichts und warteten ergeben auf den Fortgang der Aktion.

»Hört zu, wenn ihr das könnt! Wir behalten eure Papiere, bis der Job erledigt ist. Was ihr zu tun habt? Hier steht alles drin.« Er reichte den beiden einen Briefumschlag, den er aus der Brusttasche seines edlen, aber sportlich wirkenden Jacketts gezogen hatte. »Darin findet ihr die Anzahlung. Wir wissen jetzt, wo ihr wohnt. Wenn ihr euch mit der Anzahlung verpissen wollt oder rumquatscht, wird's euch nicht mehr lange geben. Eure scheiß Assi-Bude wird zusammen mit euch in Rauch aufgehen. Unfall beim Zigarettenrauchen, oder so. Denkt nicht daran, uns anzuscheißen! Wir behalten euch im Blick.«

Daraufhin entfernten sich die drei Männer ins Dunkel der kleinen Parkanlage und ließen die Brüder völlig überrumpelt und eingeschüchtert zurück.

»Das war ja eine nette Überraschung.« Mit diesen alkoholbedingt etwas vernuschelten Worten rappelte sich Mirko als Erster auf und klopfte sich den Staub von den Sachen.

Dann erhob sich Falk, um sich an einen der großen Bäume zu lehnen. Vielmehr sackte er in sich zusammen und nestelte den Briefumschlag hervor. »Was wollen die Säcke?«, fragte er in die Dunkelheit.

»Weiß ich doch nicht«, antwortete Mirko, wobei seine Stimme fast weinerlich klang. »Die haben uns am Haken, Mann«, rief er aus. »Fleppen weg, Perso weg – Scheiße! Ich will so etwas nicht!«

Falk nahm 500 Euro und ein Blatt Papier aus dem Umschlag. Er las im Flackerlicht seines Feuerzeuges vor: »*Treffpunkt Dienstag, 23 Uhr, Walkenhagen.*«

»Walkenhagen? Wo is dat denn?«, rief Mirko.

»Bei der Jet-Tankstelle, die Straße raus, wo die Abwasseranlage is.«

»Hört sich doch an wie 'n Dorf.«

»Dat is keen Dorf, dat is een Teil von Doberan, Mann.«

»Die Dörfer heißen hier doch alle so: Nienhagen, Admannshagen, Bargeshagen …«

»Halt die Klappe, Mann!«, fiel ihm Falk in seine Aufzählung. »Walkenhagen is da, wo ich gesagt hab, wo auch früher die alte Chemiefabrik war.«

»Bist du hier auf einmal der Geschichtsprofessor, du Penner?« Mirko riss ihm den Zettel aus der Hand und drehte und wendete ihn. »Dienstag? Dat is morgen?! Wat soll der Scheiß?«

»Die werden uns nich' fürs Hinfahren 2 000 Euro bezahlen. Wir sollen da irgendwat machen, jedenfalls irgendwat, wat die nich' selber machen wollen.«

»Und wenn wir da einfach nich' hingehen?«, fragte Falk.

»Mann, die ziehen uns hoch, die machen uns alle, wir müssen da hin, sonst is dein und mein beschissenes Leben vorbei!«

»Eben, beschissen ist sowieso allet, da kommt's nich' mehr drauf an.«

»Vergiss es, Junge! Wir gehen da erst mal hin, wir beide, und dann können wir vielleicht immer noch sehen, wat geht.«

Mit dieser bescheidenen Aussicht, dass vielleicht doch noch etwas gehen würde, trollten sich die beiden Richtung Kammerhof in ihre Wohnung. Auf dem kurzen Weg schwieg jeder vor sich hin.

Kapitel 4

Kammerhof

Falk und Mirko versuchten, sich klar im Kopf zu machen und begossen ein ums andere Mal ihre Gesichter mit kaltem Wasser.

»So sauber hast du lange nich' ausgesehen«, krakeelte Mirko. »Vielleicht noch die Krawatte um den Hals?«

»Ich dreh dir deinen Hals gleich um, du Knaller. Lass den Schlips in Ruhe. Der soll noch von unserm Alten sein.«

»Mir doch egal«, nölte Mirko zurück und schleuderte das seidige Band mit dem altmodischen Karomuster Richtung Fenster, wo es auf dem Heizkörperventil hängen blieb.

Das sogenannte Wohnzimmer war übersät mit leeren Flaschen, Konservendosen, aus denen lediglich schmutzige Löffel ragten, und angeschimmelten Essensresten auf verdreckten Tellern. Auf dem Couchtisch korrespondierte ein überfüllter Aschenbecher mit zwei braunschwarz verfärbten Kaffeetassen. Zwischen Radio, Fernseher und Steckdose neben der Tür hingen girlandenartig Elektrokabel. Die Tapeten, die Vorhänge, die Lampenschale über dem Tisch waren vom Zigarettenrauch vergilbt.

»Komm jetzt, ich will los«, herrschte Mirko seinen Bruder an.

»Wir ham noch Zeit, Mann. Das schaffen wir dicke.«

Beide nahmen noch ein paar kräftige Schlucke Bier, zogen die Wohnungstür leise zu und tappten vorsichtig die Treppen hinunter, als wäre dies schon der erste Teil der zu erledigenden Aufgabe, die sie noch nicht kannten. Sie überquerten die Nienhäger Chaussee, gingen Richtung Thünenhof und dann vor zur Randstraße. Nun blieben nur noch einige hundert Meter, bis links die Kläranlage in Sicht kam.

»Walkenhagen is ungenau«, sagte Falk. »Dat kann sonst wo hier sein.«

»Lass gut sein«, entgegnete Mirko. Er schaute auf die Uhr: zehn vor elf.

»Wir stehen jetzt ziemlich im Dunkeln. Da vorne wird es heller. Wir können im Moment besser sehen als die«, analysierte Falk.

»Wieso dat denn? Wenn's bei denen heller is, können die doch besser gucken!«

»Setzen, fünf!«, fuhr Falk fort. »Die gucken vom Hellen ins Dunkel schlechter als wir umgekehrt.«

»An dir is irgendwas verloren gegangen«, stellte Mirko anerkennend fest.

Beide gingen langsam weiter und näherten sich der Kurve vor dem Anstieg zur Jet-Tankstelle und zum Fahrradladen. Vor Beginn der bewachsenen Lärmschutzwand blendete plötzlich von rechts ein Scheinwerferpaar die Brüder, die wie angewurzelt stehen blieben. Der Wagen stand auf dem schmalen Anliegerweg und war durch den Blendeffekt nicht auszumachen. Die Kontur eines großen, kräftigen Mannes schob sich in den Lichtkegel. Falk und Mirko waren erleuchtet, als ob sie die Hauptrolle in einem Theaterstück spielen sollten, und rührten sich nicht. Die Sprechrolle übernahm ihr Gegenüber. »Okay, ihr seid pünktlich gekommen. Nun könnt ihr wieder gehen!«

Die beiden schauten sich fragend an.

»Wir wollten nur sehen, ob ihr funktioniert. Morgen das Gleiche, dann aber keine Übung.«

»Wieder hier?«, fragte Falk scheu.

»Sagte ich doch, das Gleiche.« Damit stieg der unheimliche Geselle zurück in den Wagen. Der rollte langsam vor zur Straße, bog nach rechts und verschwand.

Die beiden standen wie begossene Pudel und ratlos wie bestellt und nicht abgeholt nebeneinander. Falk erlangte zuerst seine Fassung zurück. »Dat is wat Ernstes, du. Dat is viel Geld für wat Großes. Dat machen wir. So eine Gelegenheit würde sich keener entgehen lassen. Dat is dat ganz große Geschäft und wir sind dabei«, monologisierte er vor sich hin, dabei andächtig den Blick zu den Sternen gehoben.

»Du machst mir Angst.« Mirko musterte seinen Bruder scheu.

Kapitel 5

Grundloses Moor

Feiner Niesel perlte von den Dächern der verschlafenen Kleinstadt, die, umgeben von Feld und Wald, Fremde ins Schwärmen brachte und Einheimische all das Schöne nicht mehr sehen ließ, weil es sie täglich umgab. Dazu die Ostseenähe. Heiligendamm, Kühlungsborn und Rostock waren auch nicht weit. So hatte Bad Doberan nach dem Mauerfall punkten und sich wenigstens zu bestimmten Tageszeiten eine gewisse Quirligkeit bewahren können. Mit ihrem Einkommen auszukommen, war für viele hier dennoch eine Herausforderung.

Die Herbstnebel legten sich schwer wie eine Schleppe auf alles, was menschlichen Ursprungs war. Hannes Köster stemmte sich gegen den großen Trend, wegzugehen. Die wenigen noch über die Schulzeit mit dem Ort verbundenen Jugendlichen waren sich zumeist einig, dass ihre Zukunft eine andere Überschrift bekommen sollte. Waren es die Eltern und Großeltern, die ihn seit Kindertagen umsorgten, oder hielt ihn das Vertraute in seiner Umgebung? Oder eben alles zusammen? Wie immer gab es auf schwere Fragen keine leichten Antworten. Vielleicht hatte auch der Tischlermeister, der mit seinem Vater gut bekannt war, den Ausschlag gegeben. Hannes hatte sich entschieden, zu bleiben und eine Tischlerlehre zu beginnen. Die Fahrten zur zwanzig Kilometer entfernten

Berufsschule »in die Stadt«, wie man sagte, würden ohnehin viel Neues bringen. Das würde ihm als erste vorsichtige Loslösung von zu Hause genügen. Und bisher ging diese Rechnung auf. Sein Lebensrhythmus brachte ihm zwar keine Sensationen, aber dafür auch keine Entfremdung von dem, was ihn so viele Jahre umgeben und geprägt hatte.

Der heutige Tag schien ihm ideal. Die Eltern waren für eine Woche zu einer Städtereise in die Eifel gefahren, sollten aber morgen wieder zu Hause eintreffen. Der Nachmittag frei. Er war allein und niemand würde ihn etwas fragen, worauf er nicht antworten wollte. Gegen die Feuchte des herbstlichen Tages halfen eine dunkle Regenjacke mit Kapuze und wasserdichte Schuhe, die er sich vom ersten selbst verdienten Geld geleistet hatte. Wer billig kauft, kauft zweimal. Diese und andere Lebensregeln waren tief eingeprägt. So legte er Wert auf gutes Zeug, was dann eben zu pflegen und zu hegen war. Er nahm sich eine Taschenlampe, unnötig zu erwähnen, dass es ein Markenprodukt war, griff sich das Smartphone, ging zur Tür, steckte dabei seinen Schlüsselbund in die linke Hosentasche und machte auf dem Absatz kehrt, um noch einen Kugelschreiber zu fassen, der auf dem Schränkchen im Flur herumlag. Nun hatte er alles, stieg auf sein Fahrrad und fuhr zum Alexandrinenplatz, von dort Richtung Bahnhof, über die Eisenbahnschienen den Berg zum Moorbad hoch, weiter bis Hohenfelde und dann rechts Richtung Retschow. Die Tour war ihm willkommen, eine schöne Trainingsrunde, denn der Radweg und die Straße stiegen immer leicht an und seine von Holzstaub gemarterten Lungen freuten sich über Frischluft. Hinter Hohenfelde wurde es einsam, die Straße schmal und gewunden, zum Teil wie ein Hohlweg, der oben angekommen, mit einem weiten Blick übers Land belohnte. Sein Ziel war das Grundlose Moor. Viele wussten nichts von seiner Existenz, von diesem einzigartigen Biotop, gleich rechts in einer von Hochwald umgebenen Senke. Kurz hinter der Waldkante rechts ein abgehender Weg. Die Zufahrt durch eine Schranke versperrt. Er winkelte sich und sein Fahrrad an der Schranke vorbei, schob noch ein paar Meter, entschied sich dann aber, das Gefährt abzustellen. Mehrere Bäume, die ein von Nordwest eindrückender Sturm irgendwann umgestürzt hatte, zwangen ihn durch das angrenzende Dickicht. Ein Weiterfahren war unmöglich. Hannes Köster bog Gesträuch zur Seite, stieg über Stämme und kämpfte sich zurück auf den in die Senke hinunterführenden Weg. Es ging steil bergab. Auf dem Uferweg des Grundlosen Moores angekommen, lief er nach links. Das nasskalte Wetter ließ seine Konturen schnell mit denen des Baumbestandes verschmelzen. Der Boden war schwer und weich, mit Laub bedeckt. Die guten Schuhe taten ihren Dienst. Ein mäßiger Wind wogte durch die Baumwipfel, die sich synchron und in bäumischer Einigkeit bewegten. Ein auf- und abschwellendes Rauschen nahm Besitz von ihm. So brachte es zugleich meditative Ruhe und ein unheimliches Gefühl. Hannes Köster lief einer Richtung nach, die ihm das Display seines Smartphones vorgab. *Noch 170 Meter. 150. 120.* Wie ein Countdown war die Annäherung an das Ziel programmiert. *Noch zehn Meter.* Hannes drehte sich und war nur umfangen von dem Grau des Waldes und dessen Stimmen. Ach ja, der Hinweis. Er tickerte sich zurück zur Beschreibung des Zieles und decryptierte ihn. *Willst Du es erblicken, krümm den Rücken!* Damit war klar, dass er nicht an den Baumstämmen hinauf suchen musste, sondern am Boden. Die abzulaufende Luftlinie war zu einem Punkt geschrumpft. Hier musste es irgendwo sein. Er ging vorsichtig einige Meter nach links, hockte sich in das Unterholz und ließ seinen Blick schweifen. Neben einem schon lange liegenden, vergessenen Baum, dessen Wurzelteller hoch aufragte und dessen Stamm zahllose Käferwohnungen wie in einer Reihenhaussiedlung bot, lagen zwei zum Teil von Laub bedeckte Brettchen, wie sorgsam nebeneinander gelegt. Das war kein Zufall.

Er wollte sie soeben anheben, als das Unterholz hinter ihm knackte und das Laub mit seinem Rascheln eiligen Schritten nachgab. Es war zu spät. Als er sich den Geräuschen zuwandte, spürte er schon einen dumpfen Schlag, der seinen Hals von vorn traf und seine Sinne auf eine ferne Reise schickte, die im Dunkel endete. Die in der Überraschung verdrehte Körperhaltung verlor ihre Spannung. Sein Körper erschlaffte und schmiegte sich an den Waldboden. Die Schritte einer Person, deren Annäherung er zu spät bemerkt hatte, entfernten sich von seinem Körper ebenso wie das Leben. Sie hatten es ihm genommen, ansatzlos, respektlos. Wie viel von unserem Leben wird darauf verwendet, neues Leben zu geben und zu bewahren? Wie viel Menschsein ist nötig, um einen Menschen zu formen? All das wie wegradiert, ausgeknipst. Jahre voller Hingebung, Liebe und Sorge gegen einen Schlag, nicht länger als ein Mausklick.

Kapitel 6

BRB im Einsatz

Doktor Karsten Brandenburg, seine Freunde und Kollegen nannten ihn einfach »BRB«, war im dreißigsten Dienstjahr Rechtsmediziner und nicht mehr so aufgeregt wie in den frühen Achtzigern, wenn es zu einem Einsatz ging: an einen Tatort, zur Polizeidienststelle oder in ein Krankenhaus. Er hatte es nie bereut, Rechtsmediziner geworden zu sein. Er hatte sich mit seinem Beruf identifiziert. Das war seine Hingabe, seine Erschöpfung und sein Quell. Am Beginn erlebte er Rechtsmedizin jedoch wie eine Invasion, die sein Innerstes erreichte. Sie schlug wie eine Brandung der schrecklichsten Bilder und Gerüche gegen einen viel zu weichen Wall seiner bis dato behüteten Biologie. Er hatte mal eine Famulatur in der Gerichtsmedizin gemacht, wie es damals hieß. Die Siebziger- und Achtzigerjahre waren noch keine Hochglanzzeiten. Die Laborarbeit wurde oft von Idealismus und Improvisationsgabe getragen. Heute gibt es alles fertig. Gebrauchslösungen müssen nicht erst zusammenpipettiert werden. Einmalbestecke und computergesteuerte Analytik gestalten die Arbeit effizienter. Damals wurde die Musik sozusagen noch von Hand gemacht. Im Sektionssaal ganz ähnlich. Es gab ein Sektionsteam, vormittags in Rostock und nachmittags auf Außentour nach Teterow, Güstrow, Wismar, Grevesmühlen, Schönberg. Ihm gefiel das

Wir-Gefühl dieser Truppe, das Praktische, das Handfeste. Dazu kam der Mix aus Morphologie, Toxikologie, Genetik, Psychiatrie, Tatortarbeit und Gerichtsverhandlungen. Die Jahre brachten ihm eine Balance in einer fein austarierten Distanz zwischen der nötigen Nähe, um arbeiten zu können, und der nötigen Ferne, um nichts mit nach Hause zu nehmen. Diese Balance zu halten, war eine immer neu zu erbringende Leistung. Bei jedem Fall war es anders, mal fiel es leichter, mal schwerer. Mal ging es an die »Substanz«, mal gewann er auch dazu und verpackte sich einen Erfolg so, dass er von ihm zehren konnte.

Brandenburg war soeben nach Hause gekommen, nach Bad Doberan, und wollte sich eigentlich um Haus und Hof kümmern. Winterreifen, Frostschutz, Außenwasserhahn ablassen, Hecke schneiden, all solche Sachen, die man im Spätherbst auf der Agenda hatte. Da klingelte das Telefon. Während er seinen linken Arm in seine Dienstklamotten fädelte, diente der rechte zum Telefonieren, zum schnellen Zurechtlegen eines Bissens und eines Schluckes Kaffee, den er sich gerade gebrüht hatte. Türkisch und »schwarz wie meine Seele« bestellte er ihn sonst. Sein Dienstkoffer stand schon im Auto bereit und er war es nach wenigen Minuten auch.

Er fuhr, wie ihm am Telefon beschrieben, von Bad Doberan über Hohenfelde in Richtung Retschow. Ziel war der östliche Uferweg des Grundlosen Moores, wie Brandenburg wusste, ein Verlandungsmoor, welches in der letzten Eiszeit entstanden war. Kurz hinter Hohenfelde löste sich im Scheinwerferlicht eine Gestalt mit reflektierender Warnweste und erhobener Kelle vom Fahrbahnrand. Er hielt und öffnete die Seitenscheibe.

»Polizeiobermeister Katuschewski. Doktor Brandenburg?«

»Yep.«

»Der Ereignisort ist schlecht zu finden. Ich fahre vor, folgen Sie mir bitte!«

»Yep.«

An der Kreuzung, links die Straße nach Ivendorf, ging es rechts auf einen welligen, ausgefahrenen Waldweg, der die Federwege seines höhergelegten Allradlers langsam ausreizte. Der Polizist stoppte. »Von hier sind's 200 Meter Uferweg. Sehen Sie da hinten die Lichter? Haben Sie eine Lampe dabei?«

»Yep.« Dieses etwas kesse »Yep« hatte er von seiner ältesten Enkelin, die langsam aber sicher einen eigenen Kommunikationsstil entwickelte, dessen flinke Frische er liebte. Brandenburg stieg aus. Jacke zu, Mütze, Handschuhe, Dienstkoffer, und dann stiefelte er über den laubbedeckten Weg und traf an einer Absperrung auf eine Gruppe Kriminaltechniker in weißen Overalls. Er notierte sich die Ankunftszeit: *18:45 Uhr.*

»Moin, Doc«, rief einer aus dem Dunkel, »immer die Gleichen.«

Gelächter aus dem Umkreis. Lichtkegel aus irgendwelchen Funzeln huschten durch den Wald. Nasse Kälte kroch schon jetzt in die Socken und versprach, es sich dort gut gehen zu lassen.

»Wie weit seid ihr?«, rief Brandenburg in die Runde. »Was liegt an?«

Einer der Männer outete sich als Untersuchungsführer und fasste den bisherigen Kenntnisstand zusammen. »Heute gegen 16:20 Uhr haben Pilzsammler etwas gefunden, was nicht in den Korb passte.«

Wieder Gelächter. Man hatte sich einen Jargon angewöhnt, der nicht für jedes Ohr bestimmt war. Brandenburg kannte das. Es war für ihn in Ordnung. Das gab es in jeder Berufsgruppe und jeder wusste natürlich, dass man sich offiziell und gar im Kontakt mit Angehörigen oder im Termin anders ausdrücken würde.

Der Kriminalbeamte fuhr fort: »Von der Straße aus gibt es zwei Zuwege. Den einen sind wir alle eben gekommen. Der andere geht weiter oben hinter der Waldkante von der Straße ab. Da steht ein scheinbar herrenloses Fahrrad. Die Pilzsammler haben uns darauf hingewiesen, sonst wäre das nicht aufgefallen, ist von hier nicht einsehbar. Wenn sich in der nächsten Stunde keiner findet und das hier ein Tatort werden sollte, machen wir aus dem Fahrrad eine Spur, kleben das ab und nehmen es mit. Von hier aus gesehen, gleich rechts neben dem Weg, dicht bei einem entwurzelten Baum liegt eine männliche Leiche im Unterholz. Zwischen dem Körper und dem Moorgebiet verläuft der Uferweg. Die Körperhaltung etwas verdreht, fast wie eine stabile Seitenlage. Der Oberköper liegt auf der rechten Seite, der rechte Arm darunter nach hinten gestreckt. Die Knie- und Hüftgelenke leicht angewinkelt, dabei das rechte Bein stärker und unter dem linken Bein nach vorn ragend. Die Kleidung witterungsgerecht, kaum verschmutzt. Es sieht nicht so aus, als wäre er im Moor gewesen. Kein Schaumpilz. Die Kapuze der dunklen Regenjacke nach hinten geschoben, mit Antragungen wie von Blut. Bluttypische Anhaftungen auch am behaarten Hinterkopf und am feuchten Laub darunter.«

»Ist die Identität klar?«

»Noch nicht. Wir haben noch nichts verändert. Bisher ist das nähere Umfeld fotografiert. Der Notarzt war hier, den haben die gleich gerufen und der hat den Tod festgestellt, aber keine eigentliche Leichenschau durchgeführt, weil es sich offenbar um einen gewaltsamen Tod handelt. Irgendwas am Hals. Dann wurden wir informiert und dann Sie. Mehr ist noch nicht gelaufen.«

»Okay«, entgegnete Brandenburg, »kann ich ran?«

»Im Prinzip schon, wir haben überlegt, ob wir mehr Licht holen sollen?«

»Die Taschenlampen sollten erst mal reichen. Ich gehe davon aus, dass der Auffindungsort ohnehin bei Tageslicht noch einmal aufgearbeitet wird?«

»Ja, anders geht's nicht.«

»Wir machen jetzt gemeinsam die Leichenschau und entscheiden, was weiter hier und was morgen im Sektionssaal gemacht werden sollte.«

Doktor Brandenburg steckte mittlerweile in einem Overall mit Kopfschutz und streifte sich Gummihandschuhe über. Er näherte sich dem Leichnam auf einer deutlich heruntergetrampelten Route, die von Kriminaltechnikern freigegeben war. Zunächst versuchte er, vorsichtig die Ellenbogen- und die Kniegelenke des Toten zu bewegen, um sich schon jetzt einen Eindruck von der Leichenstarre zu verschaffen. Die war nur mittelgradig ausgeprägt, sodass die Arme und Beine nach kräftigem Druck nicht komplett in ihre Winkelstellung zurückfederten. Er drehte den Leichnam auf den Rücken und begann, die Oberbekleidung zu öffnen, ohne sie zu beschädigen. In der linken Innentasche der Jacke fand sich eine Geldbörse, darin zum Glück ein Personalausweis. Ein schneller Lichtbildvergleich ließ keine Zweifel aufkommen. Man konnte davon ausgehen, dass es sich bei dem Verstorbenen um einen Hannes Köster aus Bad Doberan handelte. Somit war die Identität geklärt. Das war ja schon mal was. Der Untersuchungsumfang bei unbekannten Toten war erfahrungsgemäß sehr groß. Nun würden die Ermittler natürlich schneller vorankommen.

Wie schwer es sein musste, Angehörigen mit dem nötigen Feingefühl zu sagen, dass etwas passiert war. Er mochte nicht in die Rolle desjenigen schlüpfen, dem das zukam. Das Rauschen des Windes und der Ruf eines Waldkauzes verdrängten diese Gedanken und riefen ihn zurück. Er öffnete alle Kleidungsstücke so, dass die Körperoberfläche und die Körperöffnungen einsehbar waren. Die Kriminaltechniker leuchteten ihm und dokumentierten den Fortgang der Untersuchung. Brandenburgs Rücken schmerzte bald, weil er seine gebückte Haltung beibehalten musste. Die Totenflecke in den tiefliegenden Körperabschnitten waren lagegerecht ausgeprägt und auf mittleren Fingerkuppendruck abblassend. Er fluchte kurz auf, als der rechte Gummihandschuh an einem Zweig hängen blieb und zerriss. Er bat um einen neuen und begann Kösters Kopf zu inspizieren. Kräftiges Betasten der Schädeldachknochen ergaben keine widernatürliche Beweglichkeit. Auch das Gesicht wirkte intakt, die Haut unverletzt. Die Augenbindehäute rechts mit etwas vermehrter Blutgefäßzeichnung. Keine Einblutungen. Die Schleimhaut des Mundvorhofes und der Wangen ohne Einblutungen, insbesondere entlang der Zahnreihen. Die Zähne fest. Das Lippenbändchen intakt. In der Mundhöhle wenig blutiger Schaum. Sonst keine ortsfremden Inhalte. Die Ohrmuscheln intakt. Die Gehörgangsöffnungen frei. Die Halswirbelsäule fest, die Halshaut vorn jedoch mit unregelmäßig geformten Hautverfärbungen. Auffällig auch, dass die Konturen des Kehlkopfes weich eindrückbar waren. Das Kehlkopfskelett, soweit unter diesen Bedingungen beurteilbar, wirkte mobilisiert. Alle anderen Körperabschnitte unauffällig, insbesondere die Handflächen, Handrückseiten, Fingernagelkanten und Unterarmstreckseiten ohne Verletzungen. Messung der Körperkerntemperatur: 31 Grad Celsius, Umgebungstemperatur: zehn Grad Celsius, Messzeit: 24. Oktober, 19 Uhr.»Mehr möchte ich jetzt hier nicht machen. Die Todesursache kann mit der nötigen Sicherheit erst im Ergebnis der Obduktion bestimmt werden. Es sieht so aus, als ob es eine massive stumpfe Gewalt gegen den Hals von vorn gab. Der Kehlkopf ist weich, vielleicht gebrochen. Das müssen wir präparieren. Die Halshaut ist verletzt. Wenn wir morgen obduzieren, wird sie dort mehr eingetrocknet und kontrastreicher verfärbt sein, wo Hautschichten verletzt wurden. Die Hautbefunde sind dann bestimmt deutlicher ausgeprägt. Kein Anhalt für andere Arten von Gewalt. Kein Anhalt für Gegenwehr. Das muss sehr schnell gegangen sein. Die Kleidung ist weitgehend sauber und intakt. Sieht nach Fremdeinwirkung aus. Mir fällt nicht ein, wie er sich die Verletzungen anders zugezogen haben sollte. Ich würde das Ganze hier zu einem Tatort machen. Als Tatwerkzeug kommt ein schwerer Gegenstand infrage. Ein Knüppel vielleicht; möglich wäre aber auch ein Schlag oder ein Tritt. Falls Haut auf Haut getroffen sein sollte, wäre eine wechselseitige Behaftung mit Fremd-DNA zu erwarten. Einen Blutverlust nach außen sehe ich nicht. Irgendwer hat doch vorhin was von Blut am Kopf und am Laub erzählt?«

»Ja … nee, das war nur so ein Gedanke vom Notarzt.«

»Der hat ihn sich doch gar nicht gründlich angesehen«, entgegnete einer der Männer.

»Der muss die Befunde am Hals gesehen haben«, sagte Brandenburg. »Wie käme er sonst auf einen gewaltsamen Tod. Dazu muss er schon dicht herangegangen sein, sonst wäre ihm das nicht aufgefallen. Also ganz so schlecht war der nicht! Habt ihr sonst noch was gefunden?«

»Nein, noch nicht, wir haben aber auch bei der Dunkelheit noch nicht alles gründlich absuchen können. Machen wir morgen. Die Zuwege werden bis dahin gesperrt. Außerdem sollen die Hunde ran. Wir haben keine Zeugen.«

»Habt ihr den Bestatter informiert?«

»Der ist unterwegs.«

»Den Totenschein schreibe ich morgen im Saal«, rief Brandenburg. »Die Todeszeitschätzung auch morgen, wenn ich ihn gewogen habe. Das wird wohl so der frühe Nachmittag gewesen sein. Lasst uns aber jetzt und nicht erst morgen Abriebe von der Halshaut für molekulargenetische Untersuchungen anfertigen und die Fingernagelkanten nicht vergessen. Das muss jetzt. Und noch eins«, rief er dem Kriminaltechniker zu, »wenn ihr die Hände eintütet, bitte keine Plastiktüten, sondern Papier, damit die nicht schwitzen!«

»Alles klar, Doc.« Sie würden die Hände ohnehin gleich hier abkleben, damit auf dem Transport keine Spuren verloren gingen.

Brandenburg legte den Verstorbenen vorsichtig in seine ursprüngliche Lage zurück, als neben der rechten Hand ein flacher Gegenstand das Lampenlicht reflektierte. »Stopp mal, ich hab hier noch etwas! Bitte ein Foto. Er wies auf eine silbrig glänzende, kantige Kontur. Der Kriminaltechniker stellte eine Nummer daneben, fotografierte und Brandenburg strich das Laub vorsichtig zur Seite. »Ein Smartphone, scheinbar nicht beschädigt. Hätten wir fast nicht gesehen. Habt ihr eine Tüte? Dann her damit und rein damit!«

Brandenburg erhob sich, klappte seinen Dienstkoffer zu und stelzte vorsichtig aus dem sensiblen, inneren Bereich des Tatortes. Dann drehte er sich um: »Ach, noch etwas, meine Herren« und erinnerte an Columbo, dem auch immer noch eine letzte Frage einfiel. »Wie bezeichnet ihr den Auffindungsort? Ich brauche für die Todesbescheinigung eine genaue Ortsangabe. Einfach nur ›Grundloses Moor‹ reicht nicht.« Da fiel ihm ein, das er sich selbst helfen konnte. Er zückte sein Smartphone, ging zum Leichnam zurück und ließ sich die Geokoordinaten des Auffindungsortes anzeigen. »Danke, hat sich erledigt.«

Die Kriminaltechniker verabredeten dann das Prozedere für den kommenden Vormittag. Man würde sich aufteilen müssen. Zwei Leute in den Saal, der Rest in den Wald.

Brandenburg verabschiedete sich, bekam einen freundlichen Wink und dann ging er vorsichtig zurück zu seinem Auto. Der schwarze Wagen hob sich kaum vom Dunkel des Waldes ab, sodass er Mühe hatte, ihn zu sichten. Dort angekommen wurde er schon wieder von der eigenen und scheinbar unbeirrbaren Atmosphäre des Waldes eingefangen. Er stieg schnell ein und mit dem Zuklappen der Tür und dem Einschalten des Radios war diese Stimmung abgeschnitten.

Von der Straße näherten sich Scheinwerfer in unruhigen Bewegungen. Die Bestattungsfirma navigierte sich den Waldweg entlang. Er würde ihnen noch kurz Bescheid geben, dass der Verstorbene am nächsten Vormittag gegen neun Uhr im Institut sein sollte.

Brandenburg steuerte in Gedanken versunken seinen Wagen nach Hause. Wenig später empfing ihn die wohlige Wärme seines Hauses. Seine Ehefrau Anna war zu einer Freundin gefahren, die Kinder längst aus dem Haus, sodass er mit den Eindrücken vom Tatort allein war und in Ruhe alle Informationen Revue passieren lassen konnte.

Kapitel 7

Obduktion

Am nächsten Morgen brauchte er keine Anlaufzeit. Zum Frühstück kurz was abgebissen und ab zum Institut. Dort begann einer der zahllosen Morgen, die er in seiner langen Dienstzeit durchlebt hatte. Ganz gleich wie die Auftragslage war. Man wurde immer von diesem düsteren Gemäuer empfangen, von dieser alten Villa, die durch viele Umbauten zu einer »Struktureinheit« geworden war, wie es früher im Verwaltungsjargon hieß.

Auf dem Flur vermengt sich der Duft
von Dachstuhl und modriger Kellergruft,
hatte er mal gereimt. Die nie aus den Wänden heraussanierte Feuchtigkeit wurde mit jedem Atemzug eingesogen.

Vor uns sind zertretene Stufen,
die uns in die Tiefe rufen,
schrieb er damals weiter.
Selbst da,
wo einst der Holzwurm war,
bleibt nur noch modrig seine Höhle.
Vom Wurm fehlt längstens Leib und Seele.

Es war sehr speziell und irgendwie ein Wunder, dass er es dort schon so viele Jahre aushielt. Die letzten Jahre hatten eine für ihn überraschende Entwicklung gebracht. Das enge, unerbittlich Geradlinige und damit oft blockierende frühere Regime des Hauses war einer Experimentierfreude und einem offensiven Arbeitsstil gewichen, natürlich verbunden mit der Forderung nach Übersicht, um die streng gebliebenen Basics immer wiederzufinden. Jeder neue Fall geriet in eine produktive Workshop-Atmosphäre und wurde in alle Wissenschaftsbereiche des Hauses getragen. Nach dem Prinzip »Universität«.

Die morgendliche Dienstberatung bekam die Geschehnisse der letzten Nacht auf den Tisch. Der Termin zur Obduktion wurde vom Chef bestätigt, das Team zusammengestellt. Schnell noch einen Kaffee und ab in den Saal. Dazu war eine Fahrt durch die Stadt notwendig. Seziert wurde im Gebäude der Pathologie. Der Sektionstechniker war schon seit ein oder zwei Stunden im Dienst und gerade dabei, den Verstorbenen vom Bestattungsunternehmer entgegenzunehmen. Übergabe der Papiere, Unterschriften, Terminabsprachen, ein Wink, ein Gruß. Das ging alles sehr schnell als Teil einer jahrelang gut funktionierenden Routine.

Im Saal versammelten sich die beiden Obduzenten, der Sektionstechniker, die Staatsanwältin und ein Kriminaltechniker, den die Kollegen nur »KT-Mann« nannten und der für seine Fototechnik einen kleinen Rollwagen benutzen konnte, der grün abgedeckt wurde.

»Frau Staatsanwältin, wir kennen uns ja noch gar nicht«, mit diesen Worten ging Doktor Brandenburg auf eine hoch gewachsene, junge Dame zu, die in grünem Kittel den Saal betreten hatte. Hochhackige Schuhe in schlappenden Gummigaloschen. Die Nasenöffnungen mit parfümiertem, klein gerissenem Papier zugestöpselt.

»Tut mir leid«, näselte sie, »aber ich bin nicht die Staatsanwältin, sondern die neue PJlerin.« Seit einigen Jahren durften Studierende einen Teil des Praktischen Jahres auch in Instituten für Pathologie und Rechtsmedizin ableisten, das sogenannte Wahltertial.

»Ah, dann habe ich gleich einen kleinen Maßnahmenkatalog aufzusagen. Erstens Stöpsel aus der Nase, zweitens vernünftiges Schuhwerk und drittens nach Erledigung wiederkommen!« – »Das geht ja wohl überhaupt nicht«, sinnierte er vor sich hin. ›Nasenstöpsel und dann diese Stelzen! Der werd ich Luft machen. Gutes Stichwort!‹ – »Bitte die Fenster zu, ich will nicht immer wieder erinnert werden, dass es draußen schöner ist als hier.«

Der neue Tag hatte mit wolkenlosem Himmel begonnen und verteilte eine spätherbstliche Frische in die Straßen der Stadt, die aber leider draußen bleiben musste. Die Studentin erschien wieder, etwas verwandelt und scheu, aber Brandenburg hieß sie nun herzlich willkommen und wünschte ihr interessante vier Monate. Er zeigte ihr, wo die Handschuhe lagen, sie möge sich ein Paar überziehen und sich bereithalten … jedenfalls dicht am Tisch bleiben. »Zuwendung ist die halbe Miete!«

Endlich kam auch die richtige Staatsanwältin. Frisch im Amt, Franziska Kernbach. Jung, dynamisch, erfolgsgewohnt, straffer, federnder Schritt, knapper Gruß, fordernder Rundumblick. Es konnte losgehen.

Zwischenzeitlich hatte der Sektionstechniker an eine altmodische, schwarze Kreidetafel das Aktenzeichen geschrieben sowie Körpergröße und Körpermasse: *180 Zentimeter, 82 Kilogramm.*

Die beiden Werte notierte sich Doktor Brandenburg für die noch weiter einzugrenzende Todeszeitschätzung. Die am Tatort begonnene Leichenschau wurde fortgesetzt, die Kleidung vom Kriminaltechniker abgeklebt, um opferfremde Spuren zu asservieren und dem Verstorbenen dann abgenommen. »Beginn der rechtsmedizinischen Untersuchungen am 25. Oktober um 09:45 Uhr, somit 14:45 Stunden nach der Untersuchung am Tatort«, sagte der Rechtsmediziner laut. Die Körperoberfläche wurde gereinigt und noch einmal genauestens angesehen. Es galt zunächst, inzwischen eventuell sichtbar gewordene Hauteintrocknungen zu dokumentieren. »Haut vertrocknet nach dem Todeseintritt dort schneller, wo sie verletzt wurde, und die Entwicklung der damit verbundenen Farbänderungen braucht Zeit«, dozierte Doktor Brandenburg, um das Augenmerk der Umstehenden auf den Hauptbefund zu richten. »Auch wenn Hauteintrocknungen klein sind, können sie wichtige Hinweise geben, auf die Zahl der Gewalteinwirkungen, deren Art, Intensität und Richtung. Zu Lebzeiten entstandene Befunde haben zumeist eine dunkelrote bis schwarzrote Färbung, weil mehr oder weniger blutig durchsetzte Flüssigkeit ausgetreten und mit eingetrocknet ist.« Besonders interessant war natürlich die Halshaut. Dort fanden sich verwaschen abgegrenzte, unregelmäßig geformte, braunrote

Hauteintrocknungen über den vormaligen Konturen des Kehlkopfes. Es war zu differenzieren zwischen einem möglichen Würgen, Drosseln, Schlagen oder Treten. Ebenso war zu bedenken, dass der Auffindungsort nicht der Tatort gewesen sein musste. Gab es also Hinweise auf ein Verbringen des Körpers? Die innere Leichenschau folgte dann der üblichen Routine. Die Halsorgane wurden in sogenannter Blutleere untersucht, um verletzungsbedingte Blutungen nicht durch präparationsbedingte Artefakte zu überlagern.

»Befund«, rief Brandenburg in den Raum, »und Foto!« Die Schildknorpelplatten des Kehlkopfes waren gebrochen und wie zusammengepresst. Das Zungenbein war gebrochen und ebenso der linke obere Schildknorpelfortsatz. Der Kehlkopfeingang war dadurch verlegt und nur noch schlitzförmig erhalten. Die Halshaut davor war deutlich unterblutet. Einblutungen fanden sich auch in der geraden Halsmuskulatur rechts. »Hier haben wir die Todesursache. KT? Foto!«, rief er erneut. »Die Legende für die Anlagenkarte erstellen wir lieber gemeinsam«, sagte der Arzt zum KT-Mann. »Oder kennt ihr euch mit den Knöchelchen hier aus? Und mit den Halsmuskeln?«

»Alles klar, Doc, machen wir.«

Die Obduktion folgte dann dem üblichen Schema. Die Organpakete aus dem Brust- und Bauchraum wurden präpariert. Bei Anschnitt großer Blutgefäßstämme entleerte sich viel flüssiges Blut. Die inneren Organe zeigten die für einen jungen Menschen zu erwartenden Farben und Formen und regelrechte Lagebeziehungen. Ein muskelkräftiges Herz mit den zarten Strukturen der sich verzweigenden Herzkranzarterien. Die Schnittflächen der Herzmuskulatur ohne Herdbefunde. Ein Herz, das noch viele Jahre funktioniert hätte. Die Lungen wirkten etwas überbläht, was dem Todesmechanismus zugeordnet wurde. Leber, Bauchspeicheldrüse, Milz und Nieren ohne Auffälligkeiten. Der Magen-Darm-Trakt ohne Hinweis auf Fremd- oder Giftstoffe. Die letzte Nahrungsaufnahme lag offenbar einige Stunden zurück. Das Schädeldach wurde eröffnet. Die weiche Hirnhaut blutreich. Die Schnittflächen von Groß- und Kleinhirn mit anatomisch regelrechten Strukturen. In der Zusammenschau jedenfalls keine krankhaften Veränderungen und keine weiteren Verletzungen. Über dem Arbeitstisch schwebte eine Glocke aus süßlichem Geruch, der mit nichts zu vergleichen war, was sich sonst in den Bibliotheken menschlicher Sinneswahrnehmungen finden ließ.

Nur flüchtig bemerkte Brandenburg, dass die neben ihm stehende Studentin etwas teilnahmslos vor sich hin schaute. Auch reagierte sie auf seinen Anruf nur noch verzögert. Und da passierte es: Es gelang gerade noch, ihren Körper aufzufangen. Sie gravitierte sich entlang der Arztschürze Brandenburgs. Zum Glück kein Aufschlag, nichts Ernstes.

»Kopf tief, Beine hoch, raus mit ihr, lasst sie nicht allein, gebt ihr was!« Es war nicht das erste Mal und es tat nicht weh. Das Sektionsteam kannte sich mit diesen kleinen Schwächen der Studierenden schon aus und wusste, was zu tun war.

Nach drei Stunden waren die Arbeiten im Sektionssaal beendet. Doktor Brandenburg und sein Team legten die

Schutzkleidung ab, die Hände wurden gewaschen und desinfiziert.

»Gehen Sie doch bitte schon vor in den Besprechungsraum, wir kommen gleich nach«, rief er den Gästen zu, die daraufhin den Sektionssaal verließen. Dann wandte er sich seinen Kollegen zu: »Hört zu, wir lassen sie einen Moment warten, das macht nix. Zuerst bilden wir uns eine Meinung. Also, was haben wir? Sieht erst mal alles ganz gut aus. Identität, Todesursache und Kausalität sind klar. Ein Mix aus reflektorischer Depression der Herz- und Lungenfunktion und Sauerstoffmangel. Massive, stumpfe Gewalt gegen den Hals, am ehesten ein Schlag von einem Kampfsportler oder einem, der das trainiert hat. Die Verletzungen sind vital, also zu Lebzeiten entstanden. Kein Anhalt für Würgen oder Drosseln, keine Stauungsblutungen oberhalb der Halsbefunde. Todeszeitpunkt: Ich schätze, gestern am frühen Nachmittag, vielleicht fünf bis sieben Stunden vor der Leichenschau am Tatort, und die begann gestern um neunzehn Uhr. Dafür sprechen die Leichenveränderungen und die gemessene Temperatur. Wie gesagt, eine Schätzung, Plus-Minus-Spanne jedenfalls von zwei Stunden. Die Pilzsammler fanden ihn um sechzehn Uhr zwanzig, na, das passt doch. Ein Wahrscheinlichkeitsmaximum zwischen zwölf und vierzehn Uhr. Wer bekommt die Spuren? Die Abriebe von der Halshaut, von der Gesichtshaut und den Fingernagelschmutz würden wir schon gern für unser Labor behalten. Die Abklebungen gehen an die KT, das ist klar und gut so. Zu erwartende Spuren an einem Täter: Sieht mager aus. Was für mich offen bleibt, aber das ist ein Problem für die Ermittler, das ist das Motiv für die Tötung. Keine Zeugen, kein Tatverdächtiger, keine Idee. Alkoholgeruch habe ich bei der Sektion auch nicht wahrgenommen. Wir müssen der Staatsanwältin gleich sagen, dass wir dennoch unbedingt eine Blutalkoholbestimmung empfehlen.« Doktor Brandenburg bemerkte erst jetzt, dass er die ganze Zeit monologisiert hatte. Eigentlich hieß es: »Wir bilden uns eine Meinung.«

Erst jetzt meldete sich schüchtern die wiederauferstandene Studentin: »Wäre nicht auch eine Giftanalyse sinnvoll? Selbst wenn wir keine Hinweise auf ein Verbringen der Leiche von einem Tatort zum Auffindungsort haben und die Befunde vital sind, sollten wir ausschließen können, dass zum Todeszeitpunkt Handlungsunfähigkeit bestand. Falls sich erweisen sollte, dass der Tathergang komplizierter war, als bisher angenommen, wäre das doch wichtig, oder?«

Brandenburg blickte auf und sie ihm kess entgegen. »Gut. Sehr gut. Spätestens jetzt sollte ich mir Ihren Namen merken. Wie war der doch gleich?«

»Ich bin Frau Semlock. Katharina Semlock.«

»Semlock? Sind Sie die Tochter ... ähm, Ihrer Mutter?« Eine etwas verquere Frage, wurde er sich sogleich bewusst.

»Genau, meine Mutter ist die Polizistin.«

»Eine sehr gute«, ergänzte Brandenburg und schaute sie staunend an, weil er mit dieser Querbeziehung nicht gerechnet hatte, und erfreut, weil ihm diese Querbeziehung gefiel. »Ich kenne sie schon sehr lange.«

Katharina Semlock schmunzelte verlegen. Der unrühmliche Auftritt von heute morgen war also offenbar vergessen oder wenigstens nicht von Bedeutung für ihn. Sie war froh, dass sie so gut aus diesem Vormittag herauskam.

Das Team um Brandenburg ging nun in den Besprechungsraum. Der Vormittag wurde so zusammengefasst, wie vorab besprochen. Zur Todesursache wurde ein reflektorisches Geschehen als Folge eines kräftigen Schlages in den Vordergrund gestellt. Brandenburg gab den Gedanken der Studentin weiter, eine Giftanalyse zu beauftragen, zum Ausschluss einer Handlungsunfähigkeit.

Die Staatsanwältin willigte ein.

Sensibler war dagegen die Frage, wer die Spuren bekommen sollte. »Wir könnten Ihnen in wenigen Tagen sagen, ob sich an den Abrieben von der Halshaut, der Gesichtshaut und an den Händen, insbesondere im Fingernagelschmutz opferfremde DNA befindet. Vielleicht ein richtig schönes, sauberes Profil für die Datenbank.« Nachdem Doktor Brandenburg seine Rede mit einem charmanten Lächeln beendet hatte, hatte er den Auftrag dafür ebenfalls im Kasten. Dann kam er auf ein mögliches Motiv zu sprechen. »Was wisst ihr über Hannes Köster? Was wollte der da im Wald? Zum Pilze suchen war er sicher nicht unterwegs. Wie Rotkäppchen sah er auch nicht aus.«

»Wir wissen noch gar nichts«, entgegnete ein Kriminalbeamter. »Heute Nachmittag können wir vielleicht die Eltern befragen. Da müssen wir behutsam sein. Die sind natürlich erst mal völlig fertig. Wir haben unsere Psychologin gebeten, bei den ersten Gesprächen dabei zu sein, um sie gegebenenfalls aufzufangen. Hannes Köster war Azubi in Doberan, bei einem Tischlermeister. Soweit wir wissen: zuverlässig, sehr gründlich, wohnhaft bei den Eltern. Wir müssen uns auch sein Zimmer ansehen und sein Smartphone auswerten. Vielleicht bekommen wir so etwas wie ein Bewegungsprofil. Wenn er bei Facebook war oder sich in anderen Medien bewegt hat, bekommen wir vielleicht auch Hinweise auf seine letzten Kontakte. Er wird eine E-Mail-Adresse gehabt haben – das ganze Programm.«

»Übrigens, Doc«, mischte sich der KT-Mann ein, »das Smartphone.«

»Was ist damit? Ist es doch beschädigt?«

»Nein, sieht gut aus, aber …«

»Was, aber? Nun rücken Sie schon raus damit!« Brandenburgs Stimme bekam einen drängenden Unterton.

»Es lag unter seiner rechten Hand, wie Sie gut gesehen haben. Wie kommt es dahin?«

»Das kann Zufall sein. Der Leichnam ist bewegt worden, vielleicht ist es aus einer Tasche gerutscht?«

»Kann alles sein, sicher, für mich aber näherliegend, dass er das Gerät benutzt hat, vielleicht sogar unmittelbar, während er den Schlag abbekam.«

Brandenburg musste ihm recht geben. Dieser Umstand hätte gleich am Tatort besprochen werden müssen. »Das könnte auch erklären, warum er den Angreifer offenbar zu spät bemerkt hat«, entgegnete der Arzt. »Er hat wahrscheinlich konzentriert auf die Bildschirmanzeige geschaut und war noch dazu völlig ahnungslos. Er konnte mit dem Angreifer nicht rechnen, sonst hätte er sich anders verhalten. Keine Gegenwehr. Na, Ihre IT-Spezies werden doch wohl rauskriegen, was die letzten Aktionen auf dem Gerät waren.«

»So wird es sein. Das Gerät ist schon im LKA. Neues Zauberwort: IT Forensik.«

Brandenburg rollte mit den Augen. »Oh Mann, was sich heute nicht alles Forensik nennt. Kein Tag ohne Medical Detectives, CSI, Anwälte der Toten oder letzte Zeugen. Aber, wenn es was bringt, dann soll es so sein.«

»Wann ist mit dem Sektionsbericht zu rechnen?«, fragte die Staatsanwältin fordernd.

»Den Todeszeitpunkt können wir nur schätzen. Den Sektionsbericht bekommen Sie aber exakt zu dem Termin, den Sie sich wünschen.« Dabei sendete Brandenburg ihr ein Lächeln und ein Zwinkern über den Tisch, das keinem im Raum entging.

Sie beugte sich dieser Woge entgegen und sagte: »Gestern, Herr Doktor, besser noch vorgestern, verstehen Sie mich?«

Natürlich verstand er sie. Ihr Humor war wohl irgendwo draußen geblieben, genauso wie die frische Luft, nach der sich jetzt alle sehnten.

Kapitel 8

Hoher Besuch

Dr. Brandenburg fuhr wieder zurück in das Institutsgebäude der Rechtsmedizin. Erst einmal alles sacken lassen. Dann die üblichen Papiere: Aktenzeichen geben lassen, Eintrag in das Journal, Fotos auf den Server hochladen, bereinigen, ausrichten, umbenennen. Todesbescheinigung, Besprechungsnotiz, Leichenschaubericht, Formblätter ohne Ende. Was wurde wann und warum und wo mit wem besprochen? Dazu die Namen und Rufnummern. Untersuchungsanträge für das Spurenlabor und das chemisch-toxikologische Labor. Jeder Zettel wurde gescannt, alle möglichen Notizen im pdf-Format abgelegt, QM ließ grüßen, so täglich wie das berühmte Murmeltier. Es war zwar immer lästig, das alles klarzumachen, hatte aber den großen Vorteil, dass man sich dann zurücklehnen konnte und nichts Unerledigtes mit nach Hause nahm. Außerdem war damit eine nochmalige innere Zusammenfassung der wichtigsten Untersuchungen verbunden und manch ein guter Gedanke kam erst dann dazu.

›Wo steckt eigentlich mein eigenes Smartphone?‹, dachte er, nachdem er vom Mittagessen in der Mensa zurückgekehrt war. Er ertappte sich, wie sehr er sich an das Ding gewöhnt hatte, sonst würde er es jetzt auch nicht vermissen. Jackentasche, Hosentasche, nichts. Hastiger Blick über den Tisch, nichts. ›Also ruf ich mich selbst an.‹ Gedacht, getan. Es vibrierte unter einem Zettelstapel. Er nahm es in die Hand, wischte routiniert über das Sperrmuster und zog mit dem Finger vom oberen Rand des Displays nach unten. Eine Sammlung von Mitteilungen ging auf: E-Mails, die er später lesen wollte, die Erinnerung an eine Kalendernotiz: morgen Vormittag *Vorlesung für das 9. Semester Medizin*, morgen Nachmittag *Amtsgericht Wismar*, ein Alkoholtermin. Als Letztes eine englischsprachige Mitteilung: *[LOG] Owner: Venter 65 found GC* und dann eine Kombination aus Buchstaben und Zahlen, die dem Code eines Geocaches entsprachen, den er vor sechs Monaten bei Glashagen angelegt hatte. Er blieb an dieser Nachricht hängen, ihm schoss das Blut in die Ohren. Eine Idee kreiste durch sein Hirn und ließ ihn nicht mehr los. ›Oh, shit!‹, sinnierte er, ›wenn das …‹ Ein leises Klopfen an seiner Zimmertür riss ihn aus seinen Gedanken. »Ja, bitte!«

»Karsten, draußen ist jemand, der dich sprechen möchte. Sie lässt sich nicht abwimmeln«, sagte die Sekretärin.

›Auch das noch! Ich kann jetzt nicht, ich will jetzt nicht. Und muss doch.‹ – »Kein Problem«, log er laut, »lass die Dame bitte einen Moment warten! Ich komme sofort.« Er stemmte sich aus dem Sessel, nahm sich einen kleinen Zettelblock, den nächstbesten Kuli, eine seiner Visitenkarten und ging in den Empfangsbereich des Institutes.

Dort traf er auf eine verschwitzte Matrone mit reichlich Handgepäck und einem überlangen, schwarzen Regenschirm, den sie zwischen ihren massigen Schenkeln hielt.

»Guten Tag, mein Name ist Doktor Brandenburg. Sie möchten mich sprechen?«

»Ja, guten Tag, mein Name ist von Wenzlow. Können wir ungestört miteinander reden?«

Brandenburg lotste die Dame in den Seminarraum. Sie nahmen an den gegenüberliegenden Seiten eines Tisches Platz. »Bitte, jetzt sind wir ungestört.«

»Sehr schön«, entgegnete sie.

Der Arzt musterte ihr Gesicht. Auffälliges Make-up: knallrote Lippen und tiefschwarze Augenbrauen. Alles nicht unbedingt professionell aufgetragen, sondern ungeschickt wirkend. Langes, dunkles, leicht welliges Haar, eher ungepflegt.

»Wie gesagt, mein Name ist von Wenzlow.« Dabei betonte sie den Namen so, als ob sie ihn ihrem Gegenüber selbst einprägen und es nicht ihm überlassen wollte. »Ich gehöre zu den von Wenzlows, die seit Generationen in Westmecklenburg ansässig sind und in der Vergangenheit über einige doch beachtliche Besitztümer verfügten.« Dabei bohrte sich ihr psychiatrischer Blick in den seinen.

Brandenburg sagte sich: ›Nicht ausweichen, schau sie an und reiß Dich zusammen!‹ – »Verzeihen Sie, ich stamme nicht aus dieser Gegend und überblicke derzeit nicht die Adelsgeschlechter«, entgegnete er.

Seinen leise mitklingenden Spott formte Frau Wenzlow zu einem Kompliment und erzählte in gewähltem Ausdruck und nun leicht beklagendem Ton, dass leider nicht alle Nachkommen derer von Wenzlow sich dieser Historie als würdig erweisen.

»Das tut mir sehr leid, Frau von Wenzlow, aber was kann ich denn bei diesem von Ihnen offenbar sehr unglücklich empfundenen Status nun für Sie tun?«

»Ich verweise auf den sehr kurzen Polizeibericht im Netz, der gestern Abend veröffentlicht wurde. Wissen Sie, ich lebe schon lange in einem Dörfchen bei Schwerin und ein guter Freund von mir ist bei der Kripo dort. Hauptkommissar Thomas Berger meinte, ich könnte Sie vielleicht kurz dazu telefonisch befragen. Er hat mir aber auch gleich gesagt, dass Sie mir wegen der laufenden Ermittlungen sicherlich keine Auskunft erteilen würden. Deshalb dachte ich, ich fahre direkt zu Ihnen. Ich gebe zu, ich habe Thomas Berger etwas bedrängt, aber ich bin so aufgeregt, weil im Polizeibericht ja nur so wenig bekannt gegeben wurde …«, antwortete sie gehetzt.

Doktor Brandenburg war einigermaßen verblüfft, kannte er doch Hauptkommissar Berger nun auch schon ein paar Jahre. ›Wahrscheinlich hat sie sich nicht abwimmeln lassen‹, dachte er.

Die Frau fuhr ohne eine Reaktion abzuwarten fort: »… demnach habe man am Grundlosen Moor eine Leiche gefunden. Die Wälder dieser Gegend sind in der Blütezeit unseres Geschlechts in einem hervorragenden Zustand gewesen. So etwas hätte es damals nicht gegeben. Ich bin entsetzt und überlege mir, einige weitere Schritte zu gehen. Zudem habe ich allen Grund zu der Annahme, dass einige der von mir schon erwähnten, unrühmlichen Nachkommen unserer Linie dahinterstecken. Anders ist das nicht zu erklären.«

»Hochverehrte Frau von Wenzlow«, schraubte Brandenburg zurück, »ich habe allen Grund zu der Annahme, dass dieser Fall schnellstmöglich und mit aller Sorgfalt aufgeklärt wird. Sie haben natürlich die freibleibende Möglichkeit, den Polizeibericht bei der Polizei zu hinterfragen und ergänzende Angaben zu machen. Das würde ich Ihnen sogar ausdrücklich empfehlen. Meine ausgezeichneten Beziehungen dorthin bieten sich an, Sie zu avisieren.«

»Das würden Sie für mich tun?«

»Aber selbstverständlich. Ich schlage vor, dass wir diese fraglos sehr interessante Unterredung schnell beenden, damit ich dazu Gelegenheit habe.« Er stand auf und überströmte sie mit einem breiten Lächeln, als ob ihm ihr Besuch den Tag gerettet hätte.

Die Wirkung blieb nicht aus. Frau von Wenzlow erhob sich und war entzückt, so angenommen worden zu sein. Sie verließ unter sorgfältiger Mitnahme aller Gepäckstücke und sich wiederholenden Dankesbezeugungen das Institut.

Brandenburg war überrascht, aus diesem Gespräch schneller als erwartet herausgekommen zu sein und flüchtete zurück in sein Dienstzimmer. Sein Gedanke, der ihm beim Öffnen der E-Mail gekommen war, hatte geduldig auf ihn gewartet. Er spann ihn so lange zurecht, bis er ihn für mitteilenswert hielt.

Zur selben Zeit kam ein Treffen mit den Eltern von Hannes Köster zustande. Der Erstkontakt, das Überbringen der traurigen Gewissheit, dass ihr Sohn nicht mehr lebte, war

Kommissarin Kerstin Semlock zugekommen, erste Sachbearbeiterin im Fachkommissariat 1. Ihre Kollegen schätzten ihr Einfühlungsvermögen und ihre fachliche Expertise. Sie war seit vielen Jahren eine extrem engagierte Polizistin, Kriminalhauptkommissarin. Eine schlanke, attraktive Frau und Mutter, die sich daran gewöhnt hatte, immer mal Avancen zu parieren, die sie als Ausgeburt der Männerdominanz in ihrem Beruf bezeichnete. Sie konnte sie weglächeln, ebenso wie die zugegeben nur anfänglichen Vorbehalte, die dieselben Kollegen ihr gegenüber hervorbrachten. Als unverzichtbare Leistungsträgerin hatte sie sich mit ihrer direkten und fokussierten Art längst durchgesetzt und den Respekt erarbeitet, den ihre männlichen Kollegen viel einfacher gewinnen konnten. Also schauten wie immer alle auf sie. Aus dieser Situation kam sie nicht heraus.

Die Eltern von Hannes Köster waren an diesem Donnerstagmorgen nach einer langen Nachtfahrt aus ihrem Urlaub in der Eifel zurückgekehrt und hatten ihren Sohn nicht zu Hause angetroffen. Ungewöhnlich war das keineswegs, da er meistens schon gegen sechs Uhr in die Tischlerei fuhr. Nichts ahnend öffneten sie am frühen Nachmittag Kerstin Semlock und einer sie begleitenden Psychologin die Tür. Von der freundlichen Begrüßung bis zum sprachlosen Nicht-fassen-können vergingen Sekunden. Den Schrecken und das Aufnehmen der schlimmen Nachricht konnte man den Eltern nicht ersparen. Die beiden Frauen ließen sich und ihnen aber Zeit, in der sie die Verfassung der Unglücklichen einzuschätzen lernten und in der sie auch merkten, zu welchem Zeitpunkt sie etwas sagen oder fragen konnten. Dabei konnte Kerstin Semlock ihre, für viele ihrer Kollegen beeindruckende situative Kompetenz ausspielen.

Das Elternpaar wollte man danach nicht allein lassen und man bot ihnen an, mit auf die Dienststelle zu fahren, um eine erste Vernehmung durchzuführen. Es erschien etwas heikel, so schnell vorzupreschen, und vielleicht unzumutbar. Letztlich erwies sich die Entscheidung aber als richtig. In der Dienststelle erschien das sonst benutzte Vernehmungszimmer zu kalt und ungemütlich, sodass die beiden in den Videoraum geführt wurden. Der war wohnlich eingerichtet und sah nicht so büromäßig aus. Hier wurden auch Kinder und Jugendliche gehört, wenn sie zu vernehmen waren.

Kerstin Semlock bot beiden etwas zu trinken an, hatte etwas Gebäck gereicht und bemühte sich redlich, um die Atmosphäre so erträglich wie möglich zu gestalten. So schwierig die Vernehmung der älteren Leute war, so unergiebig war sie auch. Die Kommissarin hatte nach einer Stunde längst nicht alles angesprochen, was sie sich zurechtgelegt hatte, spürte aber, dass es für die beiden genug war. Sie beendete das Gespräch mit der Ankündigung eines zweiten Treffens und entließ Hannes' Eltern in den mittlerweile späteren Nachmittag, der sie draußen mit der gleichen Schwere empfing, die sich auch um ihre Herzen gelegt hatte.

Die Kriminalbeamtin hatte nichts wirklich Substanzielles erfahren. Demnach hatte ihr Sohn Hannes kürzlich eine Ausbildung bei einem bekannten Tischlermeister begonnen. Er hatte zurzeit keine Freundin, traf sich unregelmäßig mit ehemaligen Klassenkameraden, war kein Diskogänger. Alkohol und Drogen hätten für ihn nie eine Rolle gespielt. Er sei sehr häuslich und besorgt gewesen. Alle reagierten freundlich auf ihn. Alles fast auffällig unauffällig. Mehr war in der ersten Vernehmung nicht zu erfahren.

Deutlich mitgenommen lehnte sich Kerstin Semlock zurück in ihren Sessel, als das Telefon klingelte. »Semlock.«

»Brandenburg.«

»Na, Doc, heute mal keinen Spruch?«

»Ich habe da etwas Anderes für Sie.«

Kerstin Semlock hatte Schwierigkeiten, am Telefon so unvermittelt umzuschalten. Der Doc klang nicht so locker wie sonst, wobei das im Moment auch nicht in den Nachklang der gerade beendeten Vernehmung gepasst hätte. »Sie haben doch gerade obduziert und noch immer nicht genug? Dann raus damit, höre mit Füneff.«

Die Frau war immer wieder gut für eine kleine Überraschung, dachte Brandenburg. »Füneff«, den Begriff kannte er noch aus DDR-Zeiten: GST, Nachrichtensport, Ausbildung zum Sprech- und Tastfunker. So wurde die »Fünf« im Sprechfunk ausgesprochen, um sie unverwechselbar zu machen. Unverwechselbar, um nicht zu sagen einmalig, wie eben diese Frau. »Haben Sie schon mit der Staatsanwältin telefoniert, Frau Semlock?«

»Ja, sie hat mir das Obduktionsergebnis zusammengefasst.«

»Wie schade, dass Sie nicht selbst kommen konnten. So muss ich etwas weiter ausholen.«

»Tun Sie das, aber bitte konzentriert und nicht so viel Prosa.«

»Ja, ja, es geht mir nur um das Smartphone von Hannes Köster, weil es am Tatort nicht in einer seiner Taschen steckte, sondern unter seiner rechten Hand lag. Daraufhin habe ich in meinem Büro erst mal mein eigenes gesucht.«

»Klingt spannend, Doc.«

»Ich habe meine am Vormittag eingegangenen Mitteilungen gecheckt.«

»Gratuliere, sind Sie jetzt auch schon digital?«

Ohne ihre Lässigkeit zu kommentieren, redete er weiter. Er kannte die Kommissarin nun schon seit etwa vier Jahren und hatte gelernt, ihre manchmal etwas zu kumpelige Art einzuschätzen. »Die letzte Mitteilung beziehungsweise Mail lese ich Ihnen mal vor: *[LOG] Owner: Venter 65 found GC.* Dann folgt eine Kombi aus Zahlen und Buchstaben. Und weiter *Glashagen (Traditional Cache).*«

»Ich kann auch deutsch.«

»Ja, kann mich erinnern, aber hier steht es so.«

»Sie würden mich nicht anrufen, wenn Sie diese kryptische Botschaft nicht entschlüsselt hätten.«

»Die Erklärung ist tatsächlich ganz einfach und vielleicht tatrelevant. Ich bin seit einigen Monaten Geocacher.«

»Geo-was?«

»Geocacher«, wiederholte er. »Ich habe mich bei geocaching-international.com registrieren lassen und eine App runtergeladen, über die ich geocachen kann.«

Kerstin Semlock wurde ungeduldig. Wenn der Doc ihr alle seine Hobbies aufzählen wollte, dann sollte er sich vielleicht eine andere Gelegenheit suchen. »Nun erzählen Sie schon, was das ist und was das mit unserem Fall und mit mir zu tun hat!«

Er spürte ihre Ungeduld, überlegte kurz, ob er es weiter spannend machen sollte, entschied sich aber, schnell sachlich voranzukommen. »Also, Geocacher sind mit einem selbst gewählten Spielernamen über eine Datenbank vernetzt. Wenn jemand meint: ›Mensch, tolle Gegend hier, die alte Schlossruine, dazu noch ein herrlicher Blick übers Land, das möchte ich anderen zeigen‹, dann geht er online und reicht die Geokoordinaten sowie eine kurze Beschreibung des Ortes bei geocaching-international.com ein. Die prüfen, ob die Spielregeln eingehalten werden und schalten den Eintrag frei. Am Ort selbst hinterlässt der ›Owner‹ in einer wasserdichten Box oder in einem verschraubten Röhrchen ein kleines Logbuch, das andere Mitspieler über die Geokoordinaten finden können, aber doch so versteckt, dass zufällig vorbeikommende Spaziergänger, im Sprachgebrauch übrigens sehr treffend als ›Muggels‹ bezeichnet, den Cache nicht entdecken. Der Finder hinterlässt handschriftlich einen Eintrag mit Datum und oft auch Uhrzeit des Auffindens. Viel mehr Platz bietet das Logbuch nicht. Damit der Fund auch offiziell registriert wird, wiederholt der Finder das Loggen online, nun auch mal mit einem Dankeschön oder sogar ausführlichen Beschreibungen, wie er den Cache gefunden hat und dergleichen.«

»Schön, Doc! Neues Spiel neues Glück? Hat die Geschichte außer ihrem Neuigkeitswert noch irgendeine Finesse, die Ihren Anruf bei mir rechtfertigt?«

»Frau Semlock, das Smartphone von Hannes Köster. Nehmen wir mal an, er hat es benutzt, während er vom Schlag getroffen wurde, dann könnte er einen Cache gesucht haben.«

»Das kann er uns nicht mehr sagen. Vielleicht wollte er auch nur telefonieren.«

»Aber sein Handy könnte uns das sagen.«

»Okay, die IT-Forensiker haben das Gerät schon im LKA, wie Sie wissen.«

»Schön und gut, selbst wenn Sie herausfinden, dass er solch eine App hatte und die auch gestartet war, bekommen sie keinen Zugang, weil sie Muggels sind.«

»Ah, Herr Doktor, ich ahne, dass Sie Ihre Unersetzlichkeit über ein Alleinstellungsmerkmal demonstrieren wollen?«

»Na ja, ich würde mich zur Verfügung stellen, wobei der Konjunktiv hier falsch gesetzt ist, denn ich habe es bereits getan.«

»Sie haben das Handy doch gar nicht!«

»Richtig, aber ich habe die sicher unersetzlichen Kompetenzen der IT-Forensiker flankiert, in dem ich selbst online gegangen bin.«

»Ja, und? Macht das Spielen Spaß?«

»Ich höre da so eine Mischung aus Spott und Sarkasmus, Frau Semlock. Gänzlich unangebracht an dieser Stelle.«

»Nun reden Sie schon weiter, mein Gott und nehmen Sie mich bitte mit auf Ihre geoakademischen Höhenflüge!«

»Mit dem größten Vergnügen. Nehmen Sie Platz und halten Sie sich fest! Ich habe mir die Umgebung des Tatortes mappen lassen. Da befinden sich fünf Caches in einem Vier-Kilometer-Radius.«

»Holger, die Waldfee, lassen Sie mich raten!«, rief Frau Semlock nun tatsächlich begeistert. »Die Koordinaten des Tatortes sind mit den Koordinaten eines Caches identisch?«

»Yep, ein Cache mit dem beziehungsreichen Namen ›Grundloses Moor‹ und der Kennung GC7PCQW.«

»Herr Doktor, das ist ja wirklich mal was. Grundloses Moor klingt ja schön schaurig, passt zu einem Tatort. Wir wollen nun natürlich wissen, wer sich da in letzter Zeit eingeloggt hat.«

»Ja, kann ich ihnen sagen, mit Datum und Uhrzeit.«

»Hä?«

»Yep, kein Problem, nur dass sich die Namen lesen wie aus dem Telefonbuch vom Melmac. Will sagen: Das sind Spielernamen! Und will weiter sagen, was Sie mir sicher auch gleich sagen, dass Sie jetzt ein prozessuales Problem bekommen. Wie wollen Sie an die Klarnamen herankommen?«

»Wie ich Sie kenne, schwebt die Antwort schon im Äther.«

»Nö.«

»Was, nö?«

»Na eben nö oder nee oder niente. Ich weiß es nicht. Ich weiß nur, welcher Spielername etwa dreißig Minuten vor der von uns geschätzten Sterbezeit eingeloggt wurde.«

»Wie bitte?« Jetzt schrie sie fast in den Hörer. »Damit kommen Sie jetzt erst? Nun lassen Sie sich doch nicht alles aus der Nase ziehen!«

»Koloss.«

»Bitte?«

»Koloss um 12:30 Uhr. Das ist der Spielername, eine E-Mail-Adresse ist auch dabei, die schicke ich Ihnen mit meiner Dankesmail für das freundliche Telefonat, dann brauchen Sie nur noch draufklicken. Ich könnte Ihnen übrigens noch mehr schicken.«

»Ich bin schon reichlich beschenkt, Doc, obwohl es bis Weihnachten noch ein paar Tage hin ist.«

»Ich habe trotzdem noch etwas für Sie. Die E-Mail-Adresse des Owners von Grundloses Moor.«

»Was für ein Owner?«

»Das ist der, der den Cache angelegt hat. Weiterhin habe ich die Spielernamen von den Cachern, die sich in die Logbücher der anderen Caches in der näheren Umgebung des Tatortes eingeloggt haben. Da sind zwei, offenbar am Vormittag desselben Tages, im selben Wald, wenn auch nicht direkt am Grundlosen Moor, aber doch potenzielle Zeugen, oder? Die Namen und E-Mail-Adressen schicke ich Ihnen auch. Jetzt sind Sie dran, machen Sie was daraus und dabei wünsche ich Ihnen maximale Erfolge. Ach übrigens, grüßen Sie Ihre Tochter von mir.«

Sie verabschiedete sich, klickte zeitgleich in ihrem E-Mail-Postfach auf *Senden/Empfangen*, in der Hoffnung, Brandenburg hätte schon ein paar Fakten geschickt, und legte den Telefonhörer auf. ›Was hat der noch gesagt?‹ Erst jetzt waren die letzten Worte des Rechtsmediziners in Kerstin Semlocks Kopf angekommen. ›Ich soll meine Tochter grüßen? Ach, du ahnst es nicht!‹, dachte sie, ›hat sie es doch wahrgemacht und sich für das Wahltertial in der Rechtsmedizin angemeldet?‹ Die Zeit war eben vorbei, in der man alles über seine Kinder wusste.

Keine neuen Nachrichten. »Nun mach schon, mach schon!« Wenig später und es ploppte ein Signal für eingehende Post auf. Sie las: *Spielername Koloss*, dazu eine E-Mail-Adresse. Zwei weitere Namen: *Vesta* und *Poweron*. Schnell setzte sie an Koloss einen Text auf, in dem sie sich als Kriminalbeamtin vorstellte, der aber keine Abwehr erzeugen sollte. Schließlich brauchte sie diese Geocacher. Möglicherweise waren Koloss und die anderen Geocacher Zeugen. Sie aktivierte also alle Formulierungskünste, ohne auf den eigentlichen Hintergrund der beabsichtigten Vernehmung zu kommen. Sie gab als Vernehmungsgrund nur die Klärung eines Sachverhaltes an und drückte auf Senden. Die gleiche E-Mail schickte sie an die zwei anderen Cacher.

Nun galt es, den Cache am Tatort zu finden, der den Kriminaltechnikern am Vorabend offenbar entgangen war. Also ein wirkliches Versteck und sie musste sich zusammen mit ihren Kollegen damit abfinden, dass sie eben wirkliche Muggels waren und an einem Tatort etwas Wichtiges übersehen hatten.

Geocaching-international.com. Ideal wäre, an den Klarnamen von Koloss zu kommen und damit an seine ladungsfähige Anschrift. Sie ging sofort online und suchte sich die Kontaktadresse zu der Geocaching-Zentrale heraus, stellte sich in einem Anschreiben vor, erklärte kurz die Situation und bat um die Übermittlung des Klarnamens und der Anschrift von Koloss. In einem Nachsatz versuchte sie, Bedenken bezüglich des Datenschutzes auszuräumen, sprach von höherem Rechtsgut wegen der Ermittlungen zu einem Tötungsdelikt und führte prophylaktisch andere mögliche Wege an, die sie gehen könnte, über ein schriftliches Herausgabeverlangen der Staatsanwaltschaft bis zu einem Gerichtsbeschluss. Ihre Begeisterung über diesen ungeahnten Ermittlungsweg war so groß, dass sie all das tatsächlich in eine E-Mail packte und versendete.

Kapitel 9

Muggels

Der Nachmittag des nächsten Tages war im Kalender der Kriminaltechnik für die nochmalige Absuche des Tatortes geblockt. Kerstin Semlock konnte die Terminplanung auf ihrem Bildschirm einsehen. Der Cache musste gefunden und beschlagnahmt werden. ›Vielleicht ist es auch sinnvoll, Doktor Brandenburg mitzunehmen‹, überlegte die Kriminalkommissarin, ›weil er als Geocacher einen geschulten Blick für Verstecke dieser Art hat. Dann müsste er eben später als Sachverständiger und als Zeuge gehört werden, kein Problem.‹ Gedacht, getan. Sie rief Brandenburg an.

Der bekam nur ein Vibrato auf sein Telefon, ohne, dass er sich um den Absender kümmern konnte, weil er gerade in der Uni eine Vorlesung vor Studenten der Medizin hielt, natürlich zu seinem Lieblingsthema: Differenzialdiagnostik bei der Leichenschau. Er hatte mit viel Mühe Fotografien zusammengestellt, auf denen Leichen- und krankhafte Hautveränderungen zu sehen waren, die große Ähnlichkeit mit Folgen von Gewalt hatten und somit leicht verwechselt oder übersehen werden konnten. Ein furchtbarer Bilderrausch, aber die Studierenden mussten da durch, da gab es kein Pardon. Zwanzig Minuten später war die Vorlesung zu Ende, die Studenten klopften artig. Er schloss die Powerpoint-Präsentation und fuhr den Rechner herunter. Einige

Studenten stellten sich zu ihm, um Organisatorisches zur Vorlesung und zu den Seminaren zu erfragen.

Die Geräuschkulisse ebbte langsam ab und er verließ den Hörsaal Chirurgie, um an einem Ethikkonsil auf der Intensivstation teilzunehmen. Therapiebegrenzungen am Lebensende wurden nicht selten von einer Kommission besprochen und nicht nur vom Stationsarzt allein entschieden. Zu der Kommission gehörten in der Regel ärztliche Vertreter verschiedener Fachrichtungen, eben auch die Rechtsmedizin, ein Jurist, ein Seelsorger und nicht zuletzt Vertreter des Pflegepersonals. Eine Besprechung zunächst ohne Angehörige, um den rein medizinisch-fachlichen Rahmen zu definieren, in dem man sich weiter zu bewegen hatte. Dazu die Prüfung einer etwaigen Patientenverfügung.

Auf dem Weg dorthin eilte Brandenburg über die kalten Flure der Universitätsmedizin in der Schillingallee, vorbei an schlurfenden Patienten, die nach Operationen erste Gehübungen unternahmen, untergehakt bei einer Pflegekraft oder gestützt auf Krücken. Das übliche Treiben in einem Krankenhaus: Essenwagen, Zimmerklingeln, Apparatepiepen, Infusionsständer, Krankenunterlagen auf einem Stapel, der offenbar nach der Visite noch zurücksortiert werden musste, wartende Angehörige auf das ersehnte Gespräch mit dem Arzt.

Während seines Schlängellaufes schaute Brandenburg schnell auf sein Smartphone und sah den eingegangenen Anruf von Kerstin Semlock. Rückruf jetzt oder nachher? Jetzt! Er stellte sich an ein Flurfenster, schaute nach oben auf vorbeiziehende Wölkchen und rief zurück. »Hallo, Frau Semlock, hier Brandenburg. Was gibt es?«

»Herr Doktor, wie sieht Ihr Zeitplan heute noch aus?«

Das klang nicht gut. »Ich muss jetzt zu einem Ethikkonsil auf Station. Danach hätte ich etwas Luft. Worum geht es denn?«

»Ethikkonsil auf Station? Interessant. Dann ist doch meine Tochter bestimmt dabei?«

›Shit‹, dachte Brandenburg. Die hatte er schlicht und einfach vergessen. Er hätte die neue PJlerin schon zur Vorlesung mitnehmen sollen. Heute keine Obduktion, da hängt sie jetzt irgendwo in der Luft. »Frau Semlock, tut mir leid, Ihre Tochter ist im Institut. Beim nächsten Mal ist sie bestimmt dabei. Wir haben ja noch fast vier Monate.«

»Ja, alles gut. Aber nun zu Ihnen: Wir wollen heute den Cache bergen, also noch mal zum Tatort. Ich hätte gern, dass Sie mitfahren und Ihr geschultes Cacherauge einsetzen, damit die Muggels nicht leer ausgehen.«

»Fühle mich geehrt, aber wir sollten auch sehen, dass dieser Fall nicht wie bei Börne und Thiel zum Beginn einer ständigen Vermischung von Medizin und Ermittlung wird.«

»Ich weiß, Sie haben recht, aber ich möchte das jetzt so und dann werden Sie eben noch als Zeuge gehört. Das passiert sowieso, weil Sie uns den Tipp mit dem Geocaching ja schließlich gegeben haben.«

»Okay, wann soll es losgehen?«

»Die KT holt sie um fünfzehn Uhr ab?«

»Das schaffe ich nicht, unser Ethikkonsil dauert bestimmt bis 15:30 Uhr und dann muss ich noch zurück zum Institut.«

»Dann sacken wir Sie um 15:30 an der Klinik ein. Ist das okay? Die Jungs warten.«

»Gut, dann soll es so sein.«

Kurz nach halb vier stand Brandenburg vor dem Haupteingang der Uniklinik und sah sich um. Parkplätze waren hier eigentlich nicht zu bekommen. Während er sich drehte und Ausschau hielt, klopfte jemand auf seine rechte Schulter, um dann an seiner linken Seite aufzutauchen, der alte Geck. Diesmal freute sich Brandenburg jedoch darüber, denn er sah in das fröhlich strahlende Gesicht von Harry Stein, ein Urgestein der Kriminaltechnik, der längere Zeit krank gewesen und nun endlich wieder dienstfähig war. Er hatte nur noch zwei Jahre bis zur Rente und die sollten so sein wie früher.

»Hey Doc, schön, dass wir mal wieder zusammen rausfahren. Ich grüße dich, mein Lieber. Wie geht's dir? Was machen die Kinder und Enkel? Komm, wir steigen erst mal ein! Die Jungs warten schon einige Minuten und wollen ja auch irgendwann nach Hause.«

Brandenburg freute sich aufrichtig. Eine herzliche Begrüßung durch Harry war wie ein Ritterschlag. Er hatte ihn stets bewundert: seine klare, strukturierte Arbeitsweise, seine Fachkenntnisse und vor allem seine unkonventionelle Art, die innerhalb einer Behörde mit Befehlsstrukturen nicht immer gut ankam. Sie kannten sich schon aus Studentenjahren, obwohl ihre Studienrichtungen nur wenig miteinander zu tun hatten. Harry Stein hatte etwas, wofür ihn Brandenburg immer bewunderte. Ob im Rostocker Studentenkeller

65

oder in einem der anderen Klubs, Harry zog wie ein Magnet jede Weiblichkeit an. Dabei war er kein Schönling und kein Muskelmann. Er hatte eben das gewisse Etwas, was man gar nicht genau formulieren konnte. Nun waren beide in die Jahre gekommen und hatten sich in der Vergangenheit nicht aus den Augen verloren.

Beide stiegen ein, Brandenburg grüßte zwei weitere KT-Leute und sie fuhren los. »Mir geht's gut, alles okay, alles gesund und munter, alles beim Alten, im Grunde nichts Neues. Und deine Gesundheit? Wir haben uns lange nicht gesehen.«

»Doc, hör zu, wir lassen mal Gesundheit und Krankheit beiseite! Erzähl mir lieber mehr über dieses Geocaching! Das hört sich ja wie eine digitale Schnitzeljagd an. Kerstin Semlock hat es mir schon kurz erzählt. Zu meiner Jugendzeit gab es so etwas noch nicht.«

»Zu meiner auch nicht, Harry. Ein Professor aus dem Hochschulbereich hat mich auf dieses Hobby gebracht. Ich sage dir, das bringt dich manchmal zu Orten, von denen du nicht wusstest, dass es sie geben würde. Und manchmal sind sportliche Höchstleistungen nötig, um sie zu finden. Es gibt keinen Urlaub mehr, in dem ich nicht ein paar Caches einsammle und zu Hause in meiner Freizeit gehe ich auch manchmal los, vor allem, wenn die Enkel da sind. Denen macht das auch viel Spaß.«

Beide nutzten die Autofahrt über Bad Doberan und Hohenfelde, um miteinander zu plaudern. Wenig später erreichten sie bereits die Kreuzung, an der es rechts in den Waldweg ging.

Hauptkommissarin Kerstin Semlock wartete bereits auf sie. »Schön, dass Sie es so spontan einrichten konnten, Doc! Brauchen wir irgendwas? Schaufel? Spaten?«

»Nix dergleichen«, ordnete Brandenburg an, der in der Zwischenzeit ausgestiegen war, »lediglich ein Smartphone mit der entsprechenden App. Das habe ich dabei.« Brandenburg startete die App, ging auf *Caches in der Nähe* und fand *Grundloses Moor*. Dann tippte er auf den Kartenmodus der Suche und gemeinsam gingen sie auf dem Uferweg. Links das Grundlose Moor, eine feuchte Niederung, die dicht von Gras und Schilf bewachsen war. Auf dem Display wurde die verbleibende Entfernung angezeigt: zweihundert Meter, die Richtung stimmte. Der Zielpunkt war unmittelbar rechts neben dem Weg markiert. Ein leichter Wind rauschte durch die Wipfel, die Bäume wiegten sich hin und her, als wollten sie die Eindringlinge begrüßen. Es war feucht und kalt, der Boden weich. Ein Eichhörnchen huschte einen Stamm hinauf.

Während Brandenburg dem Pfeil auf seinem Display nachlief, beobachteten die Kriminaltechniker aufmerksam die Umgebung, schauten auch zurück und machten Fotos vom Verlauf des Weges. Auch sahen sie auf mögliche frischere oder ältere Fuß- und Reifenspuren, um bei einem Abgleich mit Fotos vom Zeitpunkt der Leichenschau eventuelle relevante Änderungen erfassen zu können. So ergab sich in der Gruppe eine durchaus zweckmäßige, nicht abgesprochene Arbeitsteilung, auf die Kommissarin Semlock ganz offenbar setzte, als sie beschlossen hatte, den Doktor mitfahren zu lassen. Es waren eben eingespielte Leute, die gut in neuen Situationen aufgehen konnten.

Sie näherten sich dem Zielpunkt, während Brandenburg die Meter laut zurückzählte. Am rechten Wegrand stieg das Gelände leicht an. Dorniges Gestrüpp flankierte den Pfad. Es zog sich wenige Meter in den Wald hinein und wuchs auch dort, wo der Leichnam von Hannes Köster gefunden worden war. Der auf dem Display verbliebene Weg war auf einen Punkt zusammengeschmolzen. »Hier muss es sein«, sagte der Rechtsmediziner und erkannte wie die Kollegen der KT den Auffindungsort des Hannes Köster wieder. Dicht daneben der alte umgestürzte Baum und eine deutliche Mulde im Waldboden, in der das Laub fehlte.

Sie durchsuchten die unmittelbare Umgebung auf das Genaueste. Es war beim besten Willen nichts zu finden. Keine Büchse, keine Dose, kein Röhrchen.

»Die Koordinaten, die auf der App angegeben sind, haben wir erreicht«, sagte Brandenburg. »Ich habe mir kürzlich noch einen anderen Dienst heruntergeladen, mit dem man seine GPS-Position bestimmen kann und der gibt ebenfalls diese Koordinaten für diesen Punkt an. Wir stehen richtig, kein Zweifel.«

»Hannes Köster stand falsch, sodass es ihn sein Leben gekostet hat«, stellte Harry fest.

»Richtig und falsch gehören eben zusammen. Man kann zugleich etwas vermeintlich Richtiges tun und liegt dennoch falsch«, murmelte einer der KT-Leute mit philosophisch-nachdenklicher Stimme.

»Es gab keine Gegenwehr, zu der er aufgrund seiner körperlichen Beschaffenheit aber durchaus in der Lage gewesen wäre. Warum keine Gegenwehr? Schritte im Laub und über Holz. Es hätte rascheln oder knacken können«, warf Kerstin Semlock ein.

»Er war vermutlich einfach nur konzentriert«, antwortete Brandenburg. »Während ich vorhin mein Display beobachtet habe, habe ich auch vieles der Umgebung nicht mitbekommen. Das Moor ist hier das Highlight. Das ist das Einzige, was sich hier für einen Cache lohnt und danach wurde das Versteck auch benannt: *Grundloses Moor. D1/T1.*«

»Bitte wie?«

»Es gibt für die Schwierigkeit, den Cache zu lokalisieren, eine D-Wertung von eins bis fünf. D wie Difficulty. Manchmal muss man Rätsel lösen, um überhaupt auf die Koordinaten zu kommen. Dann gibt es eine T-Wertung, auch von eins bis fünf, für die Schwierigkeit, an den Cache heranzukommen: T steht für Terrain. Manchmal muss man hoch auf einen Baum. D1/T1 – hier ging es offenbar weder um das eine noch um das andere. Der Owner wollte die Cacher an diesen Ort locken, weil es ihm nur um den Ort selbst ging, der nicht nur für klettertechnische Freaks interessant sein sollte.«

»Im Moment ist hier jedenfalls nichts zu finden«, sagte Harry Stein. »Die Mulde im Waldboden dort neben dem Baum, dort könnte es gewesen sein. Wir brauchen Gewissheit.«

»Wir können versuchen, nicht nur Koloss zu kontakten, sondern auch den Owner«, sagte Brandenburg. »Den Cache muss es gegeben haben. Er war im Netz registriert, ebenso wie die online erstellten Logbucheinträge.«

»Was ist bitteschön ein Owner?«, kam es aus der Runde.

»Der Owner ist der Besitzer. Beziehungsweise derjenige Geocacher, der dieses Versteck angelegt hat. Das war am 15. September 2007.«

»Steht das auch in der App?«, fragte Harry Stein.

»Yep«, signalisierte Brandenburg. »Ich werde mich um den Namen und die ladungsfähige Anschrift des Owners kümmern und versuchen, mit ihm Kontakt aufzunehmen.«

Die Gruppe verstummte, als sie plötzlich aus der Richtung, in der die moorige Senke lag, etwas vernahmen. Schmatzende Geräusche wie von einem Tier. Gleich darauf liefen zwei Füchse aus verschiedenen Richtungen zusammen und verschwanden im dichten Bewuchs. Den Uferweg säumten große Buchen und Eichen, die sich langsam aber sicher dem Moor und damit ihrem Ende zuneigten. Gewaltige Fächer aus verzweigten Ästen, als wollten sie das Moor und seine Geheimnisse behüten. Weiter entfernt erhob sich ein Graureiher mit trägem Flügelschlag.

»Okay, Rückzug«, sagte Harry Stein, dem ein Schauer über den Rücken lief. Die Nackenhärchen stellten sich auf, so wie früher, als er unter der Bettdecke Edgar Alan Poe gelesen hatte.

Die Kommissarin und die vier Männer gingen langsam zurück, beobachteten dabei wieder das Gelände und erreichten bald den einsam gelegenen Parkplatz, rechtzeitig bevor die Dämmerung die Wahrnehmung von Details erschwert hätte. Sie stiegen in die Autos und glitten über die Wellenlandschaft zurück. Der Feierabend war nun endlich greifbar nahe. Doktor Brandenburg ließ sich zu Hause absetzen. Seinen eigenen Wagen würde er bei der nächsten Gelegenheit vom Klinikum abholen.

Nach dem Eintreffen in der Dienststelle unterhielten sich Harry Stein und Kerstin Semlock noch kurz auf dem Parkplatz, um abschließend gemeinsam die Faktenlage zusammenzufassen.

»Unser Geocach-Doc geht also davon aus, dass es den Cache dort gegeben haben muss. Der war im Netz registriert«, eröffnete die Kommissarin.

»Dann gehen wir mal davon aus, dass es ihn gab. An der Stelle war nur noch eine Mulde im Waldboden, das Laub wie weggeschoben. Haben Sie eigentlich auch nach den Klarnamen von Vesta, Poweron und des Owners nachgefragt?«, hakte Stein ein, der von der Kommissarin über alle Hinweise aus dem Telefonat mit Brandenburg informiert worden war.

»Noch nicht, mache ich gleich. Ich …«, antwortete Semlock, wurde aber von Harry Stein unterbrochen.

»Das arbeitet sicher der Doc zu, der hat da den richtigen Zugang.«

Kapitel 10

Tagesbefehl

Kommissarin Semlock bekam Besuch vom Kommissariatsleiter. Er würde sie gern unter vier Augen sprechen. Eine überraschende Bitte und sogar charmant vorgetragen. Diesem Ansinnen konnte sie natürlich nicht entgehen und so wurde das Gespräch störungsfrei in seinem Büroraum arrangiert. Sie folgte ihm hinein. Er bot ihr einen Platz an. Der Raum war schlicht und funktional eingerichtet. Das Budget der Behörde erlaubte keine Extras. Die hätte man sich selbst schaffen müssen. So blieb der Raum unpersönlich. Sehr persönlich dagegen sein Vortrag: »Frau Semlock, ich habe da eine Mail aus Berlin bekommen. Da sitzt eine Gesellschaft, die mit diesem Geocaching zu tun hat.«

»Ach, tatsächlich? Ich habe an die geschrieben. Warum haben die an Sie geantwortet und nicht an mich?«

»Nun, die haben für morgen einen Gesprächstermin mit Ihnen in Berlin festgesetzt«, antwortete er, ohne auf ihre Frage einzugehen.

»Festgesetzt? Ich verstehe nicht. In der Regel werden Termine abgestimmt.«

»Ich weiß, aber nicht im Kontakt mit dieser Gesellschaft. Die berühmte Frage ›Wer wen?‹ ist da von vornherein beantwortet und deshalb bitte ich Sie, diesen Termin dort morgen wahrzunehmen.«

»Morgen ist Reformationstag!«

»Ich wiederhole mich nur ungern, Frau Semlock, und wenn, dann jetzt mit der kleinen Anpassung, dass ich Sie um die Wahrnehmung dieses Termins nicht bitte, sondern dass ich die Wahrnehmung anweise!« Er legte ihr das Schreiben mit Ort und Zeit des Treffens auf den Tisch, nickte kurz und bedeutete ihr mit einer Geste, dass das Gespräch damit beendet war.

Sie war regelrecht geplättet. So etwas hatte sie noch nicht erlebt. Der Charme, mit dem er sie zu sich gebeten hatte, war sehr schnell einem kalten, kompromisslosen Ton gewichen. Diesen kannte sie nicht von ihm. Seine ganze Gestik und Mimik war nicht so wie sonst. Ihr blieb nichts weiter, als den Ausdruck der E-Mail entgegenzunehmen und sich für den Dienstwagen einzutragen, den am Reformationstag auch kein anderer haben wollte.

Zurück in ihrem Zimmer las sie den Text auf dem Ausdruck. Nicht mehr als ein Vierzeiler. ›Wenn diese vier Zeilen ausreichen, mir so eine Ansage zu machen, muss er den Hintergrund der Sache kennen. Anders ist sein kurzer Auftritt ohne jegliche weitere Erklärungen nicht denkbar‹, dachte sie. Dann googelte sie den Absender: *GCP Geocaching Profile*. Keine URL, die sie weiterbringen würde. Nur einiges über Produkte für das Geocachen, Geocaching bei Amazon und andere Suchergebnisse, die sie schnell wegscrollte. Vielleicht nur *GCP*? Das neue Suchergebnis wurde von *Good Clinical Practice* dominiert. Sie erinnerte sich, dass unter diesem Label internationale Regeln für klinische Studien an Patienten zusammengefasst werden. Doch darum würde es morgen wohl kaum gehen. Sie übertrug die Berliner Adresse in die Suchzeile von Google Maps und legte sich in Gedanken die Fahrtroute zurecht. Den Reformationstag wollte sie eigentlich anders verbringen. ›Was mag das für ein Laden sein, der morgen, an einem Feiertag Leute einbestellt?‹ Kommissarin Semlock war für den nächsten Tag eigentlich am Nachmittag zu Freunden eingeladen. Sie rief dort an, sagte unter Vorgabe eines familiären Problems ab und fuhr nicht ganz ohne Herzklopfen nach Hause.

Kapitel 11

GCP

They try to catch real names again.
IP address located in Rostock, police department.
User: Mrs. Kerstin Semlock.
Implemented procedure: SOFD.

Diese E-Mail hatte ein Drucker in der Berliner Niederlassung der GCP an die Luft gesetzt.

»Chef, wann erwarten Sie diese Kriminalbeamtin aus Rostock?«

»Sie ist avisiert für elf Uhr. Ich denke, sie wird pünktlich sein. Würden Sie bitte einen Kaffee für unseren Gast vorbereiten?«

»Selbstverständlich. Und während des Gespräches keine Störungen? Oder soll ich zu einer bestimmten Zeit an einen dringenden Anschlusstermin erinnern?«

»Sie sind wie immer äußerst umsichtig und vorausschauend. Wie käme ich nur ohne Sie zurecht? Kommen Sie bitte mit dieser Erinnerung nach ca. 45 Minuten.«

Karl Sandau, ein 45-jähriger, erfolgsgewohnter, eloquenter, verdammt gutaussehender Mann lehnte sich zurück, ließ seinen Blick durch die getönten Scheiben seiner Büroetage über die Dächer der Stadt schweifen. Sein Büro war überaus großzügig ausgestattet. Der Schreibtisch aus wuchtiger Eiche mit dem Nimbus der Ewigkeit. Eine dezente Hausbar mit wenigen, dafür aber erlesenen Tropfen, die jeder Kenner sofort bestaunen würde. Bei der Kriminalbeamtin würde er vermutlich nicht auf solche Tiefenkenntnis stoßen, malte er sich aus. Sein Chefsessel glitt über einen Holzboden, der etwa fünf Zentimeter höhergelegt war als der auf der anderen Seite des Tisches. Das hatte er aus Gerichtssälen übernommen. Das Gericht sitzt immer eine Stufe höher als die sonstigen Verfahrensbeteiligten: die Ehrfurcht erheischende Position. Ganz so offensichtlich wollte Sandau das in seinem Büro nicht, aber ein wenig eben doch. Unmerkliche fünf Zentimeter, die ihre Wirkung zumeist nicht verfehlten. Alles Psychologie, sagte er sich. Die Täfelung der Wände aus dunklem Holz, geschmackvolle indirekte Beleuchtung bis auf seinen Arbeitsplatz, der alles überstrahlte. Die der Fensterfront gegenüberliegende Wand mit einem riesigen Bildschirm, den er über eine Tastatur ansteuern konnte, die ergonomisch in den Schreibtisch eingelassen war. Daneben ein kleinerer Bildschirm in üblicher Distanz, wie bei einem normalen PC-Arbeitsplatz. Stolz blickte Sandau über das von ihm eingerichtete Interieur. Ein gerüttelt Maß Narzissmus mischte sich bei ihm mit schneidig-kalter Professionalität, die er wieder einmal ausleben wollte, als es zaghaft an die Tür klopfte. »Bitte, kommen Sie nur herein!«

»Guten Tag, mein Name ist Semlock, Kripo Rostock.«

»Ich begrüße Sie«, mit diesen laut und gedehnt gesprochenen, ja beinahe gerufenen Worten wehte er ihr entgegen. »Mein Name ist Sandau, ich freue mich sehr, Sie kennenzulernen.« Er ergriff ihre Hand. »Ich hoffe, Sie hatten nicht zu viele Unannehmlichkeiten. Ich wäre untröstlich.«

Hauptkommissarin Semlock gelang es nicht, diese Intonation aufzunehmen. Das war auch gar nicht möglich, denn während sie bis eben noch ihr Navi strapaziert hatte, um die GCP zu finden, hatte sich ihr Gegenüber offenbar einige Zeit eingestimmt, um jetzt einen einstudierten Auftritt vorzulegen. Sie war zudem über ihre Arbeit als Kriminalbeamtin auch einen eher nüchternen, praktisch orientierten Umgang gewöhnt.

»Nehmen Sie doch bitte Platz!«

Das klang schon kürzer und sie setzte sich in den ihr zugewiesenen Sessel, der so weich war – einen ›Versinkesessel‹, nannte sie ihn in Gedanken –, dass man nur mit ein- oder zweimal Schwungholen wieder herauskommen würde.

Sandau begann das Gespräch, nachdem er ihr einen Kaffee angeboten hatte. »Liebe, hochverehrte Frau Kollegin, Sie werden über diese Einladung erstaunt sein und erwarten selbstverständlich eine Erklärung …«

»Herr Sandau«, fiel sie ihm in den Wortschwall, »sprechen wir doch bitte Klartext! Ich habe keine Einladung bekommen, sondern eine Vorladung. Diesen Terminus kenne ich sonst nur vor Gericht. Mein Behördenleiter übergab mir Ihr Schreiben. So wenig Raum Sie für eine etwaige Terminabstimmung gegeben haben, so klar war die Erwartung, um nicht zu sagen, Forderung, zu lesen, dass ich heute und jetzt hier zu erscheinen habe. Was mich am meisten wunderte, ist, dass sich mein Behördenleiter darüber nicht gewundert hat! Er verzichtete auch auf jegliche Erklärung, um den Hintergrund dieser Vorladung zu erhellen!«

Sandau sah sie an, nahm die Brille ab, hielt einen Moment inne und stellte seinen Kommunikationsstil um. Jetzt ohne Anrede, fuhr er fort: »Dann wusste Ihr Behördenleiter, was sich gehört. Freut mich, zu hören. Es ist jetzt an mir, auf den Punkt zu kommen, da bin ich ganz bei Ihnen.« Er schob ihr den Ausdruck einer E-Mail zu, der vorbereitet auf seinem Tisch lag. »Sie haben im Rahmen von Ermittlungen zu einem Tötungsdelikt versucht, über geocaching-international.com an die Klarnamen von Geocachern zu gelangen. Das gefällt uns nicht!«

Semlock überraschte der nun völlig veränderte Ton. Plötzlich war sie es, der Vorhalte gemacht wurden. Das kannte sie aus ihrem Alltag nicht. Sie sah sich in der Defensive. Hier gab es kein Protokoll, keine Belehrung, kein langes Vorgeplänkel. Dieses Szenario war ihr deutlich fremd. Er hatte sie aus der Fassung gebracht.

Sandau nutzte ihr Zögern: »Wir respektieren natürlich Ihre Arbeit, Frau Semlock, und die dahinterstehenden rechtsstaatlichen Prinzipien, aber gelegentlich sind wir einfach gezwungen, Grenzen abzustecken.«

Er sprach für sie immer noch in Rätseln. Als könne es etwas geben, das über den hochheiligen Prinzipien einer Rechtsstaatlichkeit stünde.

»Es gibt höhere Interessen, deren Gefährdung wir nicht zulassen«, fuhr er fort. »Es gibt weltweit einige Millionen Geocacher, die wir führen, weil sie uns interessieren. Dazu gehörte nicht unbedingt der arme Hannes Köster, den es da im Wald erwischt hat, aber einige andere gehören schon dazu.«

Kerstin Semlock meinte, nicht richtig zu hören. ›Geocacher, die wir führen?‹ Das kam ihr irgendwie bekannt vor. Woher hatte er den Namen des Opfers?

»Manche werden durch unsere FM angeworben, freilich ohne das zu durchschauen. Sie glauben dann einfach, ein neues Hobby gefunden zu haben.« Sandau wippte vor Lachen und schüttelte dabei den Kopf. »Ich hätte am Anfang auch nicht gedacht, dass das alles so gut funktionieren würde.«

»FM?«, entgegnete Semlock, »höre ich richtig? Das kommt mir auch schon wieder bekannt vor!«

»FM – freiwilliger Mitarbeiter, ganz einfach«, entgegnete Sandau. »Der Begriff des IM schien uns historisch verbraucht.«

Ihr wurde kalt und er wärmte sich daran.

Genüsslich sprach er weiter. »Jeder Geocacher ist emsig dabei, so viele Caches wie möglich zu finden und die auch noch online zu loggen. Damit ist er unbewusst und ungewollt zum freiwilligen Mitarbeiter eines genialen Systems geworden. Bei der heutigen Cache-Dichte bekommen wir ein Bewegungsprofil von Leuten, die uns interessieren, ganz ohne richterlichen Beschluss, auf völlig freiwilliger Basis und völlig unbemerkt von denen, um die es geht. Nun werden Sie sagen, dass das doch über die Auswertung der Mobilfunknetze ohnehin schon möglich ist. Sicher, aber da sind uns die Telefongesellschaften im Wege.

Die machen alles kompliziert. Beim Geocaching kommen wir besser an die Daten und können sehr fein differenzieren. Es macht einen Unterschied, ob jemand gelegentlich mal einen Cache sucht und findet, der ohnehin gerade am Weg liegt, oder ob dieser Schnurzelwurzel oder Pieselpusel oder wie er sich nennt, dafür auf Bäume klettert oder in Abwasserkanäle kriecht. Da trennt sich die Spreu vom Weizen. Letztere sind meist offensive Typen. Da gibt es zum Beispiel einen, der – lassen Sie mich nachsehen – seit 2009 mehr als sechstausend Caches gefunden hat. Der hat in seiner Hoch-Zeit mehr als hundert pro Tag gemacht. So jemand muss ein markantes Persönlichkeitsprofil haben. Wir erstellen recht detaillierte Statistiken über diese Extremisten, so will ich sie mal nennen. Es geht zunächst darum, möglichst viele Persönlichkeiten in Führungspositionen zu erfassen. Wenn darunter solche Extremsportler sind, könnte es für bestimmte Kreise interessant sein, deren schier unerschöpfliche Energie gegen ein lukratives Angebot in bestimmte Richtungen zu lenken. Kontaktaufnahmen erfolgen, wenn die Zielpersonen für spezielle Verwendungen eingeschaltet oder eben auch mal ausgeschaltet werden sollen. Darüber befindet dann ein höher gestelltes Gremium. Manchmal schicken wir ausgediente Aktivisten auch in Rente. Die Familie weiß, was sich gehört und kann sich verdienstvollen Veteranen gegenüber durchaus erkenntlich zeigen. Ich sage Ihnen das sehr deutlich, Frau Kommissarin, falls wir so ganz eventuell zu einem Neustart unserer Beziehung kommen sollten.«

Semlock wurde noch kälter und ihr dämmerte, was da im Verborgenen lief. »Herr Sandau, das klingt nach einem Geheimdienst.«

»Klar, wir sind ein Geheimdienst. Nach außen wirken wir mit unserem Firmennamen wie ein normales Geocaching-Portal. Das allerdings nur analog mit unserem schönen Firmenschild. Im Netz sind wir für den User nicht erreichbar. Die meisten gehen sowieso gleich auf geocaching-international.com.

»Ich habe geocaching-international.com für eine seriöse Adresse gehalten.«

»Das ist sie auch. Da gibt es keine Zweifel. Wir haben uns nur angedockt, wenn Sie wissen, was ich meine?!«

»Ich weiß nicht, was Sie meinen!«

»Wir pieken von der Seite wie die Mücke ihren Stachel und saugen Informationen ab, die wir brauchen, das natürlich rein digital. Die Digitalisierung, in die unsere Regierung pikanterweise viel investiert, gab es vor 1989 nicht. Rechtsanspruch auf schnelles Internet. Wir sind begeistert. Damals waren wir auf willige Zuträger angewiesen, um an Informationen zu gelangen. Heute liefern uns die Zielpersonen die Informationen selbst. Die Diskussionen um Facebook und Google lenken wunderbar ab. Wir sind überhaupt noch nicht im Zentrum öffentlicher Aufmerksamkeit. Während es für Facebook immer schwieriger wird, weiß die Medienwelt noch nicht einmal, dass es uns gibt und wir können noch ungestört agieren. Wir funktionieren perfekt und werden sehr gut bezahlt.«

»Von wem denn?«, fragte die Kommissarin, die ihre Fassung langsam wiedergewann.

Er schwieg und lächelte breit.

»In wessen Auftrag handeln Sie? Ich dachte, Leute wie Sie hätten wir 1989 überwunden!«

Er schwieg zunächst weiter und setzte ein noch breiteres Grinsen auf. »Frau Semlock, Leute wie uns hat es immer gegeben und wird es immer geben. Seien Sie nicht naiv! Nach 1989 haben sich nur die Blickrichtungen geändert. Und – zugegeben – einige Schwerpunkte unserer Arbeit. Heute gehen wir mit der Zeit, damit sie uns nicht wieder davonläuft. Wir sind bestens aufgestellt. Ansonsten gibt es viele Dinge zwischen Himmel und Erde, Frau Kommissarin, die nicht ihrer Gehaltsgruppe entsprechen.«

Sie biss auf Granit, völlig ausgekühlten Granit, der offenbar schon viele Witterungen überstanden hatte. »Meiner Gehaltsgruppe entspricht aber, einen Mordfall aufzuklären und über geocaching-international.com könnten wir an potenzielle Zeugen kommen, Herr Sandau! Wir wissen im konkreten Fall, dass ein Cache unmittelbar am Tatort kurz vor der Tat geloggt wurde. Wir müssen daher Kontakt zu diesem Geocacher bekommen. Er könnte unser wichtigster Zeuge sein!«

»Mag sein, aber nutzen Sie doch einfach die online gebotene Möglichkeit, den Usern eine Nachricht zu schreiben.«

»Das haben wir schon versucht!«

»Ich weiß.« Sandaus Mundwinkel umspielte ein triumphierendes Lächeln.

»Das hat nicht funktioniert.«

»Ich weiß. Sie müssten also andere, eben klassische Ermittlungswege gehen. Wir haben Sie hergebeten, um Ihnen das unmissverständlich zu erklären! Ich kann Ihnen nur so viel sagen, dass Ihre Aktivitäten in die Nähe uns wichtiger Zielpersonen führen und Sie werden verstehen, dass wir da empfindlich reagieren, sozusagen im Rahmen einer Gefahrenabwehr. – Schön, dass mir dieses Wort eingefallen ist. – Gefahrenabwehr. So wie ich weiß, eine klassische Aufgabe der Polizei.« Sandau lehnte sich zurück, genoss seine Wortwahl und beobachtete das Minenspiel seines verbal überfahrenen Gastes. »Ich bin zudem sicher, dass die Einzelheiten unseres Gespräches hier im Raum bleiben, Frau Kollegin!«

»Erstens bin ich nicht Ihre Kollegin. Und zweitens werde ich jetzt gehen, das Gespräch ist für mich beendet.«

Sandau reagierte keinesfalls überrascht. Er sagte nichts und griff unter seine Tischplatte.

Ihr gefror das Blut in den Adern, als sie plötzlich ein lautes Klacken vernahm, das nahezu gleichzeitig aus zwei Seiten des Raumes kam.

Die Türen waren von ihm auf Knopfdruck geschlossen worden und er griff zum Telefon. »Lassen Sie das mit dem Anschlusstermin und schicken Sie Viktor zu mir!«, sprach er in den Hörer.

Nach zwei Minuten öffnete sich hinter ihr eine Schiebetür und es kam ein Mann herein. Sie drehte sich zu ihm um. Perfekt gekleidet, dunkler Anzug, kantiges Gesicht, kompromisslose stahlblaue Augen, kurzes dunkles Haar, min destens eins neunzig und sehr kräftig gebaut. Semlock war ergriffen und erstarrt. Zu groß war der Stimmungswechsel und zu schnell war er über sie gekommen. Sie wurde von einer Angst bekrochen, die sie so noch nie verspürt hatte. Panik wollte sich ihres Nervensystems bemächtigen und sie hatte alle Mühe, das zu verhindern, denn darauf war sie nicht vorbereitet. Sie wusste, dass diese Situation in ihrem Ausgang völlig offen war, was ihr jede Zuversicht zu nehmen drohte. Sie blickte in ein regungsloses Gesicht, während sich vom Schreibtisch her wieder das breite Grinsen vorschob. Sie konnte nicht weg. Das war pures Ausgeliefertsein. Ihr sonst selbstbewusstes Formulieren war nicht mehr abzurufen.

Sandau löste die Spannung auf, in dem er sagte: »Wir haben alle Möglichkeiten, dass alles hier im Raum bleibt, seien Sie sicher, aber wir vertrauen Ihnen. Wir haben ebenso alle Möglichkeiten, Verstöße gegen das in Sie gesetzte Vertrauen zu erfassen und entsprechend zu handeln. Auch da können Sie sicher sein. Wir sind da sehr gut vernetzt. Übrigens, Ihr Behördenleiter weiß das auch – nur, dass Sie sich da nicht wieder wundern. Ach ja, das Wichtigste noch einmal zum Mitschreiben: Wir vertrauen Ihnen nicht nur dahingehend, dass Sie das hier Gehörte und Gesehene nicht weitertragen, sondern insbesondere, dass Sie nicht weiter versuchen, über geocaching-international.com an Klarnamen zu kommen. Wir agieren verdeckt und registrieren das als Störung. Und falls Sie sich wundern, was das Kürzel *SOFD* in der E-Mail bedeutet: *Steps Of First Degree* – will heißen, dass es derzeit bei dieser Unterredung bleibt und keine weiteren Maßnahmen vorgesehen sind. Ich denke Sie haben das verstanden?!«

Kerstin Semlock erhob sich, schaute kurz zu den beiden Männern und verließ wortlos das Büro durch die inzwischen wieder freigegebene, wuchtige Tür. Die Knie wollten fast ihren Dienst versagen. Erst nachdem sie mehrere gesicherte Flure und einen Lift passiert hatte, der von einem zuvorkommenden Herren betreut wurde, war nur noch eine Rezeption zwischen ihr und der Tür ins Freie. Als sie sich der Rezeption näherte, hörte sie nur ein kurzes »Okay!« und die Tür öffnete sich. Die Tür ins Freie. Ja, es war wie eine Freilassung. Freigelassen? ›Was und wer ist noch frei‹, fragte sie sich und die Welt sah nicht mehr so aus wie vor einer Stunde.

Sie ging zu ihrem Auto, stieg ein und blieb erst einmal sitzen, um alles sacken zu lassen. Das war zu viel an Unerwartetem, an entwaffnender Direktheit, zu viel an fremdem Selbstverständnis, was überhaupt nicht in ihren bisherigen Lebenshorizont passte. Im Grunde war sie nicht fahrtüchtig, weil es in ihrem Kopf kreiste. Wäre sie jetzt allein zu Hause gewesen, hätte sie sich einen Reset mit einer Flasche Medoc verordnet. Das ging natürlich nicht in diesem emotionslosen Dienstauto, das wie ein williger Sklave von ihr in Bewegung gesetzt werden wollte. Zur Ablenkung nahm sie nur kurz ihr Smartphone und checkte inzwischen eingegangene E-Mails und andere Nachrichten über WhatsApp. Dann startete sie den Motor und fädelte sich in den entspannten Verkehr des Feiertags.

Nach dem Verlassen des Autobahnringes stellte sie den Tempomaten auf einhundertdreißig und glitt nach Norden, mechanisch geradeaus. Sie starrte auf die Fahrbahn und fuhr beinahe wie in Trance. Wie sollte sie an ihren so wichtigen Zeugen kommen? Wie sollte sie ihre Ermittlungen prozessual sauber führen? Wie sollte sie alles so dokumentieren, dass nicht in der späteren Gerichtsverhandlung Fragen gestellt würden, die zur Preisgabe von Details geführt hätten, die nach Forderung der GCP verdeckt bleiben sollten? Hatte Sandau geblufft? Was hatte er denn für Möglichkeiten? Vielleicht wollte er sie nur einschüchtern? Diese Fragen und vieles mehr kreisten durch ihren Kopf und standen in Konkurrenz zu dem, was ihr Gehirn eigentlich leisten musste, um sie heil nach Hause zu bringen.

Kapitel 12

Kolossal

Der nächste Tag begann wie die anderen auch. Nach dem Reformationstag waren jetzt nur noch zwei Brückentage zu überstehen, die einige Kolleginnen und Kollegen für Kurzurlaube nutzten. So war es recht ruhig in der Behörde. Kommissarin Semlock kam zum Dienst. Sie fuhr den Rechner hoch, checkte die Termine der kommenden Woche und wollte sich dann einigeln, um den durch nächtlichen Schlaf gewonnenen Abstand zum Vortag auszubauen. Das wurde durchkreuzt.

Eine junge Referendarin klopfte völlig ungehemmt an Kerstin Semlocks Tür und betrat das Büro, ohne das »Herein« abzuwarten. Semlock öffnete die für ein paar Minuten geschlossenen Augen und blickte auf ein Make-up-Demo, welches mit piepsiger Kopfstimme sagte: »Hier hat sich ein Herr Kolosalski gemeldet. Der sagt, er sei Geocacher und Sie hätten ihm eine E-Mail geschickt, er solle sich melden.«

›Kolossal! Das ist ja wie eine Gottesfügung‹, dachte sie. »Sie sind ein Engel«, rief sie laut und überglücklich. »Wo ist die E-Mail?«

»Auf dem Server, so wie immer«, entgegnete die Referendarin verwirrt und nicht sicher, ob sie etwas falsch gemacht hatte.

»Okay, leiten Sie die E-Mail bitte an mich weiter!«

»Ja, gerne, sofort!«

Ein laut vernehmbarer »Plop« signalisierte kurz danach den Eingang. Kommissarin Semlock hatte den Zugang zu einem Zeugen und damit vielleicht zu einer wirklich heißen Spur. Sie antwortete ihm und sparte nicht mit Dankesworten für seine Unterstützung. Nach einigem Hin und Her einigten sich beide auf einen Vernehmungstermin in Rostock, zu dem Herr Kolosalski alias Koloss am Montag aus Berlin anreisen musste. Sie wollte ihm diese Reise nicht ersparen. Ein Amtshilfeersuchen an Berliner Kollegen wäre auch möglich gewesen, aber Koloss wollte sie vor dem Hintergrund des für sie völlig neuen Themas Geocaching lieber selbst vernehmen.

Als sie gestern in Berlin gewesen war, hatten die Kollegen die Pilzsammler interviewt und wie üblich das Gespräch aufgezeichnet. Das würde sie sich als nächstes anhören. Die Vernehmung dieses älteren Ehepaares hatte zwei Stunden gedauert. Die Beamten hatten zumeist Antworten bekommen, zu denen leider keine der zuvor gestellten Fragen passte. Ein mühseliges Unterfangen, diese Leute auf den Punkt zu bringen. Deren Schilderungen hatten zunächst um den eigentlichen Kern der Sache gekreist, als würden sie den schrecklichen Moment des Leichenfundes kein zweites Mal erleben wollen. Sie sei so geschockt gewesen, dass sie noch immer nicht schlafen könne. Er hatte ständig abgewiegelt – »So schlimm wäre das ja auch nicht!« – und stets einen Kontrapunkt zu den Aussagen seiner Frau gesetzt. Letztlich war dabei nichts Griffiges herausgekommen. Keine heiße Spur.

Die Befragung der Nachbarn und Freunde von Hannes Köster war inzwischen auch gelaufen. Semlocks Kollegen hatten gut gearbeitet. Leider aber nichts, was weiterführen könnte. Er war nicht vorbestraft, hatte einen sehr guten Leumund. Kein Hinweis, dass er sich in Kreisen bewegte, die ein gewisses Risiko bedeuten könnten. Keine illegalen Drogen. Nicht einmal Punkte in Flensburg. Über Geocaching habe Hannes nie etwas erzählt. Seine Freunde kannten diesen Begriff nicht einmal. Damit war klar, dass er als Geocacher offenbar immer allein unterwegs gewesen war.

Auch Spürhunde waren am Auffindungsort eingesetzt worden. Erster, aufkeimender Optimismus wurde aber schnell ausgebremst. Die Tiere hatten zwar kräftig angezogen, die Spur aber nur dorthin geführt, wo das Fahrrad abgestellt war. Eine andere Fährte hatten sie nicht aufgenommen. Auch anschließend, als sie zu Hannes' Freunden geführt wurden, waren sie nicht unruhig geworden: Nichts. Es war zum Verzweifeln. So dunkel wie der Wald, so black blieb die Box.

Kapitel 13

»Vahör«

»Ja, bitte!«, tönte es dumpf durch das Sicherheitsglas zwischen dem diensthabenden Polizeibeamten der Dienststelle und dem unsicher dreinschauenden Ankömmling.

»Kolosalski, Horst Kolosalski. Ick hab 'ne Einladung zum Vahör.«

»Legen Sie bitte den Zettel und Ihren Ausweis hier in die Schublade!« Der Beamte zog die Lade zurück, prüfte das Schreiben, den angegebenen Termin und den Ausweis. »Herr Kowalski, Sie haben keine Einladung, sondern eine Vorladung, und nicht zum Verhör, sondern zur Vernehmung.«

»Jut, ick bin Kolosalski und nich' Kowalski! 'Ne Einladung hab ick ooch nich'. Denn kann ick wieda jehn, oder wat?«

»Verzeihung, Herr Kolosalski, nehmen Sie lieber dort Platz! Alles andere wird teuer und bringt Ärger. Sie werden gleich abgeholt.« Der Beamte schaltete die Wechselsprechanlage aus und lehnte sich zurück, während sich Kolosalski widerwillig im Wartebereich setzte.

Nach wenigen Minuten öffnete sich mit dem Summer eine Tür. »Herr Kolosalski?«

»Det bin ick.«

»Mein Name ist Semlock, kommen Sie bitte!«

»Na, junge Frau, so schnell jeht det selbst bei Kolosalski nich'. Obwohl Se mir alle Koloss nennen. Ick bin ehm ziemlich kolossal. Vielleicht hahm wa ja noch ma woanners Jelejenheit?«

Die Kriminalbeamtin schwieg, rollte innerlich mit ihren Augen den unangenehmen Eindruck weg und führte ihn in das Vernehmungszimmer. »Nehmen Sie bitte dort Platz!«

Kolosalski sackte auf einen Stuhl, sah sich kurz um und fixierte dann die Kriminalkommissarin. »Wat liecht jejen mir vor? Sie könn'n ma jarnischt. Ick hab nischt jemacht un schon ja keen Sachverhalt.«

»Vernehmungsbeginn um 10:45 Uhr. Herr Kolosalski, wo waren Sie am 25. Oktober?«, begann sie nach der üblichen Belehrung eines Zeugen ihren Fragenkatalog abzuarbeiten.

»Ick? Weeß ick do jetz' nich' mehr, ßu Hause, nehm ick an.«

»Nun, dann würden wir uns vermutlich nicht für Sie interessieren, Herr Kolosalski. Wir vermuten ganz stark, dass Sie nicht zu Hause in Berlin, sondern in Mecklenburg-Vorpommern waren. Und da das nach unseren Erkenntnissen nicht einmal zwei Wochen her ist, sollten Sie das noch wissen! Waren Sie im Urlaub hier oder auf einer Kur?«

»Ach so, na klar, ick war für 'n paar Tage in Doberan zu Besuch, bei den Sohn von meine Ex. Zu den hab ick imma noch janz juten Kontakt.«

»Sind Sie berufstätig?«

»Nee, EU-Rentner. Würd ick nich' so jerne auspacken, dett Thema.«

»Also noch einmal, was haben Sie am 25. Oktober gemacht? Haben Sie sich mit jemandem getroffen?«

»Ah, jetz weeß ick wieda. Der Sohn von meene Ex musste uff Arbeit. Ick hab ma anjezogen un bin los mit die neue App hier uff mein Schmartphone.« Koloss griff an seine Hose. »Scheiße, jetze hab ick druffjesessen. Allet wejen die Uffrejung.« Er zog sein Smartphone aus der rechten Gesäßtasche und zeigte das leidgeprüfte Gerät bereitwillig vor. »Die neue App heißt Geokeschen, oder so.«

»Na also, erzählen Sie mal!«

»Wat soll ick sagen? Vor 'n paar Wochen hat mir 'n Kumpel druff jebracht. Da ha ick ma rejistriern lassen mit 'n Spielernahm. Koloss, wie Se sich denken könn'n, denn 'ne App runterjeladen un jetze kann ick, ejal wo ick bin, imma kieken, ob 'n Kesch inne Nähe is. Denn zeicht mir 'n Pfeil uff 'ne Karte, wo der is un ick jeh da hin.«

»Das klingt spannend, Herr Kolosalski. Und wenn Sie dann dort sind, was machen Sie da?«

»Ick hab gleich jedacht, det dit 'ne schräje Sache is. Ick wollt erst ja nich, aber Bodo, mein Kumpel, der macht det ooch schon lange un da dacht ick, okay, kannste machen … un nu sitz ick bei de Pullißei.«

»Ich habe gefragt, was Sie dann dort machen?«

»Da is meistens 'ne Büchse oda so 'n kleenet Röhrchen mit 'n Zettel drinne, wo man sich einträcht, det man da war.«

»Sie meinen vermutlich ein Logbuch?«

»Jenau.«

»Welchen Cache haben Sie denn an diesem Tag gesucht?«

»Der hieß irjendwatt mit Moor. Warten Se mal!« Koloss startete die App, tickerte sich mit ungeübten Fingern endlos durch verschiedene Menüs, bis er fand, was er suchte. »Grundloset Moor, hier steht et.«

»Haben Sie sich auch in dieses Logbuch eingetragen?«

»Klar, voll korrekt mit Namen, Datum un Uhrßeit.«

»Jetzt klingt es wirklich spannend, Herr Kolosalski. Wie war dieses Logbuch versteckt.«

»Unter zwee kleene Bretta. Die lagen gleich nehm so 'n alten Baum un det war klar, det die eener da hinjelecht hat. So is dit öfta bei die Kesches. Die soll nich' jeda sehn, der da vorbeijeht, aba jefunn wern soll'n se doch. Un wer sich auskennt, der weeß schon unjefähr, wonach er kieken muss. Unter die Bretta lach 'ne Büchse, so wie 'ne kleene Tuppadose, wasserdicht zujeklickt un da drinne war dit Logbuch.«

»Wo ist dieses Logbuch?«

»Na, det bleibt da inne Büchse, det sich die annern, die det fin'n, ooch eintragen könn'n.«

»Sie haben es nicht mitgenommen?«

»Uff keen Fall. Det muss da bleim.«

»Waren Sie zum ersten Mal in dieser Gegend?«

»Ja. Ick wollte dahin, weil die Kesches meist da jelecht sind, wo it wat zu kieken jibbt, schönen Blick, paar tolle alte Bäume in 'nem Wald, 'ne Ruine, Natur, Jeschichte un so wat, wo man sonst nich' von alleene unbedingt hinkommt.«

»Können Sie mir bitte die Geokoordinaten des Caches geben?«

»Die wat?«

»Geokoordinaten. Das sind meist Zahlenpaare in Grad, Minuten, Sekunden, die den Ort des Caches definieren.«

»Wie viel Grad dit war'n, weeß ick nich', war janz schön kalt. Und wejen Minuten – die ßeit, wo ick da war, hab ick einjetragen.«

Kerstin Semlock hatte Mühe, ernst zu bleiben. Das war ja mal wieder köstlich. Dann musste sie doch lachen und formulierte ihre Frage anders: »Herr Kolosalski, wenn Sie den Cache finden wollen, was machen Sie dann?«

»Ick jeh den Feil uff de Karte nach.«

»Wie ist der Cache beschrieben?«

»Na, in die App kann ick lesen, wat damit is.«

Sie gab auf und nahm sich vor, das Thema mit Doktor Brandenburg zu besprechen. »Was war denn nun an diesem Ort so besonders?«

»Na det Moor, dichte bei, die Senke da. Wejen die Natur un allet. Dit ist wohl so 'n Biotop mit seltene Vogelarten, Biba, Frösche und ooch alte Bäume. Wollt ick ma hin. Hab ma nischt Schlimmet dabei jedacht.« Kolosalski beschrieb seinen Weg. Die Kriminalbeamtin ließ ihn reden und notierte für sie interessante Details. Seine anfängliche Abwehr wandelte sich in Kooperation. Plötzlich war er wichtig. Er bemerkte schon, dass er seinem Gegenüber einige Informationen gab, die neu oder unerwartet waren. Da fordernde, unangenehme Fragen an ihn ausblieben, sah er sich als Aufklärer und Helfer und spulte ab, wie die Beamtin das im Kalkül gehabt hatte, bis sie ihn bremste.

»Herr Kolosalski, heute ist ja alles digital …«

»Da ham Se recht«, fiel er ihr ins Wort.

»Kann man das Auffinden des Caches auch online loggen?«

»Sicha, machen alle so. Denn zählt dit offiziell, wie ville man schon jefun'n hat.«

»Haben Sie das auch gemacht?«

»Klar doch, gleich den Ahmd noch.«

»Was haben sie da eingeschrieben?«

»Na, det Gleiche. Datum und Uhrzeit und Danke oder Tschüss oder so wat.«

»Können Sie sich hier mit ihrem Smartphone bei Geocaching anmelden und mir diesen Eintrag zeigen?«

»Wenn ick hier Netz hab? Ma kieken.« Kolosalski zeigte bereitwillig und stolz die Oberfläche der App, bis zu seinem Logbucheintrag: *24. Oktober, 12:30 Uhr.*

»Danke, Herr Kolosalski! Wir unterbrechen die Vernehmung um 11:55 Uhr.« Sie notierte sich insbesondere Zeitabläufe stets akribisch. »Nehmen Sie bitte auf dem Flur Platz! Sie können sich einen Kaffee ziehen. Ich rufe Sie in zehn Minuten wieder herein.«

Kolosalski erhob sich und ging schnaufend raus.

Die Kriminalbeamtin lehnte sich zurück und bereitete den zweiten Teil der Vernehmung vor. Erst einmal Fenster auf, Luft und sacken lassen. Was hatte sie? Einen potenziellen Zeugen, denn die Datierung des Logbucheintrages passte in den fraglichen Tatzeitraum. Die Beschreibungen über das Geocaching standen nicht im Widerspruch zu den Erläuterungen von Doktor Brandenburg. Das machte den Zeugen glaubwürdig. Sie griff zum Telefon und rief den Rechtsmediziner an, um sich den Todeszeitpunkt bestätigen zu lassen.

Der meldete sich mit einem leicht genervten: »Ja, bitte!?«

»Hallo Doc, Kerstin Semlock hier.«

Der Angerufene gab sich wieder als Meister der Verballhornung: »Das heißt nicht Semlock, sondern Sherlock!«

»Ist gut, ist gut. Irgendwie muss man ja heißen. Doktor ...« – immer, wenn sie »Doktor« so deutlich artikulierte, wurde es wichtig. Beide wussten diese Kleinigkeiten zu deuten. »... Brandenburg, ich brauche noch einmal den Todeszeitpunkt des Hannes Köster, so genau wie möglich.« Den ersten Teil der Antwort kannte sie schon.

»Wir führen keine Feststellung, sondern eine Schätzung des Todeszeitpunktes durch. Dadurch ergibt sich ein Zeitfenster, in diesem Fall von fünf bis sieben Stunden, beziehungsweise zwölf bis vierzehn Uhr, in dem der Tod mit der größten Wahrscheinlichkeit eingetreten ist. Das sind letztlich die Angaben, die sie schon kennen. Da wir die Untersuchungen dank Ihrer Weitsichtigkeit bereits am Auffindungsort durchführten und nicht erst nach nächtlicher Lagerung in einer Kühlzelle, sind wir in der Lage, den frühen Nachmittag dieses Tages so einzugrenzen.«

»Mein lieber Doc, ich danke Ihnen, Sie haben mal wieder sehr geholfen.«

»Nichts zu danken und tschüss.« Aus der Intonation des »Tschüss« hörte sie, dass er das Zeitfenster für dieses Telefonat möglichst kurz halten wollte. Vielleicht stand er ja im Saal, mal wieder postmortal.

Inzwischen waren fünfzehn Minuten vergangen und es klopfte an ihrer Tür.

»Ja, bitte!«

Die Tür öffnete sich langsam und Kolosalskis Porträt erschien mit einer Mimik aus Fragen und Bitten. »Könn wa weitamachen, ick hab noch wat vor.«

Sie bat ihn wieder herein. Die Vernehmung wurde um 12:15 Uhr fortgesetzt. »Herr Kolosalski, mit wem waren Sie auf der Suche nach dem Cache?«

»Na mit die App uffn Schmartphone.«

»Nein, ich meine natürlich, ob Sie allein oder in Begleitung einer anderen Person unterwegs waren?«

»Alleene.«

»Haben Sie auf dem Weg dorthin, beziehungsweise in der Nähe des Caches andere Personen wahrgenommen?«

»Der Weech war janz schön schmierich un dreckich un ick musste uffpass'n, det ick nich' hinflieje.«

»Schön, das war nicht meine Frage.«

»Na ja, ick musste dolle uffpass'n, det ick nich' weiter uff wat anderet jeachtet habe.«

»Wie lange sind Sie denn dort geblieben?«

»Ick bin nur hin, kurz injeschriehm un wech. Dit Wetta war nich' so doll.«

»Ich frage noch einmal: Ist Ihnen auf dem Weg dorthin, am Versteck der Plastebüchse, in der näheren Umgebung und auf dem Weg zurück etwas aufgefallen, worüber Sie sich vielleicht gewundert haben oder was Sie dort nicht erwartet haben? Vielleicht war auf dem Weg hin etwas anders als zurück? Denken Sie bitte nach! Das wäre für uns sehr wichtig.«

»Uffn Weech zurück die zwee Autos da höchstens.«

»Was für Autos?«

»Na, der Jeländewaren uffn Parkplatz. Der stand noch nich' da, wie ick einjeparkt habe. Un so 'n Kleena, olla, ziemliche Schüttel.«

»Ach, Sie waren auch mit dem Auto da? Das höre ich ja zum ersten Mal.«

»Sicha doch, wie hätt ick denn da sonst hinkomm soll'n?«

»Wie viele Autos waren also insgesamt dort auf dem Waldparkplatz?«

»Na, dreie, det isset ja.«

»Dann wird es jetzt schon wieder spannend, Herr Kolosalski. Beschreiben Sie mir bitte die Fahrzeuge!«

»Dit war so 'n teurer schwarzer Ränsch Rohwer, hochjelechte Ansaugung, Allrad un allet.«

»Dann haben Sie doch bestimmt das Kennzeichen?«

»Nee, so nu ooch nich'. Hatte ja keen Grund, mir dit zu merken.«

»Und der andere?«

»Da kann man kaum Auto ßu saren. Helle Farbe, son kleena von Renault oder Fiat, jenaua weeß ick det nich.«

»Ist Ihnen an den Fahrzeugen etwas aufgefallen?«

»Wat mein'n Se da?«

»Waren da Leute, die ein- oder ausstiegen? Hatte das Fahrzeug Beschädigungen oder besondere Anbauten?«

»Nee, weita nischt, wat ick wüsste.«

»Haben Sie im Wald oder auf dem Parkplatz Geräusche wahrgenommen? Haben Sie andere Personen gesehen, die sich so wie Sie im Wald bewegten?«

Keine Antwort.

»Herr Kolosalski!?«

Koloss reagierte nicht mehr und war in sich zusammengesunken. Eine Speichelspur rann bei hängendem Kopf aus dem linken Mundwinkel.

Die Kriminalbeamtin hechtete zu ihm, rammte sich eine Tischkante in ihren linken Oberschenkel und bekam den Mann gerade noch zu fassen, als er sich der Schwerkraft hingeben wollte. Sie brüllte nach einem Kollegen, Anruf des Notarztes, bis zum Eintreffen Kontrolle von Puls und Atmung, Letztere geriet zu einem infernalen Geschnarche. Kopf zur Seite, stabile Seitenlage, zum Glück kein Erbrechen und keine Verletzungen. So wurde der Koloss an den Notarzt übergeben, der ihn nach einem gründlichen Check im Vernehmungszimmer auch nicht erwecken konnte und mitnahm. Zum Glück waren die Vitalfunktionen stabil. Nachdem ein verletzungsbedingter Zustand ausgeschlossen werden konnte und das schnell angeschlossene EKG keine Auffälligkeiten zeigte, war eine Stoffwechselentgleisung vermutet worden.

Notarzteinsatz im Gebäude der Polizei! Das hatte es lange nicht gegeben und sorgte für entsprechenden Wirbel. Kerstin Semlock hatte sich zig Fragen und zig flotten Sprüchen zu stellen, fiel irgendwann zurück auf ihren Bürostuhl und schnaufte die Spannung der letzten halben Stunde aus sich heraus. Sie schloss die Augen und atmete einige Male tief durch. So etwas war ihr noch nie passiert und bitte so schnell nicht wieder. Sie war an Funktion gewöhnt, an perfekte

Funktion. Sie überließ kaum etwas dem Zufall. Derartige Zwischenfälle waren nicht im Plan und brachen zerstörerisch in ihr strukturiertes Tagesgeschäft. Bevor sie Weiteres in Angriff nahm, dokumentierte sie dieses besondere Vorkommnis für 12:30 Uhr mit allen eingeleiteten Maßnahmen im Intranet der Behörde und verknüpfte die Eintragung mit dem Aktenzeichen des dazugehörigen Vorganges.

Kapitel 14

Auf Station

»Ick hab ßucka«, hauchte Kolosalski in ein Zweibettzimmer des Rostocker Südstadt-Klinikums.

Der Bettnachbar von Koloss rutschte aus seinem Bett in die Puschen und schlurfte auf den Stationsflur. »Schwester?«, rief er laut. »Der Neue ist wach!«

Sie kam gleich und ging zu ihm an das Bett. »Herr Kolosalski«, rief sie ihn an, als ob Schwerhörigkeit sein Grundleiden wäre, »Sie sind im Krankenhaus, weil Sie umgefallen sind.«

»Ick hab ßucka, mein Ausweis muss int Portmaneh sein.«

»Sie haben Zucker, ja, davon im Moment etwas zu wenig, deshalb sind Sie umgefallen.«

»Dit kam, weil ick bei de Pulleßei zum Vahör war. Jespritzt un nischt jejessen.«

»Wie geht es Ihnen denn jetzt?«

»Jeht so. Sie ham mir wohl wat jejehm?«

»Wir kontrollieren Ihren Zuckerspiegel noch einmal und in einer halben Stunde kommt der Doktor, dann besprechen wir, wie es weitergeht. Auf jeden Fall bleiben Sie bis morgen bei uns.«

Gegen 14:30 Uhr stieg Kommissarin Semlock aus ihrem Dienstwagen, den sie nach Ziehen eines Tickets und Durchfahren der Schrankenanlage vor dem Südstadtkrankenhaus abstellen konnte. Sie ging zur Information der Klinik und wies sich dort aus. »Guten Tag, mein Name ist Semlock, Kriminalpolizei. Haben Sie heute einen Patienten Kolosalski aufgenommen? Er muss über den Notarzt gekommen sein. Ich muss ihm einige Fragen stellen.«

»Frau Kommissarin, ich verstehe Ihre Frage«, entgegnete eine hagere, etwas schief gesessene Dame hinter dem unscheinbaren Tresen gegenüber der Cafeteria, während sich hinter Frau Semlock schon nächste Personen anstellten, um ihre Fragen loszuwerden oder eine Richtung in dem verzweigten Gebäudekomplex gewiesen zu bekommen. »Ich darf Ihnen darüber jedoch keine Auskunft geben, Schweigepflicht!«

›Nicht schon wieder‹, dachte sie, ›immer das Gleiche.‹ – »Hören Sie, das ist doch albern, Herr Kolosalski war heute bei mir im Büro zur Vernehmung, dort ist er kollabiert, ich habe den Notarzt verständigt. Ich handle im mutmaßlichen Interesse des Patienten, weil ich ihm einen weiteren Weg in unsere Dienststelle ersparen möchte. Sind Sie vielleicht auch bereit, mir im Interesse des Patienten zu helfen?«

Die Intonation ihrer Entgegnung verriet ihre Ungeduld und ihre Entschlossenheit, sich hier nicht abweisen zu lassen, sodass die Kollegin an der Rezeption vorzog, den Schwarzen Peter an die Station weiterzureichen. »Okay, okay, wollen wir mal nicht so sein. Wie war der Name doch gleich?«

»Kolosalski!«

»Und heute soll der gekommen sein?«

»Jaa …!«

»Gehen Sie bitte den schmalen Gang dort, an den Aufstellern vorbei und dann rechts zum Treppenhaus. Drittes Obergeschoss im alten Haupthaus, Haus A, Klinik für Innere Medizin, Kardiologie. Fahrstühle neben dem Treppenaufgang.«

»Der Patient und ich, wir danken Ihnen«, rief sie durch die Glasscheiben, die aus dem Arbeitsplatz fast einen Käfig machten. Mit wehendem Mantel machte sie sich eilig auf den Weg. Sie passierte die Aufsteller, weiter in das Treppenhaus.

›Kardiologie. Da muss es sein.‹ Die Tür war verschlossen. ›Was nun? Klopfen? Klingeln? Keine Klingel! – Shit!‹

Hinter ihr schwebte eine Schwester mit Krankenunterlagen und Röntgenbildern ein. Landeanflug und Gleitwinkel waren so vorausbestimmt, dass ihr rechter Ellenbogen gegen einen Türtaster rumste, der einige Meter vor der Stationstür an die Wand gebaut war. Die schwere Tür öffnete sich, als ob Ali Baba sein »Öffne Dich« gerufen hätte.

›Peinlich‹, dachte die Kommissarin, ›darauf hätte ich kommen müssen, egal, ich bin drin.‹ Sie ging zu einer Fensterfront an der linken Flurseite, weil sie dort das Stationszimmer vermutete. »Hallo?«

Keine Antwort.

»Halloo!«, etwas lauter, langgezogener.

»Ist ja gut, komme schon.« Ein Pfleger ging auf sie zu. »Bitte, was kann ich für Sie tun?«

Der Mann gefiel ihr. Seine Haltung, kräftige Stimme, ein so offenes Gesicht, helle Augen.

»Was möchten Sie bitte?«, fragte er ungeduldig nach.

»Mein Name ist Semlock, Kriminalpolizei. Sie haben heute einen Patienten Kolosalski aufgenommen. Notarzteinweisung nachdem er bei mir in der Vernehmung kollabierte. Ich möchte wissen, wie es ihm geht, und muss ihm noch einige Fragen stellen.«

»Tut mir leid, es gibt eine Schweigepflicht und ich darf wohl davon ausgehen, dass Sie das wissen?«

»Natürlich weiß ich das, aber ich handele ja wohl im Interesse Ihres Patienten!«

»Darüber sollte Herr Kolosalski vielleicht besser selbst entscheiden?«

»Na, dann fragen Sie ihn doch!«

»Er ist noch nicht stabil. Wir sollten das mit dem Stationsarzt besprechen.«

Sie fühlte sich weitergereicht und war genervt. »Bitte, dann zum Stationsarzt.«

»Der ist gerade auf einer anderen Station zum Konsil.«

»Wie lange wird das dauern?«

»Das weiß ich nicht. Sie können hier gern Platz nehmen!«

Kerstin Semlock musste sich fügen und sank auf einen Wartestuhl. Einer von denen, die hier und da auf einer Station stehen und deren Bestimmung so ungewiss ist, wie die in Aussicht gestellte Wartezeit. Sie wollte die Zeit nutzen, um die noch ausstehenden Fragen an den für sie so wichtigen Zeugen vorzubereiten. Es war nicht mehr viel. Jedenfalls fürs Erste nicht. Er würde auf jeden Fall zu einem weiteren Termin kommen müssen. Wenigstens die Beobachtung der Fahrzeuge hinterfragen, aus einer anderen Richtung auf die gleiche Beobachtung kommen. Es half manchmal, dem Zeugen auch andere Blickrichtungen zu eröffnen. Zufällige Beobachtungen waren schwer wiederzugeben. Das wusste sie von sich selbst. Um so wichtiger war es, die spärlichen Angaben festzuzurren, um sie zum Ausgangspunkt weiterer Ermittlungen zu machen.

Der Stationsflur war hell ausgeleuchtet. Vor der Teeküche stand ein Rollwagen, darauf mehrere Kannen Tee und Tassen, wohl zur Selbstbedienung? Aus einem Patientenzimmer klangen Fernsehstimmen, insgesamt war es relativ ruhig. Keine Intensivbetten, dann hätte man das Piepen irgendwelcher Überwachungssysteme gehört und dann wäre auch insgesamt mehr Hektik. Kein umhereilendes Personal mit sich ständig kreuzenden Wegen auf Kollisionskurs.

Während sie so ihren Blick schweifen ließ, rumste plötzlich wieder die Tür zum Stationsflur und es wehte eine Statur herein, die ihr noch mehr den Atem nahm. Jung und dynamisch federte ihr ein Maskulinum entgegen, das sie am liebsten gleich für ihre Tochter reserviert hätte. »Frau Semlock?«

»Ja, hallo, Sie wissen schon?«

»Mein Name ist Hanau, ich bin der Stationsarzt. Sie sind von der Polizei?«

»Ja, ich gehöre zur Kriminalpolizei, hier meine Dienstmarke.«

Hanau besah sich das Vorgezeigte auffällig gründlich, drehte und wendete den Dienstausweis und gab sich freundlich. »Ihr Kollege vorhin konnte sich nicht ausweisen.«

»Welcher Kollege?«

»Er stellte sich vor als Kommissar Bender von der hiesigen Mordkommission.«

»Sehr interessant, Herr Hanau. Bei uns gibt es keinen Kommissar Bender. Wir nennen uns auch offiziell nicht Mordkommission, sondern Fachkommissariat 1.« Kerstin Semlocks Blick wurde fest und ernst.

Hanau spürte ebenso wie sie, dass da etwas nicht stimmte. Seine Muskelberge verloren etwas an Spannung. »Der war hier«, sagte er nur kurz.

»Wann war das?«

»So vor anderthalb Stunden zirka.«

»Was wollte er hier?«

»Der wollte zum Patienten Kolosalski.«

»Ist er bis zum Patienten durchgekommen?«

»Nein.«

»Woher wissen Sie das?«

»Weil ich ihn habe reinkommen sehen. Da war ich zufällig auf dem Flur. Es gab keine Zeit, in der er allein blieb, weil ich ihn gleich angesprochen habe. Er sah sich suchend um und ich habe ihn gefragt, wohin er wolle.«

»Was hat er geantwortet?«

»Er hat sich wie gesagt vorgestellt und gesagt, dass er zu dem Patienten Kolosalski wolle. Der sei Zeuge einer Straftat und müsse dringend befragt werden.«

»Und?«

»Ich habe seinen Ausweis oder seine Dienstmarke verlangt.«

»Wie hat er da reagiert?«

»Er hat so getan, als ob ich mich mal nicht so haben soll, die hätte er gerade nicht dabei und es würde auch schnell gehen. Er würde hier auch nicht weiter stören. Das ginge schon in Ordnung, wenn ich ihm nur eben mal die Zimmernummer sagen würde.«

»Haben Sie ihm die Zimmernummer gesagt?«

»Nein. Als er sich nicht ausweisen konnte, habe ich ihm gesagt, dass Herr Kolosalski noch nicht stabil sei, also noch nicht vernommen werden kann und dass er bitte mit Dienstmarke zu einem späteren Zeitpunkt wiederkommen solle.«

»Verstehe, dann weiß er also, dass Herr Kolosalski bei Ihnen ist. Da haben Sie es dann mit der Schweigepflicht nicht so genau genommen!«

»Das muss er schon vorher gewusst haben, sonst wäre er nicht hier gelandet.«

»Wir werden die Rezeption des Hauses befragen.« Sie erinnerte sich, wie einfach sie diese Information selbst auch bekommen hatte. »Ist er dann sofort gegangen oder hat er weiter versucht, Sie zu überreden?«

»Der hat sich umgedreht und ist kopfschüttelnd gegangen.«

»Wie sah der Mann aus?«

»Groß, kräftig, ca. eins neunzig. Jeans, dunkle Jacke, unrasiert.«

»Haarfarbe?«

»Dunkel.«

»Brille?«

»Nein.«

»Tasche dabei, oder ähnliches?«

»Nein, ist mir nicht aufgefallen.«

»Ist Ihnen am Gang etwas aufgefallen?«

»Nein, normal.«

»Wie hat er gesprochen?«

»Wie meinen Sie das?«

»Hat er hochdeutsch gesprochen oder einen Dialekt?«

»Er hat hart gesprochen, Dialekt würde ich dazu nicht sagen.«

»Was meinen Sie mit hart?«

»Na, so schneidig und das R manchmal hart.«

»Das R hart oder weich gerollt, wie die Amis?«

»Nein, hart.«

»Herr Hanau, zwei Dinge. Sie haben hier ganz offenbar ein Sicherheitsproblem, das Sie bitte auf der nächsten Stationsbesprechung, oder wie Sie das hier nennen mögen, vortragen. Wie ich das sehe, ist es purer Zufall, dass dieser Mann, der zweifelsfrei kein Polizist war, nicht am Bett von Kolosalski stand. Mit etwas Glück und vielleicht noch einer Frage an einen anderen Patienten oder einen Blick auf den Stapel Kurven, die da vorne liegen, hätte er es geschafft. Sein Pech und unser Glück war, dass er auf Sie traf. Zum zweiten, Herr Hanau, es wird so sein, dass wir Sie hierzu noch einmal förmlich als Zeugen vernehmen. Da bekommen Sie Bescheid.«

»Aber, der hat hier nix angestellt.«

»Mag sein, wir müssen das trotzdem dokumentieren. Er hat ganz offensichtlich versucht, unter dem Vorspiel einer falschen Identität zu einem Ihrer Patienten vorzudringen.

Das ist für mich Alarm genug und für Sie sollte es auch ein Alarm sein.«

»Okay, verstehe, Frau Kommissarin. Ich brauche jetzt mal einen Kaffee. Sie auch?«

»Gern, danke.«

»Schwarz? Weiß? Zucker?«

»Danke, nichts dergleichen.«

»Bitteschön.«

»Danke.«

Die Verspannung löste sich langsam wieder zwischen den beiden. Der Dialog machte Hanau zudem sicher, dass er nun neben einer autorisierten Person saß. »Sie möchten also auch etwas über einen unserer Patienten wissen?«, fragte er verschmitzt.

»Herr Kolosalski ist heute kurz vor halb eins bei einer Zeugenvernehmung kollabiert. Ich habe die Vernehmung geführt und mich sofort um ihn gekümmert.«

»Wir haben den Patienten über die Notaufnahme auf Station bekommen. Er ist erst vorhin wieder aufgewacht und muss sich stabilisieren. Im Moment ist er aus meiner Sicht nicht vernehmungsfähig. Ich bitte Sie, noch einmal wiederzukommen, morgen Vormittag, wenn möglich. Bis dahin lasse ich mich durch ihn von meiner ärztlichen Schweigepflicht entbinden. Wenn er das nicht tun sollte, geht nichts ohne gerichtlichen Beschluss.«

»Herr Doktor Hanau, ich glaube, Sie missverstehen die Situation. Es geht mir weniger um das, was Sie mir über den Patienten sagen können. Ich möchte den Patienten vernehmen, also hören, was er selbst sagt. Natürlich steht das Patienten-wohl über allem und deshalb bitte ich zum gegebenen Zeit-punkt um Ihr ›Go‹. Herr Kolosalski muss dazu vernehmungs-fähig sein, sonst kann ich mir das sparen. Wann, meinen Sie, würden Sie ihn denn im optimalen Fall wieder entlassen?«

»Morgen oder übermorgen.«

»Dann werde ich mit meiner Vernehmung so lange war-ten und ihn noch einmal in unsere Dienststelle beordern.«

»Tun Sie das, das wäre auch für uns am besten so.«

Sie verabschiedete sich, raffte ihre Sachen und entfernte sich von einer zu spürenden Skepsis, wenn nicht gar Ableh-nung, die sie bis zur Stationstür verfolgte. ›Schade!‹

In ihrer Dienststelle angekommen verfasste sie sofort eine weitere E-Mail an Kolosalski, er möge ihr bitte seinen Ent-lassungstermin mitteilen, damit sie ihn für den Rest der Ver-nehmung abpassen könne. Das war optimistisch gedacht, denn es war ja nicht klar, dass er die Nachricht vor seiner Entlassung lesen würde. Aber schon wieder legte das Glück ein Quäntchen zu.

Er antwortete so, wie sie es ersehnt hatte. »Hier Kolosal-ski, komme morjen raus, so jejen elf Uhr. Komm Se doch vorher kurz vorbei. Die ham hier 'ne Ecke, wo keena stört.«

Der Dialekt, der ihr so gar nicht lag, erfuhr angesichts des positiven Inhaltes dieser Antwort einen ungeahnten Sym-pathiezuwachs. Sie hätte Koloss umarmen mögen, behielt sich das aber für den nächsten Tag, und ließ sich auf den Elf-Uhr-Termin am nächsten Vormittag ein.

Kapitel 15

Angriff

›Und jetzt braucht mein Chef Besuch!‹ Kerstin Semlock hatte bis zum Dienstag gewartet, um Rhetorik zu tanken. Sie nahm Fahrt auf und ihr biologischer Autopilot brachte sie durch ein Labyrinth von Fluren zielsicher zur Tür des Chefsekretariats, die unter ihrer Bugwelle aufsprang.

»Ich bitte Sie, Frau Semlock«, piepste es erschrocken hinter einem Schreibtisch hervor.

»Nur die Ruhe, Moneypenny, ich melde mich selbst an.«

Sie setzte Kurs auf das Chefzimmer. Dann öffnete sie die Tür: »Moin Chef!«

»Ich habe nicht ›Herein‹ gerufen!«, entgegnete dieser unwirsch.

»Nicht nötig, bin schon drin!«

»Ich bitte Sie, Frau Semlock!«

»Auch nicht nötig, das hat Ihre Sekretärin schon getan!«

»Ich verstehe nicht …!«

»Da sind wir uns vielleicht sogar mal einig. Ich habe eine unaufschiebbare Mitteilung zu machen!«

Ihr Chef lehnte sich in einem Habitus zurück, der Langeweile und Geringschätzigkeit ausdrücken sollte.

»Erstens: Ich habe auf Ihre Anweisung eine Dienstreise nach Berlin unternommen und würde gern berichten.«

»Aber bitte, nur zu!«

»Danke, ich würde gern, aber ich werde es nicht tun. Ich habe dort eine sehr beeindruckende Unterredung mit einem Herrn Sandau geführt, der Sie offenbar kannte und der mir zur Bekräftigung eines Schweigegebotes seinen Assistenten Viktor vorstellte. Die Unterredung sei Teil der Maßnahme SOFD gewesen: Steps of First Degree. Scheint so viel zu heißen wie: erste Abmahnung, noch keine Gewalt oder so! Aber, wem erzähle ich das! Zweitens: Ich war vorhin im Krankenhaus, um in der Sache Hannes Köster den Zeugen Kolosalski zu vernehmen, der mir hier in der Dienststelle kollabiert ist.«

»Mich wundert nicht, dass Zeugen in einer von Ihnen geführten Vernehmung kollabieren, aber nur zu, warum erzählen Sie mir das?«

»Weil nach Angaben des Stationsarztes kurz zuvor ein offensichtlich falscher Polizist auch versucht hat, zu dem Zeugen zu gelangen!«

Der Chef begann, zuzuhören.

»Die Beschreibung dieses Mannes, die recht detailliert ausfiel, weil sich der Stationsarzt mit ihm beschäftigte und dadurch seinen Weg so kreuzte, dass er umkehren musste, lässt mehr als deutliche Ähnlichkeiten zu dem Typen aufscheinen, der in Berlin, bei dieser dubiosen GCP plötzlich hinter mir auftauchte, der von Sandau hereingerufene Viktor. Wenn es sich um diese Person handeln sollte, haben wir nach meiner Auffassung ein Level erreicht, was ich nicht mehr als soft bezeichnen würde. Wenn es für dieses nächste Level auch ein Kürzel gibt, dann irgendwas mit Second Degree vielleicht. Jedenfalls so, dass ich gesondert ermitteln muss«, rief sie ihm laut in seinen Sessel.

»Diese Ermittlungen werden abgetrennt, die übernehme ich selbst, da sind Sie raus, Frau Kollegin!«

»Wie bitte?!«

»Richtig verstanden, raus! Und um dieses kurze Wort nicht noch einmal zu gebrauchen: Sie dürfen gehen!«

Kerstin Semlock erstarrte fassungslos und bewegte sich keinen Zentimeter. Erst als er sie mit einem alles wiederholenden und dabei unterstreichenden Blick fixierte, drehte sie sich langsam zur Tür und ging. Ihrem druckvollen Auftritt war ein druckvoller Abgang gefolgt.

»Im Grunde genommen hat er mich rausgeschmissen«, murmelte sie verblüfft, als sie geschafft und benommen langsam durch die unwirtlichen Gänge der Polizeibehörde zurück zu ihrem Dienstzimmer ging. Ihr Selbstbewusstsein war erneut kräftig angeschossen worden.

Kapitel 16

Der »ßucka« löst sich auf.

Der nächste Morgen begann für Kommissarin Semlock wie so oft mit einer hektischen Lagebesprechung, dem Kalendercheck und mehreren kurzen Verständigungen mit verschiedenen Arbeitsbereichen. Sie fuhr pünktlich Richtung Südstadt-Klinik, parkte auf dem Gelände und wurde dabei bereits von Herrn Kolosalski beobachtet.

Der kam ihr dann entgegen: »Kolossal pünktlich, Frau Kommissar«, rief er laut über den Vorplatz. »Ick bin schon fix un fertich entlassen, allet jut, neu uff ßucka einjestellt. Ick soll uffpass'n, det ick nich' mit 'n mal so viel oder so wenig esse. Allet imma so ehm wech un nich' so doll. Meen Bruda kommt ooch gleich un holt mir ab.«

»Lieber Herr Kolosalski, danke, dass Sie sich wieder gleich gemeldet haben. Das ist nicht selbstverständlich. Das macht nicht jeder. Da habe ich schon ganz andere Leute erlebt.«

Kolosalski war stolz auf sich. Er machte sich gerade und setzte ein Überlegenheitsgrinsen auf: ein Mundwinkel leicht gehoben, die Augen halb geschlossen. »Uff Koloss is ehm Valass!«

»Wir müssen uns beide noch kurz unterhalten. Ich habe da noch einige Fragen. Will sagen, ich möchte die unterbrochene Vernehmung fortsetzen. Haben Sie einen Raum entdeckt, wo das ungestört möglich ist?«

»Nee, hier is nischt.«

»Sie sagten doch, hier gäbe es eine Ecke, wo niemand stört?«

»Da is besetzt. Hat eena Besuch jekricht.«

»Dann müssten wir die Vernehmung in meiner Dienststelle fortsetzen.«

»Ick schlach vor, det ick uff meen Bruda warte. Und denn komm wa zu Sie rüber uff de Pullißei. Norbart kann denn warten.«

»Einverstanden«, antwortete die Polizistin, obwohl ihre Ungeduld weiter zunahm. »Das wird vielleicht eine Halbe-/ Dreiviertelstunde dauern, es sind noch einige offene Punkte, die ich mir notiert habe.«

»Jeht klar. Denn fahr'n Se ma schon. Ick komm nach«, verabschiedete sich Kolosalski.

Die Idee war nicht gut und das hatte Kerstin Semlock schon im Gefühl. Koloss kam nicht nach. Als alle irgendwie entschuldbaren Umstände als Gründe für eine Verspätung gedanklich aufgebraucht waren, wurde klar, dass Koloss dieses Date offenbar abgewählt hatte. Kerstin Semlock hätte sich sonst wohin beißen können. Der einzige potenzielle Zeuge, der zeitnah am Tatort war, war ihr dank »ßucka«, wie er so schön sagte, und dank ihrer Leichtgläubigkeit und Großzügigkeit für den zweiten Teil der Vernehmung durch die Lappen gegangen. Wenigstens hatte sie seine ladungsfähige Anschrift in Berlin. Alles weitere würde sich finden müssen.

Kapitel 17

Mooreinsatz

Doktor Brandenburg war in den vergangenen Tagen in der üblichen Institutsroutine aufgegangen. Ein Audit für die Labore im Rahmen der Akkreditierung war angesagt, Vorlesungen und Seminare waren vor- und nachzubearbeiten, mikroskopische Untersuchungen der von den MTAs nach Obduktionen gefertigten Schnittpräparate, Fertigstellung der schriftlichen Sektionsgutachten, dazu die Einarbeitung chemisch-toxikologischer Befunde und entsprechende Rücksprachen mit der Chemikerin. Rückfragen der Staatsanwaltschaften, eingehende Ladungen als Sachverständiger zu Verhandlungen vor den Amts- und Landgerichten, eine Fortbildung für Hausärzte, ein Termin beim Sozialministerium wegen der Finanzierung der Opferambulanz. Eine Anfrage vom Radio oder Fernsehen: Man wolle endlich mal hautnah mit der Kamera dabei sein. Und das war noch lange nicht alles, womit sich die Kolleginnen und Kollegen herumschlugen.

In diesen Mühl- und Radgetrieben
find kein Ossi mehr zur Ruh.
Mancher schaut, was ihm geblieben
und macht beide Augen zu,
hatte er einmal für eine Weihnachtsfeier des Instituts Anfang der Neunziger gereimt.

Das Telefon klingelte.

»Ja, Brandenburg.«

»Semlock hier, hallo Doc.«

»Was gibt es denn? Mal wieder ein Schädel, der, oh Wunder, auf einem Friedhof gefunden wurde?«

Sie ignorierte diese Spitze und entgegnete: »Nein, mein lieber Doktor. Sie fahren und gehen jetzt bitte ein drittes Mal in den uns schon gut bekannten Moorwald!«

»Großes Cachersterben, Frau Semlock, oder was treibt Sie um?«

»Großes Sterben schon, ob wieder ein Cacher, weiß ich noch nicht.«

»Ist die KT schon vor Ort?«

»Die fahren eben vom Hof.«

»Gut, dann mache ich mich fertig. Kommen Sie bitte auch?«

»Ich komme sowieso, auch ohne Ihr ›Bitte‹, obwohl ich sagen muss, dass sich das sehr schön anhörte.«

Brandenburg geriet wie so oft in diesen Mix aus dienstlicher Kommentierung und ein bisschen auch privater Wortwahl, entschied sich aber, dies nicht weiter aufzurühren, jedenfalls fürs Erste nicht. Er lief zum Auto, dessen Federwege sich noch an den letzten Ausflug erinnerten, als er dem Navi das Ziel eingab.

Während er sich Richtung Hohenfelde-Retschow bewegte, rief er seine Frau an, um die Einkäufe des Tages abzusprechen. Derweil probierte er als multitasking-begabter Mann den Spurhalteassistenten aus, der ihn auf dem langen, geraden Stück der B105 zwischen Bargeshagen und dem Abzweig Bartenshagen tatsächlich mit automatisch generierten Lenkbewegungen zwischen den Seitenlinien hielt. »Faszinierend!«, sprach er Mr.-Spock-mäßig in sein Telefon, was seine Frau Anna am anderen Ende der Leitung natürlich nicht einordnen konnte.

Kerstin Semlock war in den Dienstwagen gestiegen und fuhr von Rostock kommend ebenfalls auf die B105. Sondersignal? Sie verzichtete. Zu grauselig waren ihre Erinnerungen, als sie zu Beginn ihrer Laufbahn in einem Pkw der Polizei hinten saß und dieser mit viel zu hoher Geschwindigkeit und Sondersignal durch die Hamburger Straße auf der Überholspur des Gegenverkehrs fuhr und dann noch falsch herum über den damaligen Schutower Ring. Derartige Kicks musste sie nicht haben. Vielmehr ging ihr durch den Kopf – und das schon tagelang –, wen sie bezüglich der seltsamen Unterredungen in Berlin und beim Kommissariatsleiter ins Vertrauen ziehen sollte. Sie musste sich irgendwem mitteilen. Ein Einsatz wie dieser schuf immer auch Gelegenheiten, außerhalb des Büros mit jemandem zu reden. Sollte sie das mit Brandenburg tun? Sie waren vertraut miteinander und gehörten doch zu verschiedenen Dienststellen. Mit irgendwem musste sie reden, warum nicht mit ihm, der ja immerhin auch Geocacher war? Andererseits würde sie gegen das Schweigegebot verstoßen und ihn mit einem Thema beladen, das sich mit großer Wahrscheinlichkeit noch auswachsen würde. Befremdlich das Ganze, so befremdlich, dass sie aber diesen Druck irgendwie mindern oder teilen wollte. Und da half nur reden. Die Konspiration aufbrechen. Sie musste sich eben überlegen, welches Vertrauen höher wog. Das dieser Organisation? Das der Familie, die sich irgendwann gezielt nicht informiert fühlen würde? Oder das Vertrauen Brandenburgs, den sie als Mediziner und quasi Kollegen sehr schätzte und der sich zurecht irgendwann, wenn nicht hintergangen, aber doch im Dunkel gelassen fühlen würde.

Mit diesen Gedankenwolken hatte sie bereits Bad Doberan passiert und fuhr auf der Landstraße Richtung Schwaan bis Hohenfelde, um dort rechts nach Retschow abzubiegen. Die schmale Straße schlängelte sich in einem mehrfachen Auf und Ab zwischen dem Hohenfelder Torfmoor und dem Nägenbarg hindurch, der mit seinen achtundneunzig Metern Höhe für diese Gegend schon eine respektable Erscheinung war. Dort gab es noch keinen Baumbestand und ein Gang über seine Wiesenhänge bescherte einen schönen Blick bis nach Rostock Richtung Hütter Wohld, zum Krankenhaus Hohenfelde und bis nach Glashütte. Dazwischen die Doberaner Berge. Diese Schilderungen kannte sie von Brandenburg und anderen Kollegen, die im Umkreis wohnten.

Jetzt wehte ein ungemütlicher Novemberwind aus Nordwest und trieb tieffliegende Wolkenfetzen vor sich her. Dazu gelegentliche Nieselschauer bei ebenfalls ungemütlichen fünf Grad Celsius. Sie näherte sich der rechts aufkommenden Waldkante und befuhr die danach leicht abfallende Straße weiter bis zu der Wegkreuzung, an der mehrere Fahrzeuge abgestellt waren, darunter Polizei, Notarzt und Bestatter. Sie parkte ihren Dienstwagen gleich rechts vor der Kreuzung, mit den rechten Rädern schon auf nachgebendem Waldboden. Es standen mehrere männerdominierte Gruppen herum, die offenbar nur auf ihr Eintreffen gewartet hatten.

Harry Stein von der KT löste sich aus einer der Ansammlungen und kam ihr freudig entgegen. »Hallo, Frau Semlock, kommen Sie! Wir Männer brauchen wie immer eine starke Führung«, sagte er lachend. Man wollte sie über den derzeitigen Kenntnisstand informieren.

»Wo ist der Rechtsmediziner?«, unterbrach sie.

»Keine Ahnung, noch nicht da«, rief es aus dem Hintergrund.

»Ich habe ihn angerufen und er wollte gleich losfahren«, entgegnete sie.

»Vielleicht im Stau?«

»Da war kein Stau und wir hatten fast denselben Weg. Mir wäre lieber, wenn er gleich alles mithört. Lassen Sie uns bitte noch einen Moment warten!«

Sofort fielen alle zurück in das übliche Gemurmel, das entsteht, wenn mehrere Leute zusammenstehen. Der Standort war zugig und kalt. Der Boden des ausgefahrenen Waldweges weich.

»In welche Richtung geht es nachher?«, fragte Semlock Harry Stein, der gerade eine Landkarte ausbreitete.

»Wir stehen hier, wo die Straße, die von der Schwaaner Chaussee kommt, den Fulgenweg kreuzt, der von Hohenfelde nach Retschow führt. Wir gehen nachher die Verlängerung vom Grünen Winkel gut dreihundert Meter in den Wald und biegen dann rechts auf den Uferweg entlang des Grundlosen Moores. Anfangs der gleiche Weg wie zur Leiche von Hannes Köster. Sie sind auch über Hohenfelde gekommen, Frau Semlock. Vielleicht ist es Ihnen aufgefallen? Kurz nach der Waldkante oben geht auch schon ein Waldweg hinunter zum Moor. Dort können wir aber schlecht fahren. Zum einen ist es zu steil, zum anderen ist da eine geschlossene Schranke. Kurz hinter der Schranke hatten wir am 24. das Fahrrad von Hannes Köster gefunden. Der war offenbar von dort zu Fuß den Hang hinuntergegangen.«

Während Harry Stein sorgfältig analysierte, wurde ihre Aufmerksamkeit abgelenkt. Von Hohenfelde kommend näherten sich drei Pkw. Den einen erkannte sie sofort als den Dienstwagen Brandenburgs. Die zwei anderen hielten und blieben am Straßenrand stehen, sodass man sie gerade noch sehen konnte. Brandenburg parkte hinter ihrem Dienstwagen.

Semlock spürte, dass etwas nicht stimmte. Die Fahrertür ging nicht auf. Brandenburg blieb offenbar sitzen. Sie verstand nicht und ging ohne Erklärung an die anderen langsam zu ihrem Auto und dem des Rechtsmediziners zurück. Dabei näherte sie sich unwillkürlich auch den beiden anderen Fahrzeugen, deren Insassen das zu bemerken schienen und vielleicht hundert Meter zurücksetzten. Sie tastete nach ihrer Dienstwaffe und behielt die Hand am Holster. Keine sichtbaren Personenbewegungen.

Plötzlich ging die Fahrertür auf und Brandenburg stieg aus. Er zog sich am A-Holm hoch. Das war nicht die Umsetzung von Spannkraft, sondern die Mühe eines alten Mannes.

›Was ist los mit dem?‹, fragte sie sich und ihn dann laut: »Hey Doc, was ist mit Ihnen? Sie kommen zu spät, obwohl sie zwanghaft pünktlich sind, und bewegen sich wie ein Kriechtier, um aus dem Auto zu kommen!«

Er schloss die Tür und lehnte sich an das Fahrzeug, um tief durchzuatmen. Dabei rieb er mit beiden Händen über sein Gesicht, nahm seinen Dienstkoffer und setzte sich in Bewegung.

»Ist Ihnen nicht wohl?«, fragte sie nun etwas leiser.

»Es ist nichts.«

»Na klar is' was, Doc.« Sie freute sich, wie sich der Titel dieses Hollywood-Klassikers mit Barbra Streisand einfügen ließ.

Brandenburg zog ihren linken Arm zu sich und entgegnete ebenso leise wie dringlich: »Hören Sie, fragen Sie bitte nicht weiter! Ich bin okay. Wir machen hier jetzt unser Ding. Ich möchte nicht darüber reden und schon gar nicht mit der Truppe dahinten. Wenn wir mal Zeit haben, dann …«

Sie bereute ihre Lockerheit, weil sie bemerkte, dass da etwas war, was sich damit nicht vertrug. Ihr Blick ging in die Richtung, in der bis eben noch die beiden anderen Fahrzeuge gestanden hatten. Sie waren verschwunden. Verwundert und nachdenklich schaute sie die Straße herauf und herunter. Nichts mehr zu sehen.

Beide liefen zu den anderen, Brandenburg wurde begrüßt. Er entschuldigte sich für sein spätes Eintreffen. Er sei gestört worden.

Ein vorsichtiger Blick von Kerstin Semlock zu ihm, um vielleicht noch etwas aus seiner Mimik zu lesen, brachte jedoch nichts.

Nun konnte die Lage erörtert werden. Harry Stein fasste zusammen: »Diesmal sind es nicht die Pilzsammler, sondern es ist ein Jäger. Der ging mit seinem Hund auf dem Uferweg am Grundlosen Moor in Richtung Norden. Von dem Waldweg hier kommend zweigt der schmale Uferweg in circa dreihundert Metern nach rechts ab – für alle die, die noch nicht am Tatort Köster dabei waren. Der Jägersmann sitzt dahinten in seinem Auto und hält sich zur Verfügung. Sein Begleiter auch. Der Weg verläuft erst gerade und dann in einem leichten rechtskonvexen Bogen, wenn man auf die Karte sieht.«

›Rechtskonvexer Bogen‹, dachte Kerstin Semlock. Typisch Harry Stein. Er musste sich an Eineindeutigkeit seiner Beschreibungen immer noch selbst übertreffen.

»Kurz nach Beginn des Bogens, übrigens, von diesem Weg nicht mehr einsehbar, zerrte der Hund an der Leine und zog in Richtung Moor. Das war unserem Jägersmann gar nicht recht, denn er trug bis zu diesem Moment blank gewichste Lederstiefel vom Feinsten, die jetzt kein Secondhand-Shop mehr nehmen würde.«

Der erste Lacher war geerntet und alle wussten, es würden noch ein paar dazukommen. Harry war ganz offensichtlich aus seiner gesundheitlichen Krise wieder auferstanden.

Selbst Brandenburg musste schmunzeln, was Kerstin Semlock dann auch etwas beruhigte.

»Es blieb unserem Federhut nichts übrig, als seinem Mörter zu folgen. Dabei soff er ab, weil das Moor zum großen Teil aus Wasser besteht, auch wenn davon bei dem dichten Bewuchs mit Gräsern und Schilf nicht viel zu sehen ist. Es ist eben ein Moor und fast ein richtiges Versinkemoor, in dem sich so manches Viehzeug heimisch fühlt, aber nicht unbedingt unser Schützenkönig.«

Der nächste Lacher.

»Nun aber Spaß beiseite. Bevor er am Versinken war und mit seinem Smartphone letzte Rundum-Aufnahmen gemacht hätte, um die mit einem Notruf zu verschicken, blieb das Hunderl stehen. Aus dem Gatsch habe eine Hand herausgeragt, eindeutig eine menschliche Hand, sagte er. Zum Teil die Handknochen frei, zum Teil Gewebereste dran. Daraufhin habe er die Stelle markiert, zur Sicherheit die GPS-Position des Fundortes mit seinem Smartphone ermittelt, was ich recht clever fand, und sich dann mit saugenden und schmatzenden Geräuschen wieder zum Ufer bewegt. Dabei habe er alle Mühe gehabt, dem Hund klarzumachen, dass das heute nicht das Leckerli des Tages ist. Der Jägersmann gar sehr gewandt, begab sich sicher an das Land.« Harry Stein, seinerseits erfreut, wie sich diese etwas angepasste Zeile aus Wilhelm Buschs »Lohn des Fleißes« einfügen ließ, berichtete weiter: »Seine erste Maßnahme war, den Notarzt anzurufen. Der ist auch schnell gekommen, warum auch immer, denn es war eigentlich klar, dass hier kein Leben mehr zu retten war. Die Besatzung steht da vorne und fragt, ob sie wieder fahren kann. Die sind nach ihren Angaben auch da rein, bis sie die Hand sehen konnten und dann gleich wieder raus, haben auch nichts verändert.«

»Die können natürlich fahren«, signalisierte Kommissarin Semlock. »Lasst euch aber bitte die Namen und ladungsfähigen Anschriften geben!«

»Haben wir längst«, entgegnete Harry.

Einer der uniformierten Polizisten ging zu ihnen. Sie verabschiedeten sich mit einem Wink, drehten ihr Fahrzeug und fuhren davon.

»Was sollen die Bestatter schon hier?«, fragte sie gleich nach.

»Keine Ahnung«, sagte Harry Stein, »wir brauchen hier noch …«

»Das will ich meinen«, antwortete Semlock. »Die können später wiederkommen. Wir rufen an.«

Der sich eben schon als Bote bewährte Kollege ging auch zu den Bestattern und umschrieb den ungefähren Zeitplan.

Ärgerlich schnaubend nahmen diese die empfohlene Abfuhr zur Kenntnis und fuhren ebenfalls davon.

Zwei große Autos weniger, nahm Harry Stein die Veränderungen befriedigt zur Kenntnis.

»Der Jäger, den nehmen wir in die Zeugenvernehmung. Aber nicht jetzt. Haben wir seine Anschrift? Telefonnummer?«

»Haben wir.«

»Moment, ich will ihn kurz sehen.« Kommissarin Semlock ging zum Wagen des Jägers. Der hatte die Standheizung an, die Schuhe und Socken zum Trocknen zwischen Beifahrersitz und Rückbank gehängt, eine Thermosflasche Kaffee dabei und mampfte gerade an einem Sandwich. »Guten Tag, mein Name ist Semlock. Ich führe die Ermittlungen in dieser Sache.«

»Guten Tag. Mein Name ist Körmann. Das ist mein Jagdrevier. Ich ermittle hier sonst, wenn die Polizei mal nicht da ist.«

»Was ermitteln Sie denn dann?«

»Den Wildbestand, Frau Kommissarin, den Wildbestand. Wir hegen und pflegen in Zusammenarbeit mit dem Forstamt. Da Sie nun schon das vierte Mal in die Stille unseres Moores eingreifen, frage ich mich langsam, ob ich mir demnächst einen freien Termin für die Wegenutzung besorgen muss?«

Kerstin Semlock lachte: »Keine Sorge, das wird bald wieder ruhiger hier. Ich möchte Sie bitten, morgen zu uns zu kommen! Wir müssen eine Zeugenvernehmung durchführen. Das werden Sie sicher verstehen. Ginge es um zehn Uhr?«

»Nein, leider nicht, da bin ich auf Schicht. Die Jagd ist mein Hobby und nicht mein Beruf.«

»Wie wäre es dann gegen sechzehn Uhr?«

»Freitagnachmittag, sechzehn Uhr? Sie haben ja harte Termine, aber einverstanden, das wird klappen.«

»Gut, das wär's für den Moment. Sie könnten dann erst mal los.«

Sie verabschiedeten sich und Kerstin Semlock kehrte zu dem schon ungeduldig wartenden Tross zurück, um ihn dann anzuführen. Die Zuwege oben, an der Waldkante und an der Stelle, an der die Autos abgestellt waren, wurden gesichert. Dort blieb jeweils ein Polizist zurück und hoffte auf ein baldiges Ende dieses undankbaren Jobs. Kalt, nass, windig, allein, Rauchen verboten, kein Futter, kein Schluck: ›Schlechte Kombi!‹, mögen sie gedacht haben. Die Einsatzgruppe ging zunächst bis zu dem nach rechts abzweigenden Uferweg. Der Waldpfad bis dahin: zerfahren, weich, zertreten. Notarzt und Bestatter waren zunächst soweit eingefahren, wie es technisch möglich war und hatten dann wieder zurückgesetzt, sodass sich ein Spurenchaos bot. Ab Beginn des Uferweges zeigte sich ein anderes Bild. Er war dicht mit Herbstlaub bedeckt, der Boden darunter relativ fest. Die dicke Laubschicht ließ keine Fuß- oder Reifenspuren zu. Für die Einfahrt mit einem Pkw war es hier fast zu schmal.

»Harry, bevor wir einmarschieren, bitte ein Foto vom Abzweig des Weges und alle zehn Meter ein weiteres Foto in Gehrichtung. Hast du die Spurenkärtchen dabei?«

»Kerstin, ich war zwar krank, die Chirurgen haben mir aber nicht meine Qualifikation als Kriminaltechniker herausoperiert, sondern einen hässlichen kleinen Tumor, der ...«

»Harry – es ist gut. Wir haben verstanden.«

Sie gingen langsam voran und scannten mit ihren geübten Augen das Gelände. Nach etwa fünfzig Metern fiel am rechten Wegesrand ein bunt bemalter Feldstein auf.

›Erst einmal ungewöhnlich‹, dachte Kerstin Semlock. Es lagen keineswegs überall Feldsteine herum. Den musste jemand dahingelegt haben. Warum? »Harry«, rief sie.

»Ja, Stefan«, antwortete der und holte sich damit den nächsten Lacher, natürlich nur von den Älteren.

»Versteh' ich nicht, sie heißt doch Kerstin«, entgegnete ein zweiter, jüngerer Kollege der KT.

Der nächste Lacher.

»Die Dialoge zwischen Harry und Stefan, alias Kommissar Derrick, als Hauptfigur in der gleichnamigen Fernsehserie, die von 1974 bis 1998 281-mal lief, wurden legendär«, dozierte Harry Stein und fing sich die nächste Bremse von Kerstin Semlock ein. »Ich wollte ihm ja nur klarmachen, dass er nichts dafür kann. Seine späte Geburt bewahrt ihn vor derlei Kenntnissen und Erfahrungen, deshalb ...«

»Es reicht, Harry! Setzen!«

Das war deutlich genug und alle konzentrierten sich weiter auf den Weg und die Umgebung. Als die vom Jäger markierte Stelle nach circa einhundertachtzig Metern sichtbar wurde, die Entscheidung: zunächst nur bis hierher und weiter nicht. Ein quer über den Weg gespanntes Absperrband machte den Entschluss sichtbar.

»Wir brauchen weitere Kräfte zu Sicherung«, rief Kerstin Semlock in die Runde.

»Wozu? Wir haben schon zwei Leute postiert«, rief es zurück.

»Weil wir jetzt zurückgehen und einer hierbleiben muss! Es gibt drei Zuwege zum Moor und die anderen beiden werden wir jetzt in gleicher Weise aufnehmen. Ich will außerdem, dass notiert wird, welcher Kollege an welche Stelle gesetzt wurde.«

›Oh Mann! Besser: Oh Frau‹, dachte sich Brandenburg. ›Das kann dauern. Es ist immer das Gleiche. Die holen mich dazu, obwohl ich noch lange nicht dran bin. Mitgefangen, mitgehangen. Nix zu machen.‹ Der Arzt fügte sich in sein Schicksal. Zum Glück hatte er sich mit langen Unterhosen und Skistrümpfen versorgt. Seine Schuhe hatten ein dickes, abweisendes Profil und extra Ledereinlagen. Die konnte man zwar keinem mehr zeigen, dafür trugen die sich aber sehr angenehm. Gelegentlich ein Sprühstoß Schuh-Deo und alles war schick. So trottete er der Gruppe aus Ermittlern und Kriminaltechnikern hinterher, der Leichenschaukoffer wechselte zuweilen die Hand.

Sie erreichten das Ende des Uferweges und wandten sich nach rechts. Laut Karte hatten sie etwa zweihundertvierzig Meter zu gehen, bis wieder ein Pfad nach rechts führen sollte, der die westliche Seite des Moores begleitete. Der Abzweig wurde gefunden und man begab sich in gleicher Weise fotografierend hinein. Hier stand Hochwald. Bald war vom Moor nichts mehr zu sehen. Der Weg hielt einen größeren Abstand zum Ufer, sodass es unwahrscheinlich schien, dass der Leichnam von dieser Seite aus in seine Lage gekommen war, die sich zudem relativ dicht am östlichen Ufer befand.

»Rückzug!«, befahl Kerstin Semlock. »Das bringt hier nix. Dennoch den Abzweig sichern!«

›Oh Frau!‹, dachten jetzt auch die anderen. Woher sollen wir die Leute nehmen? Das ist hier kein Fußballspiel! Zum Glück waren inzwischen weitere Sicherungskräfte eingetroffen, die auf ihre Einweisung warteten.

Auf dem Rückzug wurde der Parkplatz schnell erreicht.

»Mein Name ist Semlock, ich leite hier die Ermittlungen. Ich möchte, dass alle Zuwege zum Moor gesichert werden, bis wir den Fundort der Leiche als Tatort aufgearbeitet haben. Das kann dauern. Wechseln Sie sich meinetwegen ab«, wies sie die Männer an. »Sie müssen mit zwei bis drei Stunden rechnen. Ich möchte zudem, dass sich die Sicherungskräfte alle Personen- und Fahrzeugbewegungen notieren, die sie in dieser Zeit beobachten. Keine Fahrzeugkontrollen, wohlgemerkt! Nur beobachten und dokumentieren!«

Den Beamten wurde auf der Karte gezeigt, wo sie in Stellung gehen sollten. Dann bewegte sich die Einsatzgruppe zu dem Trampelpfad, der nahe der Waldkante zum Moor hinabführte. Zunächst Hochwald, umgestürzte Bäume, wieder viel Herbstlaub, sodass der Weg kaum erkennbar war. Er verlief anfangs eben, dann eine niedergetretene Umleitung an gefallenen Baumriesen vorbei, um dann sehr steil abzufallen.

Harry Stein fotografierte. Keine Auffälligkeiten. »Der Weg ist jetzt so steil, dass man vielleicht mit einem Fahrzeug heil hinunterkommt, aber nicht wieder herauf, ohne dass die Räder durchdrehen oder tiefere Spuren entstehen«, meinte er. »Hier sieht alles unberührt aus.«

Brandenburg wollte auch etwas beitragen, wenn er schon die ganze Zeit mitlief: »Wir wissen noch nichts über die Liegezeit. Etwaige Spuren könnten längst vergangen sein. Hier ist eben nicht Gras drübergewachsen, sondern Laub drübergefallen.«

»Schon klar. Bevor wir aber hier mit der Harke durchgehen, sehen wir uns deshalb erst einmal an, was da tatsächlich im Moor steckt«, entgegnete Semlock.

Dieser Satz war für Brandenburg wie eine Erlösung. Er konnte nun damit rechnen, dass er endlich zu seinem Einsatz kommen würde.

»Absperrband, trotzdem!«, befahl Semlock.

»Hab keins mehr«, rief Harry.

»Dann hole es oder bestell dir einen Boten, oder was! Ich will dokumentiert haben, wie weit wir gegangen sind. Wir kehren jetzt zurück bis zur Markierung des Jägers.«

Die Gruppe wendete, schnaufte sich den Hang hinauf, erreichte die Straße und ging hinunter zum Parkplatz. An den Autos kurze Pause, einen Schluck Kaffee oder Tee, einen Bissen, einen Blick auf die Uhr. Es war mittlerweile kurz vor vier.

»Brauchen wir Licht?«, rief ein Praktikant. »In einer halben Stunde geht die Sonne unter.«

»Sie sind ja gut«, entgegnete Semlock. »So lange, wie das hier noch dauert, könnte es dämmerig werden. Die sollen den Generator herschaffen und zwei Lichtmasten, aber nur bis hier zum Parkplatz, weiter erst, wenn ich es sage, okay?«

»Alles klar.«

›Praktikant, Referendar …‹, ging es ihr durch den Kopf. »Doc«, rief sie, »wo ist meine Tochter?«

Der nächste Lacher.

›Oh, shit, die hab ich schon wieder vergessen‹, kam es ihm heiß hoch. Die anderen konnten nicht wissen, dass sie sich als Studentin in der Rechtsmedizin im Wahltertial befand und verdeutlichten mit süffisantem Grinsen, dass ihre Fantasie auf Reisen ging. »Ich rufe sie an.« Damit war klar, dass er ihre Telefonnummer hatte.

Da Semlock über ein sehr feines Gespür verfügte, drehte sie sich langsam zu ihren Kollegen: »Merkt Euch, ihr Clowns, meine Tochter studiert bei denen. Die ist nicht so krank, dass sie auf alte Männer steht!«

»Schon gut, schon gut«, kam es mehrstimmig zurück.

»Rufen Sie sie an, Doc, und sagen Sie ihr, dass sie sich was anziehen soll! Hier is' es kalt und nass. Sie soll sich hierher bewegen und nach ihrer Mama rufen!« Kerstin Semlock war voll im Jargon und mal wieder voll in Aktion. Das war allen klar. Und das war gut so. Sie war im Flow und gut drauf, bewies einmal mehr, dass sie die Fäden in der Hand hielt, wenn es darauf ankam.

Das Tageslicht war noch ausreichend und die Gruppe bewegte sich an den Sicherungskräften vorbei wieder zur Markierung des Jägers. Am Absperrband wurde gestoppt.

»Hier richten wir das Basislager ein. Seht zu, dass der Weg passierbar bleibt! Harry und ich, wir gehen allein vor, um zu sehen, was das wird. Overall, Handschuhe, Gummistiefel! Und bitte eine Sicherungsleine, die ihr auf Spannung haltet! Die bindet ihr Harry um! Der ist schwerer als ich. Ihr wisst zudem, dass ich schlecht bindungsfähig bin und schon gar nicht an der Leine gehalten werden will.« Sie war in ihrem Element.

Das Grundlose Moor war auch in dieser Jahreszeit voller Faszination. Während im Frühjahr ein unglaubliches

Froschkonzert jeden in seinen Bann schlug und wie eine magische Kraft anzog, konnte man jetzt die Stille hören. Der Uferweg mit Buchen, Erlen, Birken und Eichen bestanden. Das Laub war zum großen Teil abgeworfen. Selbst die knorrigen, trutzigen Eichen, sonst Symbol für Stärke und Standhaftigkeit, schienen sich vor einer höheren Macht zu verneigen. Wer sich Zeit nahm, um die Stille und diese Atmosphäre aufzunehmen, spürte, wie sehr er von Leben umgeben war.

Welch' ein Kontrast, dass sich die Ermittler nun aufmachten, um diese Synthese zu stören. Sie duckten sich unter dem Astwerk hindurch und patschten sich langsam Schritt für Schritt dem Fundort entgegen. Dabei drängten sie den dichten Bewuchs an Gräsern und Schilf auseinander. So wenig Gnade sie beim Niedertreten hatten, so gnadenlos drang mooriges, muffiges Wasser von oben in die Schäfte ihrer Gummistiefel. Der Boden gab unter ihren Füßen nach, aber nicht bedrohlich.

Als sie an der ersten vom Jäger gesetzten Markierung standen, sahen sie eine krallenförmige Kontur aus dem Wasser ragen, die sich farblich kaum absetzte. Erst das Beiseitedrücken von Gras- und Schilfhalmen und das vorsichtige Berühren der Kralle offenbarte ihre wahre Natur, denn sie war knochig starr. Es handelte sich tatsächlich um die Reste einer linken menschlichen Hand, Weichgewebsreste mit Nage- und Fraßspuren an dem offenbar erhaltenen Knochengerüst. Bis eben hatte niemand gesprochen.

»Harry, du bist dran!«, sagte Semlock.

Harry Stein platzierte ein Spurenkärtchen. Übersichts- und Nahaufnahmen, ein Foto zurück auf die Watstrecke. »Und nu?«, fragte er.

»Was, nu?«, setzte Semlock der wortreichen Anfrage entgegen. »Ich denke, die Männer sind so fantasievoll. Zieh mal! Will sehen, was da noch so dranhängt.«

Harry wurde noch ein bisschen kälter. Es war wie so oft. Ein Leichnam erzeugte bei ihm immer Abwehr, trotz unzähliger Dienstjahre. Das KT-Gehirn in ihm blockierte seine Kreativität, bis irgendwas zu einer Überwindung führte. Dieser Prozess aus anfänglicher Blockade und Überwindung verlief in der Regel sekundenschnell, vermutlich auch wegen der völligen Alternativlosigkeit. Die wurde ihm auch von seiner Chefin klar formuliert. Es gab kein Zurück … ›Also los!‹ Harry fasste die Hand und zog sie leicht zu sich schräg nach oben. Dabei spürte er, dass sich – noch unsichtbar – tiefer unter dem Wasserspiegel eine größere Masse mitbewegte. »Okay, hochverehrte Chefin, das ist nur der Anfang. Das Ende liegt weiter unten.«

»Tapfer, Harry! Dann lass mal los! Der Doc soll herkommen. – Doc!«, rief sie zurück an das Ufer, »wir haben was. Sie sind dran.«

»Yep«, entgegnete er laut. Der gegenüberliegende Wald warf das Echo zurück und Brandenburg machte sich in voller Montur auf den Weg. »Mein Köfferchen lass ich mal lieber auf dem Weg«, rief er im Waten. »Der säuft mir sonst ab. Ich habe eine Pinzette dabei.«

»Sehr clever, Herr Medizinalrat. Mit einer Pinzette kriegen sie die Leiche hier aber nicht raus.«

Er ließ sich nicht beirren und kam zu den beiden. Nun stand das Trio mit grübelnden Köpfen vor der Kralle, unter der inzwischen auch die Reste des Unterarmes herausschauten. »Ich konstatiere«, formulierte Brandenburg gewollt akademisch im Kontrast zu dem Gematsche, »eine Leichenschau, wie sie im Buche steht, können wir jetzt nicht machen. Es bleibt zu überlegen, wie wir all das, was da noch kommen mag, bergen. Und das möglichst schnell, denn es dämmert bereits.«

»Herr Doktor«, spitzelte Kerstin Semlock zurück, »wie gut, dass wir einen Akademiker dabeihaben. Hätten Sie vielleicht auch dazu einen Vorschlag?«

»Seile und Matten«, kam ihm Harry Stein zu Hilfe.

»Sie scheinen der Stein unter den Weisen zu sein«, frotzelte sie zurück. »Das ist aber vermutlich wirklich das einzig Mögliche. Mit aller Vorsicht möchte ich, dass der Doktor Hand anlegt, ein Seil umschlingt und vorsichtig zieht und hebt, damit er spürt, wenn etwas abfällt. Da hat er wohl die meiste Übung, oder? Wenn der Corpus dann in seiner ganzen Pracht aufscheint, ziehen wir ein großes Tuch darunter. Vier Zipfel, zwei Männer, kein Problem und dann geht's heimwärts.«

»Wir könnten auch die Feuerwehr holen«, wagte Harry zaghaft eine Alternative, die aber sofort abgeschmettert wurde.

Kerstin Semlock stemmte die Hände in die Hüften: »Harry, es brennt nicht! Schlauchbootfahren kannst du auch vergessen. Das kostet zudem viel Zeit. Und wie der Doc zutreffend bemerkte, es wird langsam dämmerig. – Also«, wies die Chefin an, »wir binden Harry aus der Sicherung raus und nehmen die für die Leiche. Doc, Sie ziehen hoch und schlingen drunter, Harry assistiert und ich gucke zu!« Damit war das Drehbuch fertig und es wagte niemand, weitere Alternativen ins Moor zu führen.

So gelang es tatsächlich, einen vollständigen Leichnam zu bergen. Mit dem Rückzug schloss sich der Bewuchs des Moores wie eine schnell heilende Wunde. Auf dem Uferweg mit viel Geächze und Gestöhne angekommen, wurden die menschlichen Überreste abgelegt.

»So, Männers«, rief Semlock, »jetzt möchte ich wissen, in welcher räumlichen Beziehung dieser Ort, an dem wir jetzt stehen, zum Auffindungsort von Hannes Köster steht.«

»Wir sollten keine Zusammenhänge konstruieren«, meinte Harry Stein.

Semlock drehte sich schnaubend zu ihm um: »Wir sollten aber auch keine Zusammenhänge diskriminieren. Also nehmen wir alles auf, was sich bietet. Schaut bitte auf die Karte oder besser noch, nehmt die Geokoordinaten von diesem Standort auf und vergleicht sie irgendwie mit den Koordinaten des Caches Grundloses Moor! Das werdet ihr doch wohl hinkriegen! Und dann will ich die Entfernung und dann will ich die gegenseitige Sichtbarkeit.« Kerstin Semlock war im »Will ich!«-Modus. Das war für gewöhnlich das Maximum der Amplitude, wobei man statt Amplitude besser Plateau sagen sollte, denn diesen Modus hielt sie mit unübertroffener Ausdauer.

Die Männer taten wie ihnen geheißen und lieferten schon nach wenigen Minuten eine Distanz von einhundertfünfzig Metern Luftlinie. Zur Frage der gegenseitigen Sichtbarkeit musste wieder ein Praktikant dran glauben. Er wurde ins Dornengestrüpp zum ehemaligen Cache geschickt. Dort hatte er sich zuerst ruhig zu verhalten, dann sollte er sich bewegen, dabei rascheln und umherlaufen.

Diese Weitsichtigkeit von Kerstin Semlock bescherte ihr dann wieder Respekt, denn sie hatte offenbar ein gutes Gefühl für die Situation. Wenn der Praktikant nämlich stillstand, fiel er kaum auf. Sicher, er hatte jetzt farbige Kleidung, da ging es noch. Hannes Kösters Hose und Jacke waren dunkel, er hätte von hier aus nicht auffallen müssen, auch wenn es gegen Mittag etwas heller war. Wenn sich der Praktikant jedoch bewegte, konnte er bei der sonstigen Stille hier schon gehört und gesehen werden. »Gutes Intermezzo«, lobte sie ihre Mannschaft, »und zugleich Erholung von den Strapazen der Bergung. Notiert bitte die Zeit! Es ist jetzt 16:40 Uhr. Doc, wo sind Sie?«

»Komme schon«, rief der zurück und steckte seinen Fotoapparat ein.

»Lassen Sie uns überlegen, was wir mit diesem Elend hier anfangen wollen und was morgen im Saal!«

»Wir sollten hier jetzt nur Übersichtsaufnahmen anfertigen«, entgegnete er, »und das Umfeld wieder als Tatort aufarbeiten. Allein schon die Nähe zum Auffindungsort von Köster macht einen Zusammenhang recht wahrscheinlich. Eine vollständige Leichenschau möchte ich hier nicht machen. Die Lichtverhältnisse sind nicht optimal, auch nicht mit euren Lichtmasten. Die könnt ihr meinetwegen wieder abbestellen. Ich kann hier ohne Sektionstisch und ohne fließendes Wasser auch nicht sauber arbeiten.«

»Okay, Doc, gut, sehe ich auch so«, stimmte Kerstin Semlock ihm zu. »Davon unberührt bleibt die Aufgabe für die KT, diesen Auffindungsort noch einmal gründlich zu inspizieren. Ihr geht noch mal rein, sucht das Ufer ab und nehmt euch die Strecke zwischen beiden Auffindungsorten vor, klar?«

So teilte sich die Einsatzgruppe und Brandenburg packte einen der vier Zipfel der Plane, um mit drei weiteren Beamten den Corpus in Richtung der Autos zu tragen.

»Hat schon jemand die Bestatter gerufen?«, fragte Semlock.

»Nö«, kam die Antwort.

»Dann aber flott, das hättet ihr schon längst machen können. Wie lange sollen wir hier noch rumstehen?«

»Erst waren sie zu früh, da sollte ich sie wegschicken. Jetzt sind sie zu spät, auch nicht richtig. Kleine Ansage rechtzeitig wäre auch nicht verkehrt«, kam es mürrisch zurück.

»Hast recht, vergib mir! Ist bei der Aktion untergegangen. Nicht zu ändern, allzu lange wird es nicht dauern. Wo ist übrigens meine Tochter? Die sollte nach ihrer Mama rufen?«

Die Männer sparten sich jetzt ihre Sprüche und versicherten nur, dass sie nicht gesichtet worden war. An den Autos angekommen, wurden die sterblichen Überreste des Opfers vorsichtig an die Wegseite gelegt. Aus der Plane erhob sich ein muffiger, unangenehmer Geruch. Brandenburg malte sich schon aus, wie das morgen im Saal sein würde, wenn man sich einige Stunden über das Corpus Delicti zu beugen hatte. Da würde wieder nur helfen, alle Fenster und Türen zu schließen. Adaption ist das Zauberwort.

Der Einsatz hatte seinen Höhepunkt hinter sich. Die Spannung flaute ab. Die Stimmen des Waldes dominierten wieder die Wahrnehmung. Kerstin Semlock und Karsten Brandenburg standen an ein Auto gelehnt dicht nebeneinander und schauten sich an. Ihr lagen die Berliner Erlebnisse auf der Seele. Er verstand ihren Blick natürlich anders, der erkennen ließ, dass sie reden wollte, sich aber nicht traute. Beide Gedanken trafen sich irgendwo und verflogen, ohne den anderen zu erreichen. Die Angespanntheit und zügige Vorgehensweise bis eben war einer alles glättenden Ruhe gewichen, die aus dem Wald kam und die Einsatzkräfte entließ.

Der bemalte Feldstein blieb unbeachtet. Seine Farbigkeit wirkte wie ein Seezeichen, das die Fahrrinne oder eben hier den Weg markieren sollte.

Kapitel 18

Obduktion Nr. 2

Das 1930 zusammen mit der Chirurgischen Universitätsklinik in Betrieb genommene wuchtige Gebäude der Pathologie in der Rostocker Strempelstraße teilte sich seit vielen Jahren den Sektionstrakt mit der Rechtsmedizin. Die überhohen Geschosse unter dem großen Mansardendach mit ihren Halleffekten und einer abweisenden Kälte wehrten sich erfolglos gegen die menschlichen Eindringlinge, die durch kahle Flure eilten, als wollten sie all die beleben, deren vergängliche Morphologie dort zum Gegenstand des Interesses geworden waren. Die oft aggressiven Gerüche rechtsmedizinischer Kasuistiken schoben sich wie eine Kontamination in die Hausgeschichte und ergänzten die hellen klinischen Rückblicke auf das Leben um das Dunkel der gewaltsamen Tode. All das zeigte Wirkung auf jeden, der sich zwischen diesen Mauern angleicht.

Am Vormittag stand die Obduktion der Moorleiche an. Das gleiche Prozedere und die sich wiederholende Erkenntnis, dass wichtige Dinge von denen erledigt werden sollten, zu deren »täglich Brot« das gehörte. Eine eingespielte Routine und Berufserfahrung waren durch keine jugendliche Frische zu ersetzen.

»Kann die Leiche hoch?«, fragte der Sektionstechniker.

»Sicher, nur zu!«, antwortete Brandenburg.

Ein Fahrstuhl, Baujahr 1927, rumpelte ins Kellergeschoss, in dem sich die Kühlkammern befanden. Der Leichnam war in eine weiße Kunststoffplane eingeschlagen und mit einem ebenfalls farblosen Laken abgedeckt. Der Wagen, auf dem er lag, passte gerade so in den Fahrkorb hinein, der in einem dunklen Schacht hing. Während der Fahrt musste dauerhaft ein Zwangstaster gedrückt werden, bis man sein Ziel erreicht hatte. Da es keine Fahrstuhlkabine im eigentlichen Sinne gab, war man nicht gegen die Wand des Schachtes geschützt. Alles in allem ein unheimliches Gerät aus grauer Vorzeit.

Der Sektionssaal füllte sich: die Obduzenten, der Sektionstechniker, die Staatsanwältin, zwei Kriminaltechniker, Kerstin Semlock, Katharina Semlock als Studentin, die ihr Fernbleiben von gestern wieder gutmachen wollte – und auch musste, wie ihr unmissverständlich klargemacht wurde. Der grausige Moorfund des Vortages wurde auf den alten Steintisch gelegt, um zuerst Übersichtsaufnahmen mit der fest installierten Deckenkamera anzufertigen. Nach dem Öffnen der Abdeckung dominierte sofort Fäulnisgeruch, der sich in jede Kleiderfalte und jede Pore setzte. Dann wurde die Kleidung betrachtet. Sie war witterungsgerecht und ohne grobe Beschädigungen, beinahe regelrecht sitzend, sofern man das nach der komplizierten Bergung noch beurteilen konnte. Die LED-Feuchtraumlampe über dem Tisch warf ein gleißend helles Licht in jede Falte. Die Kleidung wurde trotz der Behaftungen mit Schlick und Pflanzenresten abgeklebt, was ein mehrfaches Kopfschütteln erzeugte, weil nicht vorstellbar war, dass Material vom Täter nachweisbar sein würde.

Erst dann folgte die Öffnung der Kleidung, um alle Tascheninhalte zu erfassen. Kein Portemonnaie, keine Karten, kein Ausweis. In der rechten Hosentasche ein Zwei-Euro-Stück. In der rechten Jackentasche ein aufgeweichtes Papiertaschentuch. Alles wurde sofort gesäubert und für die fotografische Dokumentation aufbereitet. Nach vollständigem Entkleiden wieder Übersichtsaufnahmen von allen Seiten. Die Obduzenten wiesen die Kriminaltechniker auf Befunde hin, die fotografiert werden sollten. Dazu gehörten kleinere Oberhautverletzungen und viele offenbare Nage- und Fraßspuren an der linken Hand, die am Auffindungsort aus dem Wasser geragt hatte. Das Gesicht war bereits unkenntlich. Selbst wenn es ein Lichtbild zum Vergleich gegeben hätte, wäre eine Identifizierung kaum möglich gewesen. Vor der inneren Besichtigung wurden die knöchernen Strukturen grob durchgetastet, um Hinweise auf Brüche zu bekommen.

»Wir müssen stoppen«, sagte Brandenburg plötzlich. »Die Leiche ins CT! Wir sollten schon vor der Obduktion wissen, wo Knochen eventuell gebrochen sind, um dann gezielt präparieren zu können. Außerdem bekommen wir über die Bilder vielleicht Individualmerkmale, die uns bei der Identifizierung helfen.«

Die Staatsanwältin nickte das Timeout und die radiologische Untersuchung ab.

Der Sektionstechniker telefonierte mit der Radiologie und erhielt schnell eine Zusage. Die Leiche verfrachtete man nun wieder auf den Rollwagen, dann wurde sie luftdicht in einen Transportsack verpackt und mit dem Rumpelfahrstuhl in den Keller gefahren, von dort aus in die Radiologie.

»Die Studentin geht mit«, rief Brandenburg noch schnell hinterher, froh darüber, sie nicht wieder vergessen zu haben, wo doch die wachsame Mutter dabei war.

»Wie lange wird das jetzt dauern?«, fragte Kerstin Semlock.

»Rechnen Sie mal mit einer Stunde. Das ganze Hin und Her wird brauchen. Patienten haben die ja schließlich auch zu versorgen.«

Die an der Obduktion Beteiligten setzten sich in das Besprechungszimmer, die Kaffeemaschine gluckste. Die Obduzenten hatten die Schürzen, die Kopfhauben, Handschuhe und Füßlinge abgelegt, darunter hunderte Male gewaschene grüne Kleidung: Kasack, Hose, Kittel. Die drei Einheitsgrößen passten immer, mal besser, mal schlechter. Perfekt, um sich in einen Pausenstuhl zu flegeln und die gestresste Wirbelsäule durchzubiegen.

»Ist der Förster schon vernommen worden?«, fragte Harry Stein.

»Gut, dass Sie fragen«, antwortete Kerstin Semlock. »Den hätte ich fast vergessen. Der kommt heute um sechzehn Uhr. Gestern am Moor habe ich ihn kurz befragt und mir ist erst im Nachhinein ein Detail in seinen Angaben aufgefallen, das ich unbedingt mit ihm abklären muss.«

»Wie schön, dass es Leute gibt in dieser Welt, denen manchmal noch etwas auffällt«, spöttelte Harry Stein. »Was hat er denn Epochales beigetragen?«

»Jedes Wort weiß ich nicht mehr, aber er erklärte mir, dass er für das Revier da zuständig sei und sich um den Wildbestand kümmere. Und dann sagte er irgendwie so: ›Da Sie nun schon das vierte Mal hier auftauchen, frage ich mich, ob ich mir demnächst einen freien Termin für die Wegenutzung besorgen muss?‹ Das war zwar lustig gemeint und mag auch seine Beobachtung gewesen sein, aber … Harry, was fällt auf?«

»Ganz klar, Chefin, wir waren nur dreimal dort. Das erste Mal bei der Leichenschau Köster, das zweite Mal bei der Cache-Nachsuche und das dritte Mal zur Moorleiche.«

»Bingo, Harry, hundert Punkte! Nun ist so ein Jägersmann das Beobachten gewöhnt und ich glaube schon, dass der aufmerksam ist, wenn er durch den Wald und über die Heidi pirscht. Wie kommt er also darauf, dass wir das vierte Mal dort waren? Mit Blaulicht wird da keiner rumgefahren sein. Uniformierte Polizei kam außerhalb unserer beiden Einsätze dort auch nicht hin. Ich könnte mir vorstellen, dass er auf jemanden traf, der sich als Polizist ausgegeben hat, der vielleicht keiner war. Und dann wäre es dem Jägersmann so gegangen, wie dem leitenden Arzt neulich auf Station, als ich zu Herrn Kolosalski wollte.«

Alle blickten sie fragend an.

»Was meinen Sie?«, fragte Harry.

»Der Doktor sagte mir, dass von uns schon einer da gewesen wäre. Ein Kommissar Bender von der Mordkommission.«

»Wie bitte? Kommissar Berger? Der sitzt doch in Schwerin und hat mit dem Fall nichts zu tun!«

»Nicht Berger, sondern Bender. Ich habe genau nachgefragt. Der soll sich als Bender aus unserem Fachkommissariat vorgestellt haben.«

»Der hat bei uns keinen Einstand gegeben.«

»Das sagte ich ihm auch. Dem war ganz anders, als ihm klar wurde, dass da ein falscher Fuffziger bei ihm war.«

Staatsanwältin Kernbach zog die Augenbrauen hoch. »Warum weiß ich davon nichts?«

»Weil es aus mir noch unbekannten Gründen schwierig ist, alle Facetten dieses Falles beziehungsweise der beiden Fälle mit allen zu kommunizieren, die beteiligt sein sollten!«, gab Kerstin Semlock scharf zurück.

Bevor jedoch das Thema vertieft werden konnte, schaute der Sektionstechniker zur Tür herein. »Mir sin fertsch.«

Semlock, dankbar für diese Ablenkung, erhob sich als Erste, zog sich erneut den Kittel über und ging zurück in den Saal.

Die anderen folgten ihr.

Der CT-Befund lag schon ausgedruckt auf dem Sideboard, das etwas abseits des Sektionstisches in einer »sauberen« Ecke stand. Auf ihm stapelten sich verschiedene Formulare und die Todesbescheinigung.

Brandenburg nahm den Zettel zur Hand und las vor: »*Konturstörungen im Kehlkopfskelett. Sonst kein Anhalt für Frakturen oder Fremdkörper.* – Konturstörungen?« Der leitende Rechtsmediziner griff ohne nähere Erläuterung für die Anwesenden zum Telefon. »Ich grüße dich, Radiologe. Wo hast du gelernt? Bei RFT oder in der Medizin?«

145

»Spare dir dein Gelaber, ich habe zu tun!«, kam als Antwort.

»Was sind für dich Konturstörungen?«

»Mir fiel nix Besseres ein. Unklarer Befund. Das Kehlkopfskelett zeichnet sich nicht sauber ab. Da sind knorpelige und knöcherne Anteile. Möglich, dass Brüche vorliegen. Das solltet ihr ausnahmsweise mal gründlich präparieren.«

»Danke für den Hinweis, mein Freund«, antwortete Brandenburg und legte auf. »Wir sollen ausnahmsweise den Hals präparieren«, rief er in die Runde. »Da könnte was kaputt sein.«

»Wird der Hals nicht immer präpariert?«, fragte die Studentin Katharina Semlock und fing sich die amüsierten Blicke der Umstehenden ein.

»Sicher doch«, lächelte Brandenburg. »Kommen Sie mal einen Schritt näher und dann zeige ich Ihnen, wie das geht.«

Es folgte die anatomische Vorbesprechung der zu erwartenden Strukturen, die schrittweise Freilegung derselben und der plötzliche Ruf: »Befund! Foto! – Was fällt Ihnen auf, Studiosa?« Der Rechtsmediziner trat ein Stück beiseite, um die Sicht auf den Hals des Leichnams freizugeben.

Nun drängten sich Harry Stein und Katharina Semlock auch über den Befund.

»Oh weh, Anatomie ist lange her«, sagte die Medizinstudentin verlegen. »Die geraden Halsmuskeln, hier an der linken Seite, … einer ist unterblutet?!«

»Wie heißt der Muskel?«

»Musculus sternohyoideus, glaube ich.«

»Das sollten Sie nicht nur glauben, sondern wissen, Studiosa!«

»Dann weiß ich es eben«, entgegnete sie schnippisch.

»Gut geraten, das ist er. Was fällt noch auf?«

»Der Zungenbeinkörper ist links der Mitte gebrochen.«

»Was noch?«

»Oh je, jetzt sehe ich es erst, ist mir nicht gleich aufgefallen. Die Schildknorpelplatten, also die Strukturen, die den Adamsapfel formen, stehen falsch. Die sind geknickt und verschoben und an den Knickstellen ist alles schwarzrot verfärbt.«

»Könnte man so sagen. Das sind umblutete Kehlkopffrakturen. Die Brüche sind zu Lebzeiten erfolgt. Mögliche Ursachen? Krawatte zu fest gebunden?«

»Sie haben uns in der Vorlesung gesagt, dass man in der Medizin nur selten etwas ausschließen kann. Es gibt nichts, was es nicht gibt.«

»Gut gemerkt. Was aber liegt denn hier sehr nahe?«

»Stumpfe Gewalt?«

»Richtig, massive stumpfe Gewalt im Sinne von Schlagen oder Treten. Haben wir so einen Befund kürzlich nicht schon einmal gesehen?«

»Fragen Sie mich?«, entgegnete sie. »Nicht, dass ich wüsste. So lange bin ich noch nicht im Wahltertial.«

»Sie waren durchaus schon da. Nur hatten Sie plötzlich Kreislauf und verabschiedeten sich ins Schattenreich. Dennoch könnten Sie sich erinnern, dass wir diesen Befund in der Zusammenfassung der Obduktion Köster besprochen haben. Da waren Sie nämlich wieder wach und haben den klugen Hinweis auf eine nötige Giftanalyse gegeben.«

»Yep.«

Brandenburg stutzte kurz und drehte sich wieder zu ihr. ›Yep? Wieso sagt sie Yep?‹, dachte er. – »Jetzt schauen wir mal in den Kehlkopf hinein.« Er hatte Mühe, den Atemweg darzustellen, weil er durch die Verformungen des Kehlkopfskelettes verlegt war.

Der zweite Obduzent sezierte wieder die inneren Organe, die vom Sektionstechniker als Brust-, Bauch- und Nierenpaket entnommen worden waren. Die Gewebe waren fäulnisbedingt verfärbt und erweicht. Das wenige, flüssige Leichenblut braunrot. Die roten Blutkörperchen waren in Auflösung und entließen den Blutfarbstoff, der die Textur der Blutgefäßwände durchwanderte und umliegendes Gewebe diffus einfärbte.

Als der Sektionstechniker sich anschickte, die Kopfschwarte zu lösen und das Schädeldach zu öffnen, versuchte Katharina Semlock, die Tür des Saales zu erreichen, um ihren Kreislauf zu schonen.

Brandenburg rief sie mit wenig Feingefühl zurück, wohl wissend, dass er ihre Mutter auf seiner Seite hatte. »Studiosa«, rief er mit mahnendem Unterton, »Zuwendung bitte und keine Abwendung!«

»Ich nahm an, dass die Hauptbefunde demonstriert wurden«, entgegnete sie.

»Das wohl«, dozierte Brandenburg, »aber abgerechnet wird zum Schluss. Und Schluss ist erst nach einer vollständigen Obduktion. Dass keine weiteren Verletzungen und keine Anhaltspunkte für schwere vorbestehende Erkrankungen vorliegen, sollten Sie erst formulieren, wenn Sie alles gesehen haben!« Dann wandte er sich der deutlich amüsiert wirkenden Mutter zu. »Sherlock, ich glaube, ihr habt da ein Problem.« Der Rechtsmediziner warf einen besorgten Blick zu Kommissarin Semlock, die die Tragweite des Befundes bereits begriffen hatte.

»Sehe ich auch so, Doc«, antwortete sie knapp.

»Zweimal eine Todesursache, die wir nicht unbedingt jeden Tag auf dem Tisch haben …«, ergänzte Doktor Brandenburg, während er sich die Hände wusch und danach mit Desinfektionsmittel einrieb. Ein Papierhandtuch landete wie ein oft geübter Korbwurf zielsicher im Abfalleimer.

»Das bestärkt die Annahme, dass beide Auffindungsorte irgendwie zusammenhängen«, ergänzte Kerstin Semlock. »Der Leichnam ist noch unbekannt, Doc, was haben wir für Möglichkeiten, die Identität zu klären?«

»Wir stellen Ihnen gleich alle Individualmerkmale zusammen, kommen Sie bitte wieder in unsere Kaffeestube!«

Mit der grünen Wolke aus bekittelten Leuten wurde ein intensiver Geruch in das Zimmer geschleppt – eine betörende Mischung aus Verwesung und Desinfektionsmitteln, die an allem haften blieb. Jeder lümmelte sich auf die nächstbeste Sitzgelegenheit in Erwartung eines brandenburgschen Monologes, in dem er das Obduktionsergebnis zusammenfassen würde.

Der dachte jedoch nicht daran. »Fräulein Semlock«, sagte er, »legen Sie doch bitte Ihrer Mutter dar, was die Obduktion ergeben hat! Und bitte einen strukturierten Vortrag, ja? Zuerst die Befundlage mit Interpretation des Hauptbefundes hinsichtlich Fremdbeibringung, Selbstbeibringung oder Unfall, dann die Spurenlage, unsere Empfehlungen für Zusatzuntersuchungen, das scheint Ihnen ja besonders zu liegen, und zuletzt unsere Möglichkeiten, die Identität zu klären.«

Katharina Semlock wurden die Knie weich. ›Der Typ hat einen Schnodderton wie der Börne in der Krimiserie, die sie alle gucken‹, dachte sie. – »Ja, natürlich«, entgegnete die Studentin schnell und freundlich, nachdem sie sich kurz gesammelt hatte. »Die Todesursache ist ja bereits besprochen. Es ist wie im Fall Köster von fremder Gewalt auszugehen. Die gleiche Handschrift, keine Nebenverletzungen …«

»Verzeihung, Studiosa!«, rief Brandenburg dazwischen. »Ob im heutigen Fall Nebenverletzungen vorgelegen haben, wissen wir nicht.«

»Sie haben doch keine gefunden?!«

»Bei dem Erhaltungszustand des Leichnams sind die aber vielleicht auch nicht mehr zu sehen. Da müssen wir vorsichtig sein. Die Leiche von Hannes Köster war wesentlich besser zu begutachten. Das führt uns gleich zum nächsten Problem …«

»Sie sagen es, Doc!«, fuhr sie ihm nun dazwischen. »Die Identität konnte im Ergebnis der Obduktion zunächst nicht geklärt werden. Wir kennen nur das Geschlecht: männlich, die Körpergröße und das Körpergewicht als ungefähre Maße, der Wurmfortsatz war noch da, ebenso die Gallenblase. Das CT zeigte keine alten Knochenbrüche, keine Implantate. Die Bilder vom Kopf zeigen Stirnhöhlen«, zählte sie weiter auf.

»Sehr richtig, Fräulein Semlock«, grätschte Brandenburg in ihre Ausführungen. »Viel wichtiger als alles andere, was sie da erzählt haben, ist für die Sicherung der Identität aber der Zahnstatus. Es gibt Füllungen und eine Brücke im Oberkiefer rechts. Die kaum ausgeprägten Schlifffacetten weisen zudem auf ein jüngeres Sterbealter. Ein junger Mensch wird vermisst werden. Die zahnärztlichen Behandlungsspuren werden wir dann mit der Dokumentation einer Zahnärztin oder eines Zahnarztes abgleichen können. Nicht zuletzt müssen wir noch etwas zur Liegezeit sagen, doch das überlassen Sie besser mir.«

Katharina Semlock resignierte und zog es vor, nicht weiterzureden. ›Das können ja schöne vier Monate werden!‹, dachte sie nur.

Brandenburg begründete nun wortreich, warum er eine Liegezeit von zwei bis drei Wochen für wahrscheinlich hielt.

Letztlich kam man zu den Laboruntersuchungen. »Die Kleidung ist mit Eifer von der Kriminaltechnik abgeklebt worden«, spöttelte Brandenburg. »Diesen Asservatenschatz wird die Polizei sicher behalten wollen, oder? Ich schlage vor, nur Vergleichs-DNA zur Sicherung der Identität zu untersuchen. Das können wir schnell machen, um ein DNA-Profil für den Abgleich mit einer vermissten Person zu haben.«

Nach allgemeiner Zustimmung schlurften die Teilnehmer in ihren blauen Füßlingen zu den Waschbecken, legten die Schutzkleidung ab, wuschen sich die Hände, warfen sich die Jacken über und entflohen in die frische Herbstluft.

Kapitel 19

Der Jäger

Nach der Obduktion die üblichen Formalitäten. Das historische Gemäuer entließ die Akteure in den Rest eines tristen Novembertages. Es war Freitag, Tag des Mauerfalles. Der Tag klang aus mit einigen Erinnerungen an 1989 und mit den Gedanken an das Wochenende. Für Kommissarin Semlock aber stand noch die Vernehmung des Jägers an.

Kurz vor sechzehn Uhr klopfte es an ihrer Tür im Polizeipräsidium Ulmenstraße. »Herein!«

Die Tür öffnete sich vorsichtig. Arvid Körmann trat ein.

»Kommen Sie bitte!« Kerstin Semlock bat den Jäger vom Grundlosen Moor zur Zeugenvernehmung in ihr Dienstzimmer. »Nehmen Sie dort bitte Platz!«

»Ja, guten Tag, Frau Kommissarin. Danke.« Er zog seine Jacke aus und sah sich suchend um.

»Sie können die Jacke da hinten auf den Stuhl legen. Eine richtige Garderobe habe ich hier nicht.«

Körmann tat, wie ihm angeboten.

Dabei fiel ihr Blick auf das gute Stück, welches wohl einen Bügel verdient hätte. »Herr Körmann, ich muss Sie als Zeugen vernehmen. Vorab eine Belehrung: Sie müssen die Wahrheit sagen, dürfen nichts hinzufügen, nichts weglassen! Beantworten Sie meine Fragen bitte vollständig! Auch eine unvollständige Aussage ist eine Falschaussage. Beherzigen Sie das bitte! Sie würden sich sonst strafbar machen. Wenn Sie etwas nicht genau wissen, ist das nicht schlimm, aber machen Sie es bitte deutlich! Erzählen Sie mir keine eigenen Schlussfolgerungen oder Abdeutungen! Wenn Sie etwas vom Hörensagen wissen und nicht aus eigenem Erleben, sagen Sie das bitte auch! Falls Sie sich durch die wahrheitsgemäße Antwort auf eine Frage selbst belasten würden, könnten Sie die Aussage verweigern! Sie können sich anwaltlich beraten lassen, aber Sie sagten ja im Telefonat, dass es dafür in Ihrer Situation keine Notwendigkeit gäbe. Ist das noch immer so?«

»Ja, natürlich.«

»Haben Sie meine Belehrung verstanden?«

»Ja.«

»Verzeihen Sie mir bitte dieses förmliche Intro, aber wir müssen das jedem Zeugen vor der Vernehmung sagen. Es bedeutet nicht, dass wir Ihnen gegenüber Misstrauen hegen. Eine Belehrung ist gesetzlich vorgeschrieben.«

»Schon gut, ich weiß. Ich kann damit umgehen.«

»Schön.«

»Herr Körmann, wie heißen Sie mit Vor- und Zunamen?«

»Arvid Körmann.«

»Wie alt sind Sie?«

»Das würde ich von Ihnen auch gern wissen.«

»Geben Sie hier den Clown?«

»Nein, schon gut. Ich bin 46.«

»Wir haben uns ja schon kurz am Auffindungsort der Leiche gesprochen …«

»Ach … und ich wollte Sie schon die ganze Zeit fragen, ob wir uns nicht schon mal begegnet sind?«

Kerstin Semlock hielt inne, lehnte sich zurück, band sich in Gedanken ein Lätzchen um und legte sich Messer und Gabel zurecht. »Okay, Sie Schützenkönig, ich habe den Eindruck, dass Sie mich nicht so richtig für voll nehmen. Um weiteren Pointen vorzugreifen: Ich weiß, dass der Jäger immer noch eine volle Ladung in Reserve hat, dass es bei Ihnen sowohl Hinterlader als auch Vorderlader gibt und dass sich jedes Jahr so ein bis zwei Jäger gegenseitig für Wild halten, vielleicht weil es zu Hause keiner mehr tut. Sie verfügen mit Sicherheit noch über einige Magazine, die mit Brüllern geladen sind, aber die können Sie stecken lassen! – Ich denke, das war deutlich?« Kerstin Semlock war aufgestanden und setzte sich mit vor der Brust verschränkten Armen auf die Kante ihres Schreibtisches. Dieser Typ war einfach nur widerlich, wenn er seine vermeintlichen Bolzen noch mit einem Überlegenheitsgrinsen garnierte.

Er ruckte sich in seinem Stuhl zurecht und wiederholte: »Schon gut!« Der überhebliche Ausdruck in seinem Gesicht verschwand und er machte zumindest den Eindruck, irgendwie kooperieren zu wollen.

»Herr Körmann, ist der Wald um das Grundlose Moor herum Ihr Jagdgebiet?«

»Wir sagen Jagdrevier. Ich habe von der Landesforst Mecklenburg-Vorpommern einen Pachtvertrag, der mir das Jagdausübungsrecht für eine Fläche überträgt, in die das von Ihnen so bezeichnete Grundlose Moor eingebettet ist.«

»Wie oft halten Sie sich in Ihrem Revier auf?«

»Das ist sehr unregelmäßig und hängt vom Wetter ab. Und natürlich von der eigentlichen Jagdsaison. Zwischen September und Dezember darf gejagt werden. Zudem beinhaltet ein derartiger Pachtvertrag auch die Pflicht zur Hege und zur Erfassung von Wildschäden. Letztlich bin ich in dieser Zeit schon jede Woche irgendwann und an manchen Wochenenden in der Gegend.«

»Sie sagten: ›Das von Ihnen so bezeichnete Grundlose Moor‹. Nennen Sie es anders?«

»Ich wusste bislang überhaupt nicht, wie diese Niederung genannt wird. In meinen Karten findet sich da nichts. Da Sie am besagten Tag schon diesen Terminus verwendeten, habe ich mal gegoogelt. Unter dieser Bezeichnung findet sich nur ein Hochmoor in Niedersachsen.«

»Nun sind wir doch in einem feinen, sachlichen Dialog, Herr Körmann. So gefällt mir das schon besser. Wir sind mit Ortsbezeichnungen möglichst genau. Bei Google Maps ist das Moor auf der Kartenansicht nicht einmal blau und schon gar nicht benannt, wie zum Beispiel der Hohenfelder See. Bei OpenStreetMap kommt dann aber schon mehr, nämlich genau dieser Name. Wir schreiben dann die Geokoordinaten dazu und dann sind wir eindeutig.«

»Respekt, hätte nicht gedacht, dass Sie so ins Detail gehen.«

»Das müssen wir. Unsere gesamten Dokumentationen werden spätestens in der Gerichtsverhandlung infrage gestellt. Wenn der Eindruck entsteht, dass wir einige Monate nach einer Tat schon nicht mehr wissen, wo wir genau waren, sieht das verdammt schlecht aus.«

Körmann spürte, dass sein Einstieg dumm gelaufen war und blieb in seiner Sachlichkeit, um vorwärtszukommen.

»Wie lief denn der Tag für Sie, bevor Sie den Leichnam entdeckt haben?«

»Ich bin in der Verwaltung vom Krankenhaus Hohenfelde beschäftigt und hatte mir meinen Resturlaub genommen. Dadurch hatte ich Zeit für mein Hobby, für meine Leidenschaft. Und das ist alles, was mit dem Thema Jagd zu tun hat. Ich habe mir den Hund genommen, mich entsprechend umgezogen und bin mit meinem kleinen Lada Niva losgefahren. Am Ufer der Niederung, oder des Moores, bin ich nur entlanggegangen, weil ich den Weg dort sehr schön finde. Die Jagd übe ich dort nicht unmittelbar aus. Na ja, dann kamen wir an die Stelle, wo der Hund zog. Zuerst dachte ich, dass er die Witterung von verendetem Wild aufgenommen hat. Das hätte ich rausbringen müssen. Deshalb habe ich ihn gehen lassen. Was wir dann tatsächlich fanden, haben wir lieber nicht geborgen.«

»Das war auch gut so. Haben Sie im Wald noch andere Personen gesehen?«

»Nein, ich habe niemanden gesehen.«

»Während wir am Tatort waren, sind die Zufahrtswege durch Polizisten gesichert worden. Denen ist schon etwas aufgefallen: eine alte Frau. Sie wirkte wohl bizarr gekleidet und zog einen Handwagen.«

»Ach die«, entgegnete Körmann, »die kenne ich auch … also vom Sehen. Die tut keinem was. Man sagt, sie wohnt irgendwo in Hohenfelde oder Ivendorf. Sie ist dort oft unterwegs, immer in abgenutzter Kleidung, an der bunte Bänder hängen. Wenn sie einen Handwagen zieht, sind da immer bemalte Feldsteine drin. Die lädt sie wahrscheinlich an Wegrändern oder sonst wo ab. Ich habe schon mal einen gefunden und am Beginn des Uferweges liegt ja auch noch einer. Den müssten Sie gesehen haben. Die hat sie nicht einfach nur abgeladen, sondern so ausgerichtet, dass die Bemalung zu sehen ist. Sie murmelt immer irgendwas und erwidert nie einen Gruß. Sie wirkt völlig versunken, vielleicht in die Geschichten, die sie sich selbst erzählt. Manchmal schleppt sie auch schwere Taschen. Ich weiß beim besten Willen nicht, was sie umtreibt. Sie erinnert an Kurven-Elli.«

»An bitte wen?«

»Kurven-Elli. Ich sehe schon, Sie sind keine Doberanerin. Dieser Name klingt, so ausgesprochen, beinahe abfällig. Aber glauben Sie mir, alle haben die Frau geachtet. In Doberan kannte sie jeder. Sie sah ähnlich aus und machte unermüdlich bei jedem Wetter die Todeskurve sauber.«

»Die bitte was?«

»Oh je, Sie brauchen wohl etwas Heimatkunde. Wenn man die B 105 von Rostock nach Doberan hineinfährt, dann macht die Straße an der Klostermauer eine scharfe Linkskurve. Das ist die sogenannte Todeskurve, wahrscheinlich, weil manch einer zu schnell fuhr. Diese Kurve stand unter der weithin akzeptierten Patenschaft von Kurven-Elli. Die Stadt hat sie sogar einmal dafür ausgezeichnet. Aber das ist viele Jahre her. Sie ist lange tot. Immer wenn ich die Alte mit dem Handwagen sehe, muss ich an sie denken.«

»Den Stein am Uferweg haben wir gesehen. Okay, Herr Körmann, noch etwas anderes: Sie haben mir neulich sinngemäß berichtet, dass wir nun schon das vierte Mal hier seien und ob Sie sich besser Termine für die Wegenutzung geben lassen sollten. Erinnern Sie sich?«

»Frau Semlock, ich bitte um Vergebung, wenn das zu lax rüberkam.«

»Alles gut, kein Problem. Eigentlich mag ich es, wenn jemand schlagfertig ist. Wie kommen Sie auf viermal?«

»Das kann ich Ihnen sagen: Das erste Mal waren Sie doch im Wald, als der Hannes Köster gefunden wurde, der in der Zeitung stand. Kurz danach war wohl wieder eine Einsatztruppe am Grundlosen Moor. Das haben mir Kollegen erzählt. Dann war ich einige Tage später selbst wieder dort und bin auf dem Weg zur Niederung in eine zivile Personenkontrolle geraten. Das habe ich als drittes Mal gezählt und als viertes Mal dann die Bergung der Leiche aus dem Moor. Ich musste mich gegenüber der Personenkontrolle ausweisen. Das hing mit dem Leichenfund zusammen, sagten die.«

»Wie bitte? Personenkontrolle? Es gab keine von der Rostocker Polizei veranlasste Personenkontrollen.«

»Soll ich jetzt sagen: Typisch Polizei? Die rechte weiß nicht, was die linke tut?«

»Können Sie sagen, stimmt aber nicht«, bemühte sich Kerstin Semlock nun mit ihrer Schlagfertigkeit. »Die Personenkontrolle war nicht von uns organisiert.«

Körmann hob erstaunt die Augenbrauen.

»Beschreiben Sie doch bitte den Kontrolleur!«

»Puh, er war überdurchschnittlich groß. Ansonsten kann ich mich nicht an Details erinnern. – Ach doch, er hat ziemlich barsch nach meinem Ausweis gefragt.«

»Hat er sich ausgewiesen?«

»Nein, er trat mir in den Weg, stellte sich vor. Den Namen habe ich vergessen. Ich musste mich ausweisen und er bat mich, die Nähe des Tatortes noch zwei bis drei Tage zu meiden.«

Semlock lehnte sich entgeistert zurück. ›Viktor!‹, dachte sie. Die Ahnung, dass es sich bei all diesen Beschreibungen um den Viktor aus Berlin handelte, machte sich bei ihr so drückend breit, dass sie zur Gewissheit wurde.

»Alles in Ordnung, Frau Kommissarin?«

»Ja, schon gut. Sie haben Glück gehabt«, sagte sie mit dünner Stimme. »Es gibt Grund zu der Annahme, dass es anderen Personen nach Kontakt mit diesem Menschen nicht mehr gut ging.«

Körmann wurde blass. Die Sicherheit verschwand aus seinem Gebaren ebenso wie bei Kommissarin Semlock.

»Herr Körmann, richten Sie sich darauf ein, dass Sie zu dieser Begegnung noch einmal vernommen werden. Vielleicht auch erst in einer Gerichtsverhandlung. Für heute wäre es das. Lesen Sie sich durch, was ich mitgeschrieben habe, und unterzeichnen Sie bitte das Vernehmungsprotokoll!« Während der Zeuge ihre Anweisung befolgte, sank sie wieder zurück und ließ die Gedanken kreisen. Viktor wurde langsam zu einem Phantom, wenn nicht zu einer Bedrohung.

Körmann schob das unterschriebene Vernehmungsprotokoll zurück und wollte sich verabschieden.

Semlock stand auf und gab ihm die Hand.

Er hielt sie diese eine Zehntelsekunde zu lang, die irritiert, wenn man nicht damit rechnet, und sagte mit einem warmen Lächeln: »Auf Wiedersehen!«

Kerstin Semlocks Weg führte schnurstracks in den WC-Trakt des Gebäudes, wo sie sich entgegen sonstiger Gewohnheit und ohne Rücksicht auf ihr dezentes Make-up kaltes Wasser über das Gesicht spülte, als wollte sie mehr als nur ihre Erschöpfung wegwaschen.

Kapitel 20

Torsten

Die Kriminalbeamten um Kommissarin Semlock gingen am Beginn der neuen Woche alle Vermisstenmeldungen durch. Sie wurden schnell fündig. So wie erwartet, hatte der scheinbar junge Mensch kein Einsiedlerleben geführt. Ein 21 Jahre alter Informatikstudent an der Uni Rostock. Torsten Bentlin. Er wurde am Tag seines Verschwindens nicht gleich vermisst, weil er sich in seiner WG auf einen Kurztrip zu Freunden auf die Insel Rügen abgemeldet hatte. Dort war er jedoch nie aufgetaucht. Zu einer Vermisstenmeldung an die Polizei war es dennoch erst am 28. Oktober gekommen. Nachdem über den Abgleich des bei der Obduktion erhobenen Zahnstatus mit Behandlungsunterlagen Gewissheit herrschte, wurden die Angehörigen informiert.

›Information. So ein kurzes, seelenloses Wort‹, dachte Kommissarin Semlock. ›Welch ungeheure Schwere kann die Information aber bedeuten.‹

Die Eltern lebten im Rostocker Stadtteil Lütten Klein. Dort war Torsten auch aufgewachsen. Sie wurden in ihrer Wohnung angetroffen. Die Mutter sank in die Arme ihres Mannes, der sich so wie sie in Tränen aufzulösen schien. Das Unbegreifliche anzunehmen, war ihnen, wie wohl niemandem, in so einer Situation nicht möglich. Sie schluchzte. Ihren Tränen ließ sie freien Lauf, als hätten sie über Jahre darauf gewartet.

»Ich fasse das nicht. Wie kann das sein? Er war unser einziges Kind. Wir haben doch alles getan, damit es ihm gut ging. Was hätten wir denn jetzt noch mehr tun können?« Die letzten Worte gingen in ihrem Weinen unter, während der Mann sie hielt und an seiner Schulter aufnahm. Sein Blick erstarrte derweil, völlig reglos, als sei er von einer plötzlich aufkommenden Leere gefesselt. Der völlig unerwartete Tod ihres Sohnes, eines jungen Menschen, der mitten im Leben stand und nicht etwa durch einen Unfall, sondern durch fremde Hand ums Leben gekommen war, musste völlig unbegreiflich sein. Unangekündigt, nackt, kalt, unumkehrbar. Die Eheleute bekamen für den Rest des Tages eine psychologische Begleitung, auf die sie aber am frühen Abend wieder dankend verzichteten. Ebenso unbegreiflich für sie war es, dass ihnen ein Abschiednehmen am offenen Sarg verwehrt bleiben würde. »Warum blocken Sie das ab?«, sagte der Vater mit brüchiger Stimme. »Es ist doch immer noch unser Sohn und wir bestimmen, wie wir von ihm Abschied nehmen.« Die Erklärungen und Begründungen der Kriminalbeamtin hörten sie nicht.

Für beide standen nach Ankündigung der Polizei an einem der kommenden Tage Zeugenvernehmungen aus, die sie mit viel Herzklopfen erwarteten. So gern man den Eltern eine Schonfrist geben wollte, so dringend war doch ihre Vernehmung. Es war Gefahr im Verzug und einen Verzug konnte man sich nicht leisten.

So kam es zwei Tage später zu dem Termin unter Beiordnung einer Psychologin und einer Schwester der Mutter. Um eine leichtere Atmosphäre zu schaffen, einigte man sich ausnahmsweise darauf, die Vernehmung in der Wohnung der Eltern durchzuführen. Beide wirkten gefasst, ließen die üblichen Belehrungen über sich ergehen und schilderten, wie ihr Sohn aufgewachsen war. Demnach verlief dessen Kindheit vor einem festen, familiären Hintergrund. Er sei gut in der Schule gewesen und habe sich früh für elektrische Sachen interessiert – »Elektronik und Informatik und Computer und so was alles.« Die Eltern hatten ihn, so gut sie konnten, unterstützt, bis ihnen die Interessen ihres Sohnes über den Kopf zu wachsen schienen. Schon in der zehnten Klasse habe sein Jugendzimmer wie ein Labor ausgesehen. Mehrere Bildschirme, mehrere Rechner, viele Bücher und Zeitschriften. Torsten habe sogar selbst programmiert. Bei »Jugend forscht« sei er dabei gewesen.

Sein Vater schilderte dann, wie mehr daraus geworden war: »Das ging nachher soweit, dass es kaum einen Abend gab, an dem er nicht mit anderen Computerfreaks zusammensaß. Mal bei uns, mal bei denen. Wir haben ihn kaum noch zu Gesicht bekommen und fragten ihn, ob das denn auch alles in Ordnung wäre. Er beruhigte uns immer und beteuerte, dass sie keinem schaden würden. Da fragte ich dann zurück, wie er das meine. Ich konnte mir gar nicht vorstellen, wie man jemandem schaden könnte, wenn man sich mit Programmiersprachen beschäftigt. Und da sagte er dann mal zu mir, dass sie Hacker wären. Den Begriff hatte ich schon gehört. Es gibt wohl gute und böse und er sagte, sie gehörten zu den Guten. Ihr Vorbild sei der Chaos Computer Club. Ich bin auf deren Webseite gegangen und war

überrascht, weil sich das überhaupt nicht nach Chaos anhörte und da hieß es auch, dass die sich in den Dienst des
Staates stellen würden, um Sicherheitslücken in Computer-
netzen aufzudecken. Mich hat das dann beruhigt. Na ja, so
lief das. Er machte ein sehr gutes Abitur und ging danach
zum Informatikstudium an der Rostocker Uni.«

Man ließ den Vater reden, weil er sich und indirekt offenbar auch der Mutter einiges von der Seele redete. So waren
nur wenige Gegenfragen notwendig. »Wenn wir Sie richtig
verstanden haben, kam diese Hacker-Idee schon vor dem
Studium auf?«

»Ja, in der zehnten Klasse. Später hat er uns gegenüber
diesen Begriff nicht mehr erwähnt.«

»Hatten Sie Kontakt zu den anderen Mitgliedern in seiner Wohngemeinschaft?«

»Nein, wir wissen nicht, mit wem er da Umgang hatte«,
entgegnete nun die Mutter. »Da müssen Sie schon selbst
nachfragen! Wir wissen nur, dass er in der Uni gute Ver-
bindungen zu seinen Lehrern hatte. Die schätzten ihn wohl,
weil er keinen Feierabend kannte.«

»Hatte er eine Freundin?«

»Nein«, beeilte sich die Mutter zu sagen. »Dafür hatte er
keine Zeit. Und so ein Computerleben hätte wohl auch keine
mitgemacht«, setzte sie traurig hinzu.

Die Kriminalbeamtin ließ die erste Vernehmung nicht zu
lange dauern, verabschiedete sich mit vielem Dank und bat
noch einmal um Verständnis, dass man das ihnen nicht ersparen konnte.

Kapitel 21

Nachricht aus Berlin

Ein paar Stunden später meldete sich Horst Kolosalski telefonisch bei Kerstin Semlock.

»Ich fasse es nicht. Der Koloss persönlich«, sagte sie schnell, um ihn bei Laune zu halten, obwohl sie sich fürchterlich ärgerte, dass er ihr durch einen Anfängerfehler am Tag seiner Entlassung aus dem Krankenhaus durch die Lappen gegangen war.

Das andere Ende der Leitung wirkte so gar nicht kolossal. »Es tut mir leid«, sagte er leise und beinahe weinerlich. »Mein Bruda hat jesacht: ›Scheiß druff, jetz jeht et nach Hause. Die wer'n sich schon melden, wenn noch wat is.‹ Denn issa einfach durchjefahrn. Ick konnt jar nischt machen. Der hat nich so die beste Erinnerung an Pullißei und so, vastehn Se? Der wär nich mit rinjekomm.«

»Ich verstehe, Herr Kolosalski, aber bitte verstehen Sie auch mich!«, forderte sie in strengerem Ton. »Sie sind ein sehr wichtiger Zeuge für uns. Ich brauche Sie!«

»Ha«, rief er freudig zurück, »Ihr Pullißei kennt Euch wohl alle, wa? Dit hat der jestern ooch jesacht, det er mich braucht in die Sache. Un da hätt ick det nich so weit, dit könnt'n wa gleich hier in Berlin machen.«

»Wiiieee?«, rief sie langgezogen in den Hörer. »Von wem reden Sie?«

»Na, der Kripomann, der jestern bei mir anjerufen hat. Der hat mir einjeladen für morjen Nachmittach, fuffzehn Uhr. Allet perfekt, jenaue Adresse. Diesmal komm ick jarantiert, weil ick alleene hinfahr.«

»Wie sah der Mann aus?«, rief sie lauter werdend in die Leitung.

»Sie sin ja so uffjereecht! Wie soll ick wissen, wie der aussah? Der hat mir anjerufen!«

»Dann beschreiben Sie bitte seine Stimme!«

»So 'ne barsche, sehr harte Aussprache.«

Ihr blieb die Luft weg. ›Viktor!‹ – »Kolosalski, wo sind Sie jetzt?«

»ßu Hause, in Lichtenberch.«

»Ham Se noch wat im Kühlschrank?« Vor Aufregung hatte die Kommissarin nun ebenfalls zu berlinern begonnen, was sie aber selbst sogleich bemerkte.

»Watn ditte?«, fragte er zurück im gleichen Tonfall wie Michael Gwisdek in »Hai-Alarm am Müggelsee«, als ihm die rechte Hand abgebissen worden war. »Wieso woll'n Se dit wissen?«

»Weil das für den Rest des Tages reichen muss. Einkaufen fällt heut aus. Sie verschließen Ihre Wohnung von innen und bleiben dort, bis sie nachher von der Polizei abgeholt werden!«, rief sie in strengem Ton.

»Aber ick soll doch morjen zum Vahör!«

»Neulich war es schlecht, dass Sie nicht gekommen sind und morgen wäre es gut, wenn sie nicht kommen.«

»Ick vasteh jarnischt mehr.«

»Das verstehe ich wiederum. Hören Sie! Der Kripomann, wie Sie so schön gesagt haben, war keiner.«

»Wat?«

»Sie haben richtig gehört. Da geht einer um und hat es auf Männer wie Sie abgesehen«, rundete Semlock das Bild etwas, um Koloss zu motivieren, Ihren Anweisungen tatsächlich zu folgen. »Sagen Sie mir bitte die Adresse, zu der Sie morgen kommen sollen!«

»Moment ma, hab ick uffjeschriehm. Det is in Pankow, Hadlichstraße 37.«

»Danke!« – ›Raffiniert!‹, dachte sie, denn sie hatte schnell gegoogelt. Die Adresse entsprach einer Polizeidirektion, nur handelte es sich dabei eigentlich nur um ein Gebäude, das zur Verwaltungsstruktur der Polizei gehörte. Ermittelnde Kriminalbeamte arbeiteten dort keine. ›Wahrscheinlich wäre Koloss da wohl nie angekommen …‹ – »Herr Kolosalski, nachher oder am frühen Abend wird sich jemand ausweisen und Sie abholen. Mit dem können Sie mitfahren, weil er ein Kennwort verwenden wird, was nur wir beide kennen.«

Das gefiel ihm. Er sah sich in einer Konspiration und damit in einer Bedeutung, die alles überstieg, was sonst seinen Horizont ausmachte.

»Das Kennwort heißt ›ßucka‹. Das können Sie sich leicht merken, oder?«

»Klar doch, det is ja meen Problem jewesen.«

»Gut, versprechen Sie mir bitte, alles zu befolgen, was ich gesagt habe!«

»Vasprochen, uff Koloss is Valass.«

167

Nach dem Ende des Gesprächs rief sie ihre Kollegen zu sich. »Wird's bald? Bitte! Es ist wichtig.«

Die Mannschaft schlurfte herein und hätte bei erlernter Blickdiagnostik ihrer Chefin eine hypertone Krise bescheinigt.

»Mein Zeuge, oder besser, unser wichtigster Zeuge in der Sache Köster und Bentlin ist bei sich zu Hause in Berlin und hatte einen Anruf von einem falschen Polizisten, der ihn für morgen in Berlin auf die Adresse einer Polizeidienststelle in Pankow einbestellt hat. Ich gehe davon aus, dass er dort nie ankommen würde. Ich gehe weiter davon aus, dass wir ihn schützen müssen. Da ich ihn ohnehin für eine Vernehmung brauche, sollte er noch heute auf den Weg nach Rostock gebracht werden. Er weiß Bescheid und hält sich in seiner Wohnung zur Verfügung. Kennwort: ›ßucka‹.«

»Wie bitte? ßucka? Was soll das denn bedeuten?«, fragte jemand aus der Runde.

»Nehmen Sie es mal so hin, auch wenn es komisch klingt! Mir fiel nichts Besseres ein auf die Schnelle. Das hängt mit seinem Zuckerschock zusammen, den er hier neulich hatte, und Kolosalski berlinert seinen Diabetes mellitus, seine Zuckererkrankung, um in die Kurzform ›ßucka‹. Zufrieden? Veranlasst seine Abholung bitte und schließt euch mit den Berliner Kollegen kurz! Erklärt die Situation! Die sollen morgen ab halb drei die Polizeidienststelle in der Pankower Hadlichstraße observieren! Wenn es geht, bitte so, dass sich nicht alle umdrehen und fragen, was die ganzen Polizisten da wollen. Das Augenmerk ist auf einen dunklen Pkw oder einen dunklen Geländewagen zu richten. Vermutlich werden sich ein oder zwei Personen so nähern, dass sie durch die Fenster der Polizeidienststelle nicht zu sehen sind, die Zufahrtwege aber gut im Blick haben. Falls solch eine Beobachtung gelingt, bitte Personen- und Fahrzeugkontrolle und Zugriff! Für eine vorläufige Festnahme reicht es. Die sollen den oder die in dieser Zeit erkennungsdienstlich behandeln, die ladungsfähigen Anschriften ermitteln und die Porträts so schnell wie möglich zu uns schicken! Mit etwas Glück gibt es dann ein Wiedersehen.«

»Chefin, alles gut, machen wir«, kam es aus der Männergruppe zurück. »Aber wir sollten in so einem Fall nix ohne den ganz großen Chef veranstalten, meinen Sie nicht?«

»Ich meine, gerade in diesem Fall, nicht, und seien Sie sicher, ich weiß, was ich tue oder nicht tue. Ich bitte Sie sogar, den Inhalt dieses Briefings nicht weiterzutragen! Zu gegebener Zeit werden Sie mich verstehen. Bitte vertrauen Sie mir jetzt einfach!« Kerstin Semlock war ernst und konzentriert. Ihre Worte wirkten wohlüberlegt und hatten so gar keinen humoristischen Beiklang.

Die Männer kannten Semlock gut genug, um den Ernst der Lage zu spüren.

Kapitel 22

Doktor Brandenburg im Netz

Transparente, dreidimensionale Bildschirme, vor denen die Ermittler stehen und wichtige Informationen mit ihren Handbewegungen hin und her schieben. Total digital und modern. So etwas wünschte sich Doktor Brandenburg ebenfalls. Seine Fantasie malte ein futuristisches Bild von Arbeitsplätzen, die Hologramme erzeugten. Er saß zu Hause in seinem Arbeitszimmer. Es war spät. Er sah in seiner Technik-Vision das Grundlose Moor, die Auffindungsorte der Leichen und die anderen Caches mit den Geokoordinaten und Logbucheinträgen. Eine Künstliche Intelligenz generierte daraus Verknüpfungen auf die noch niemand gekommen war. Tod eines Geocachers. Das war schon etwas Besonderes, weil noch nie dagewesen. Keine Erinnerung an Tagungsbeiträge, an Poster, an Veröffentlichungen in den gängigen Fachzeitschriften, kein Krimi, der das Thema aufgenommen hätte. Über seine guten Beziehungen zur Polizei wusste er auch, dass Geocaching noch nie ernsthaft Gegenstand von Ermittlungen gewesen war. Er kannte lediglich Berichte, dass Spieler ins Visier geraten waren, weil sie sich gefährlich nahe an technischen Anlagen bewegten oder in einsturzgefährdeten Ruinen und Industriebrachen herumstiegen. Mal sei ein Geocacher bei der Anlage eines Versteckes beobachtet worden und irgendwer hatte die Polizei angerufen, weil er sich nicht harmlos erklären konnte, was da vor sich ging.

Von solchen Aktionen war Brandenburg selbst weit entfernt. Sein bei Glashagen angelegtes Versteck barg keine Gefahren. Harmlos die Nähe zu dem Dorf und seinen Künstlern. Die Logbucheinträge waren immer nett, meist mit dem szeneüblichen Kürzel *DFDC: Danke für den Cache.* Mal schrieben die Leute auch mehr: *Auf unserer heutigen Tour kamen wir auch hier vorbei und hatten den richtigen Blick auf das Versteck und schon standen wir im Logbuch.* Oft wurden die Cachernamen derjenigen aufgezählt, die mit dabei waren. Manche lobten den schönen Blick weit über das Land Richtung Hohenfelde und Rostock. Es war schon eine besondere Gegend dort. Die Hügelketten, im Frühjahr das satte Grün oder im Sommer, wenn sich die Getreidefelder im Wind wiegen. Seit es im Jahr 2000 begonnen hatte, gäbe es in Deutschland nunmehr fast 350 000 aktive Caches, las Brandenburg auf den Webseiten der Geocaching-Portale. Die Cachedichte betrage in Ballungsräumen drei bis vier pro Quadratkilometer und die Auffindungsrate war erstaunlich. Über den Zugang als Geocacher ließ er sich noch einmal die Umgebung von Bad Doberan mappen. Einige Caches in der Conventer Niederung waren seit 2015 mehr als 200-mal gefunden worden. ›Vielleicht wäre es sogar sinnvoll, zukünftig bei einem Tatort generell zu checken, ob sich Caches in der Nähe befinden und ob diese vielleicht nahe zur Tatzeit geloggt wurden. So könnte die Polizei auch bei anderen Fällen an potenzielle Zeugen kommen‹, dachte er.

Die beiden Einsätze am Grundlosen Moor waren ein Lehr-
stück. ›Bleibt nur, das Ganze strafprozessual sauber hinzu-
kriegen‹, dachte Brandenburg. ›Aber das wird Sache von Polizei, Staatsanwaltschaft und Gericht sein. Sollen die doch
sehen, wie sie das machen. Die können sich ja auch selbst
zum Geocachen anmelden oder fragen, ob nicht einer der
Kollegen dort ohnehin einen Zugang hat. Dann bin ich wieder raus und war nur der Ideengeber.‹

Während er an einem Kaffee nippte, entdeckte er einen Cacher mit dem Profilnamen *Orwell1985*, der Glashagen gefunden hatte. ›Oh Mann, ist ja irre!‹, dachte er. Dieser Orwell1985
hatte schon mehr als zehntausend Caches gefunden und online geloggt. Eine umfangreiche Statistik zu ihm zeigte dessen Aktivitäten: die längste Aufeinanderfolge von Tagen, an
denen Caches gefunden wurden; längste Pause, in der nichts
gefunden wurde; Tage mit den meisten Logins; Verteilung
der aktiven Tage in einem Kalender-Schema über das gesamte Jahr; Schwierigkeitsgrade; Entfernungen der Caches
vom Wohnort; eine Galerie mit Fotos sowie das Profil des
Cachers mit der Kontaktmöglichkeit per E-Mail. Und hier:
Ein Klick auf *Community* führte zu Blogs, Foren und Events.
Dort Infos: *Was ist Geocaching? Es gibt mehr als drei Millionen Cacher weltweit. Anmelden bei geocaching-international.
com. App herunterladen. Es ist alles ganz einfach,* las er. ›Millionen Cacher posten weltweit ihre Aktionen und möchten
sich am liebsten überbieten, um in den Rankings nach vorn
zu kommen‹, ging es ihm durch den Kopf. ›Warum ist das
bisher öffentlich kein Thema gewesen?‹

Doktor Brandenburg rieb sich die Augen und sank in seinen Sessel zurück. Die kreisenden Gedanken formten sich zu einem schweren Vorhang, der an seinen Augenlidern zog. Kurz vor dem erlösenden Schlaf wühlte sich jedoch ein Gedanke in sein Bewusstsein und belebte wie in einem letzten Aufbäumen seine Hirnströme. ›Die Klarnamen!‹, schoss ihm ein. Er wollte Kerstin Semlock doch wenigstens einen Weg aufzeigen! Der Arzt klickte sich in die Beschreibung eines Caches hinein, der nichts mit dem aktuellen Fall zu tun hatte. Man sollte ein Rätsel lösen, um an die Geokoordinaten zu kommen. ›Okay! Logbucheinträge bis in die jüngste Vergangenheit‹, sinnierte Brandenburg. *Send a mail* stand auf einem Button und er schrieb an den Owner des Caches, ob er ihm beim Lösen des Rätsels helfen könne. Brandenburg hoffte, mit ihm in den Dialog zu kommen und vielleicht würde dann der Klarname fallen. Vielleicht würde sein Gegenüber aber auch einiges über Geocaching preisgeben, was er selbst noch nicht wusste. ›Oder vielleicht direkt geocaching-international.com?‹, dachte er. Er schickte eine Anfrage an das zentrale Portal, schilderte seine Situation und bat um den Namen des Owners, um ihn dann direkt kontaktieren zu können. ›Fragen kostet nichts, vielleicht funktioniert es ja.‹ Mit diesem Vielleicht schickte er ein befreiendes Gähnen zum weißen Nichts der Zimmerdecke, die ihm gepaart mit der Stille des Hauses und der Dunkelheit draußen zu verstehen gab, dass es Zeit war, den Schlaf endgültig hereinzubitten.

Kapitel 23

Berlin-Pankow

»Wir stehen jetzt 'ne Dreiviertelstunde hier«, beschwerte sich einer von zwei Polizeibeamten, die in zivil und betont gelangweilt in Sichtweite der Polizeidienststelle Berlin-Pankow in der Hadlichstraße standen, um die Zufahrtswege im Blick zu behalten. Kolosalski war der Fußweg vom S-Bahnhof Pankow beschrieben worden. Er sollte kurz vor dem früheren Jüdischen Waisenhaus von der Berliner Straße nach rechts in die Hadlichstraße einbiegen. Die verlief dann leicht gewunden über vielleicht zweihundert Meter, bis rechts ein großer dreireihiger Parkplatz begann, der etwa einhundertfünfzig Autos Platz bot. Gegenüber befand sich das Gebäude der Polizeidirektion. Hinter der letzten Parkreihe Buschwerk als Abgrenzung gegen die Bahnstrecke. Die Beamten hatten sich so postiert, dass sie die zweihundert Meter bis zur Berliner Straße ungefähr im Blick hatten. Ein Zugriff auf Kolosalski hätte am ehesten auf dieser Strecke erfolgen müssen, um ihn nicht zu dicht an das Polizeigebäude kommen zu lassen. Es war kühl und windig. Die Großstadt verteilte einen stetigen Geräuschpegel, der auch in diesen etwas abgelegenen Bereich eindrang. Ab und an waren eine S-Bahn zu hören, Kinderstimmen aus der Montessori-Schule, Türenklappen, ein anfahrendes Auto, eine Elster im Irrflug, pickende Spatzen und drei Tauben. Mehr würde nicht im Bericht über den Einsatz stehen, denn die von den Rostockern angekündigten Verdächtigen blieben aus. Die beiden Beamten waren sich einig, lösten sich von ihrer Position und gingen zurück zur Dienststelle, um kurz Bericht zu erstatten.

»Semlock.«

»POM Soldack, Berlin, Hadlichstraße.«

»Ach ja, erzählen Sie, wie ist es gelaufen?«

»Ich muss Ihnen leider mitteilen, dass die Maßnahme ohne Erfolg abgebrochen wurde. Verdächtige konnten nicht ermittelt werden. Insofern erfolgten auch kein Zugriff und keine erkennungsdienstliche Behandlung und keine Fotografien ... nur falls Sie auf entsprechende Mitteilungen noch gewartet hätten, sollte ich Bescheid sagen und mit den besten Grüßen vom Führungsstab auch zurück nach Rostock.«

Stille. Kerstin Semlock sank zurück.

»Ist das verstanden worden? Wir mussten die Maßnahme ohne Erfolg abbrechen. Verdächtige konnten nicht ...«

»Ja, ja, ist gut, habe alles verstanden, Herr Soldack. Bin nur etwas enttäuscht, hatte mir mehr erhofft. Das wäre sehr wichtig gewesen. Dann geben Sie bitte meinen Dank an Ihre Dienststelle und natürlich beste Grüße aus dem hohen Norden!«

So ging kurz zu Ende, was lange vorbereitet worden war.

Während der so beschriebenen Einsatzzeit hatten zwei elegant gekleidete und gut gebaute Herren in Milchmanns Kaffeehaus einen Cappuccino und hausgemachten Kuchen bestellt. Sie saßen so, dass sie in die Hadlichstraße hineinschauen konnten, bequem, lässig, bereit, Ihren Auftrag zu erfüllen.

Kapitel 24

Feuerkorb

Doktor Brandenburg hatte sich in Bad Doberan eingelebt. Die früheren Jahre in Rostock nach dem Studium hatten sich irgendwie von selbst ergeben. Die damals junge Familie hatte sich über die erste Wohnung im Ortsteil Groß Klein gefreut. Privat und beruflich war vieles vorgezeichnet, wie es in der DDR üblich war. Wann immer ein Verbrechen publik wurde – im Wohngebiet gehörte er vermutlich zum Kreis der Verdächtigen. Die gerichtsmedizinischen Bereitschaftsdienste brachten es nämlich mit sich, dass er zu Einsätzen abgeholt und wieder nach Hause gefahren wurde. Das war nie unbeobachtet geblieben, ganz gleich, zu welcher Tages- oder Nachtzeit die Polizei bei ihm klingelte. Diese Zeiten waren lange her. Nach dem Mauerfall folgte der Hausbau in Bad Doberan. Die Kinder gingen ans Gymnasium. Ein neuer Lebensabschnitt für die ganze Familie. Die Tage, an denen er sehr spät nach Hause kam, weil außerhalb seziert wurde, reduzierten sich. Dafür war einmal im Monat die Außenstelle der Rostocker Rechtsmedizin in Schwerin für eine Woche durchgehend von ihm zu besetzen, im Wechsel mit den anderen Kollegen. Es entwickelte sich dennoch eine recht gute Balance zwischen Dienstlichem und Privatem. Seine beruflichen Themen und die vielen Eindrücke von Leichenschau am Tatort, Obduktion und Gerichtsverhandlungen blieben im Institut. Zu Hause kam davon nicht viel an. Und das war gut so.

Und jetzt sein neues Hobby: Geocaching. Fluch oder Segen? Die Enkelinnen fanden es spannend, mit Opa auf Pirsch zu gehen. Nun aber wurde das Thema zu einer Brücke zwischen dienstlich und privat. Er hatte Kerstin Semlock angeboten, über seinen Account zu recherchieren. Sollte er den Weg über diese Brücke versperren? Oder sollte er entspannt zusehen, wie sich alles entwickelte? Die aktuellen Fälle am Grundlosen Moor ließen keine Gelassenheit aufkommen. Es drückte ihn auch, weil er so etwas Interessantes, Spannendes und bisweilen sogar Lustiges nicht beflecken lassen wollte. Geocaching sollte für ihn seine Unschuld behalten. Aber dafür war es bereits zu spät. Es würde ihm nicht mehr gelingen, diese Vorfälle auszublenden. Vorhang auf oder zu? Auf die Bühne und offensiv bleiben oder Rückzug? Er entschied sich wie selbstverständlich für die Bühne. Wie oft hatte er den Studierenden gesagt, dass »Offensivität«, ein Wort, das er selbst kreiert hatte, im Umgang mit einer schwierigen Situation die »halbe Miete« wäre. Gehen Sie ran, dicht ran! Verschaffen Sie sich gute Arbeitsbedingungen! Nur die Nähe garantiert Ihnen den Erfolg. Stellen Sie sich den Fragen und Problemen, weichen Sie nicht aus!

Nun saß er selbst auf seinem Grundstück am Feuerkorb und war sich nicht mehr so sicher. Es war der 17. November, Sonnabendabend. Trotz der unwirtlichen Jahreszeit hatte er für sich und Anna ein wärmendes Feuer bereitet. Wenn man dicht heranrückte, war die feuchte Kälte auszuhalten.

Eine Wurst aus der Pfanne, ein Bierchen, ein Glas Wein. Das Knistern von brennendem Holz. Der flackernde rötliche Lichtschein ließ die Konturen des Hauses erscheinen und verschwinden. Mal zeichneten sich die Umrisse der Kinderschaukel ab, mal die des Lebensbaumes und des dichten Bewuchses der Grundstückseinfahrt. Das Paar rückte zusammen.

»Es ist schön, mit dir hier zu leben.«

»Ja, wir brauchen nicht mehr, nichts anderes. Es soll so bleiben. Lass uns einfach nur gesund bleiben!«

»Hast du heute mit den Kindern telefoniert?«, fragte er.

»Ja, es ist alles in Ordnung. Unser Schwiegertöchterlein sagte, dass sie den Klempner wegen eines Wasserhahnes da hatten. Ist aber alles wieder gut. Und sie fragen, ob wir nächste Woche Donnerstag die Kinder zu Hause in Empfang nehmen können, wenn sie von der Schule kommen. Sie sollen nicht so lange allein sein und wir sollen mal einen Blick auf die Schularbeiten werfen.«

»Sag ihnen zu! Wir werden es irgendwie einrichten. Wie oft bin ich zu einem Einsatz in dieser Gegend gewesen, da kann ich auch mal wegen der Mädchen hinfahren. Das ist gut verbrachte Zeit.«

»Schön, dass du es so siehst«, sagte sie und legte ihren Kopf an seine Schulter.

Er genoss die Nähe. Viel zu selten fügte es sich, dass beide so friedlich nebeneinandersaßen. Sie schwiegen einige Minuten in das Feuer hinein, bis er sich vorsichtig freimachte, um Holz nachzulegen. »Ich hole mir noch ein Bierchen. Bin gleich wieder da.« Brandenburg stand auf, ging in die Küche und ließ seine Frau kurz am Feuer zurück.

Er kniete vor dem geöffneten Kühlschrank und hörte plötzlich ihre Stimme, wie er sie noch nie gehört hatte. Es war ein ängstliches Rufen: »Wer sind Sie bitte? Bleiben Sie bitte dort!«

Er schlug den Kühlschrank zu und riss die Küchentür auf. Die Lichter des Feuers und der Straßenlaterne blendeten ihn. Die Augen mussten sich umstellen und brauchten einige Sekunden, bis sich plötzlich zwei dunkle Gestalten abzeichneten.

Anna wiederholte ihren Ruf noch lauter und ängstlicher. »Karsten, komm bitte!«, schrie sie. »Da ist jemand auf der Einfahrt!«

»Geh zurück ins Haus! Mach die Außenlichter an! Hol dein Handy und bleibe am Fenster!«, reagierte er gefasst und sprang mit den letzten Worten über ein Beet auf die Grundstückseinfahrt in das Dunkel, dabei auf einen gehörigen Abstand zu den beiden achtend. Er hatte nichts dabei, nur sich selbst. ›Welch ein Leichtsinn‹, schoss es ihm durch den Kopf, aber für vernünftiges Abwägen war keine Zeit gewesen. ›Das klassische Überraschungsmoment‹, dachte er und wiederholte wörtlich den Ruf seiner Frau: »Wer sind Sie bitte und was möchten Sie?«

»Nur keine Panik, Herr Doktor Brandenburg.« Beide kamen mit diesen gewollt beruhigend gesprochenen Worten zwei Schritte näher.

»Sie gehen bitte nicht weiter, so lange Sie mich nicht überzeugt haben, dass das in Ordnung ist!«

»Wir waren in der Nähe«, sagte der eine mit einem markanten, osteuropäisch klingenden Akzent. »Schon den ganzen Tag haben wir Kunden aufgesucht und Sie sind für uns heute die letzte Adresse. Ich weiß, es ist schon spät. Bitte glauben Sie mir, wir wollten Sie nicht erschrecken.«

»Das haben Sie aber und tun es noch. Erklären Sie sich bitte!«

»Da Sie uns nicht hereinbitten, können wir es auch hier ganz kurz machen. Wir gehören zu geocaching-international.com. Sie, Herr Doktor Brandenburg, haben sich dort registriert. Sie haben zwei eigene Caches angelegt. Sie sind nahezu täglich im Netz, um die Möglichkeiten unseres Portals auszuloten. Wir beginnen jeden Satz mit ›Sie‹, wie Sie bemerken, weil es um Sie geht.«

Brandenburg fröstelte, als ob sein Gegenüber die Kälte und Härte seiner Aussprache auf ihn übertragen hätte.

»Nach unseren Informationen, die außerordentlich zuverlässig sind, haben Sie darüber hinaus mehrfach versucht, über unser Portal an Namen und Adressen von Geocachern zu kommen. Wir möchten Sie auffordern, das zu unterlassen! Dringen Sie bitte nicht in geschützte Bereiche unseres Portals ein! Allein die von uns registrierten Versuche führen zu Irritationen.«

Der Arzt versuchte, sich in seinem Erstaunen über diese Ansprache die Merkmale der beiden Figuren einzuprägen. Der harte Akzent blieb im Ohr, bei ansonsten gutem Hochdeutsch. Er konnte keine Grammatikfehler ausmachen, die einem erst kürzlich nach Deutschland gekommenen Osteuropäer mit großer Wahrscheinlichkeit unterlaufen wären.

Die Männer blieben nun auf dem Weg vor dem Haus und kamen nicht mehr näher. Einer der Typen fuhr fort: »Wir gehen davon aus, dass Sie das verstanden haben und beherzigen werden. Wir vertrauen Ihnen unsere Bedenken an und wir erwarten, dass Sie das in Sie gesetzte Vertrauen nicht enttäuschen. Wir machen darauf aufmerksam, dass wir auf derartige Versuche mit einer Abmahnung reagieren, wie zum Beispiel jetzt. Wir können Ihren Account sperren und wir können natürlich auch anders reagieren, Herr Doktor Brandenburg.« Dabei wies er auf das Grundstück, das Haus und sah in die Richtung der Küchentür, hinter der Anna stand. »Wir erkennen auch weiterhin sehr gut, wie Sie sich bewegen.«

Brandenburg war wie im Schock. Das war neu und unwirklich. Es passte zu keiner bisherigen Lebenserfahrung, bedroht oder eingeschüchtert zu werden. Dadurch wirkte das Ganze auch beinahe komisch. Zum Glück konnte man in der Dunkelheit nicht aus seinen Augen und seiner Mimik lesen. Er bemühte sich, seine Körperhaltung stabil zu lassen.

»Ich denke, wir haben uns verstanden, Herr Doktor!« Mit diesen Worten ließen sie ihn auf seiner Grundstückseinfahrt stehen und gingen.

Der Auftritt wirkte nach. Brandenburg stand noch immer wie angewurzelt.

»Sind sie weg?«, rief Anna ängstlich aus der nur spaltweit geöffneten Tür.

»Ja.« Mehr kam nicht aus ihm heraus. Er drehte sich langsam um und ging wieder zum Feuer.

Anna kam zu ihm und die beiden nahmen sich in den Arm. »Karsten, was zum Teufel war das denn?«

Er schwieg.

»Rede bitte mit mir! Ich ertrage das nicht. Das wühlt mich auf. Das hatten wir noch nie. Was soll das? Ich habe Angst!«

Er drückte sie noch fester an sich. »Konntest du mithören?«

»Ja, aber ich begreife es nicht!«

»Geocaching. Sie haben registriert, wie ich mich im Netz bewegt habe. Sie kennen meinen Account. Sie wissen genau, bei welchem Cache ich meinen Besuch eingeloggt habe. Ich hatte dir doch erzählt, dass der Tote am Grundlosen Moor Geocacher war.«

»Ja, aber was sind das für Leute? Auf was hast du dich da eingelassen?«

»Ich habe mich auf gar nichts eingelassen! Was soll diese Frage? Ich bin ein ganz harmloser User oder Kunde oder Customer oder wie die sagen. Ich habe nur über meinen Zugang versucht, an Klarnamen zu kommen.«

»Was denn für Klarnamen, um Himmels Willen?! Klarname! Da ist es nicht weit bis zum Decknamen. Das kommt mir bekannt vor!«

Er schwieg und nahm einen Schluck Rostocker Pils. »Der Geocacher ist neben einem Cache gestorben und wir haben natürlich versucht, die zu kontakten, die sich zeitnah eingeloggt haben.«

»Wieso wir?«

»Kerstin Semlock, die zuständige Hauptkommissarin, und ich. Ich habe ihr in das Thema Geocaching hineingeholfen, um die Logins für Ermittlungen zu nutzen.«

»Kerstin Semlock – den Namen hast du lange nicht mehr ausgesprochen. Arbeitet sie noch bei der Polizei?«

»Ob sie da noch arbeitet? Sie ist erste Sachbearbeiterin beim FK 1!«

»Die mit ihren Abkürzungen. Was heißt FK 1?«

»Fachkommissariat 1. Früher sagte man einfach Mordkommission. Das habe ich dir schon tausendmal übersetzt«, antwortete er gereizt.

»Entschuldige, aber ich muss dein tägliches Umfeld nicht so verinnerlichen wie du. Jetzt will ich einordnen können, was hier eben abging. Wie kommst du überhaupt dazu, klassische Ermittlungen zu übernehmen?! Du bist Mediziner! Lass dir diesen Account oder wie das heißt für deinen privaten Spaß!« Mit diesen Worten drehte sie sich um und ging in die Küche. Anna war verängstigt. Innerhalb weniger Minuten hatte ihr wohliges Zuhause jegliche Wärme verloren. Obwohl sie sich im beheizten Raum befand, ließ die Erinnerung sie erzittern. Mit einer energischen Bewegung schlang sie sich ihre Strickjacke fester um den Körper.

Brandenburg starrte minutenlang ins Feuer. Draußen war es still. Seine Sinne waren jetzt geschärft. ›Das soll nicht sein! Das darf nicht sein!‹ Es war gespenstisch. Als ob seine Gedanken an das Geocaching diese beiden Typen wie Geister aus einer Flasche gezogen hätten. Sie waren gnadenlos über diese imaginäre Brücke vom Dienstlichen in sein Privates gegangen. Eine Premiere. Frei improvisiert, kein Drehbuch, kein Szenenfahrplan. Die beiden hatten sich vorbereitet. Er nicht. Und das hatte den gewünschten Effekt: tiefe Verunsicherung.

Brandenburg folgte seiner Frau ins Haus. Er nahm die Gläser und leeren Flaschen mit und legte die Sitzauflagen in die Truhe. Das Niederbrennen des Feuers und das Verlöschen der Außenlichter unterstützten die Wiederkehr der für Momente verloren gegangenen inneren Festigkeit.

Anna war schon im Bad. Er hörte ein leises Schluchzen.

›Sie kann das nicht so wegstecken‹, dachte er, goss noch einen Schluck Wein in ihr Glas und öffnete behutsam die Tür.

Sie stand vor dem Spiegel.

Er stellte den Weissburgunder neben dem Waschbecken ab und nahm sie in den Arm.

Sie stand still und sagte nichts.

Er strich ihr über die tränenfeuchten Augen und drehte sie zu sich. »Verzeih mir bitte! Ich wünsche uns Leichtigkeit und keine Schwere.«

Kapitel 25

Die Kogge

Der folgende Montag verging von der Routine getragen. Brandenburg war im Flow: Gutachten schreiben, Ergebnisse von Laboruntersuchungen einarbeiten, Telefonate, Briefings, Vorlesungen und Gerichtstermine vorbereiten. Das Übliche.

Kurz vor Feierabend griff er zum Hörer und rief Harry an.

»Stein.«

»Ja, Harry?«

»Nicht schon wieder!«, sagte Stein. »Die Stimme gehört dem Krächzprofil nach zum Doktor, oder?«

»Ich sehe, du bist gut drauf. Damit es noch besser wird, lade ich dich zu einem Bierchen ein. Nördliche Altstadt, Rostock, irgendwo.«

»Jetzt gleich?«

»So bin ich nun wieder nicht drauf, Harry! Ich habe noch zu tun. Du bist doch wohl auch noch auf Schicht?«

»Ich habe gleitende Arbeitszeit.«

»Finde ich in deinem Job gänzlich unpassend. Es reicht doch, wenn ihr euch ausstempeln könnt.«

»Bitte beim Thema bleiben, sag wann und wo!«

»Morgen um achtzehn Uhr in der Kogge.«

»Kogge? Da war ich ja ewig nicht mehr.«

»Eben.«

»Okay, bis dann.«

Brandenburg liebte Harrys unkomplizierte Art. ›So kann man sich nur mit einem Mann verabreden‹, dachte er.

Die Kogge lag nur einen Katzensprung vom alten Hafen entfernt, am Ende der Wokrenterstraße, so dicht am Wasser, dass wohl früher der Geruch von Teer und Tang, die Stimmen der Stauer und das Knarzen der sich an den Kaikanten reibenden Schiffe durch ihre Türen und Fenster drangen. Seit Jahrhunderten wehte der kühle, feuchte Wind von der Warnow hinauf durch die Straßen. Nach dem Krieg mischte er sich zunehmend mit den muffigen Gerüchen dieses nach und nach zerfallenden Stadtteiles. Die maritime Ausstattung der alten Seemannskneipe hatte einen sich ständig erneuernden, gelb-schwitzigen Belag, der aus dem Dunst von Tabakrauch, Schweiß und sonstigen Anteilen dieser martialischen Atmosphäre kondensiert war. Hier musste man sich noch immer überlegen, ob man sein Gegenüber vielleicht doch nicht zu lange mustern sollte. Und ebenso zu bedenken war das Wort, um nicht plötzlich und unerwartet unfallchirurgischer Patient zu werden.

Brandenburg hatte in Rostock studiert und die Jahre vor der Flächensanierung noch miterlebt. Es war diese Erinnerung. Sie passte gut zu der Idee, sich mit einem langjährigen Weggefährten auf einen Klönsnack zu treffen. Beide gaben sich fast die Klinke in die Hand und tauchten in das Flair der alten Seemannskneipe.

»Harry, mein Freund, schön, dass es geklappt hat«, begrüßte Karsten Brandenburg den über die Jahre ergrauten

Kriminaltechniker. Ihm haftete immer noch etwas Jungenhaftes, Spitzbübisches an, das ihm im Laufe der vergangenen dreißig Jahre manche Situation nicht nur erleichtert hatte. Mancher Vorgesetzter musste sich erst einmal mit seiner gern etwas spitzen und auch aufsässigen Art auseinandersetzen. »Wir haben uns lange nicht in Ruhe gesprochen. Neulich im Wald hatten wir anderes im Sinn«, versuchte Brandenburg in das Gespräch einzuleiten.

»Wohl wahr, Karsten. Es gibt sicher vieles zu erzählen und einiges zu bereden. Ich muss nur wieder aufpassen, dass ich nicht aus dem Nähkästchen plaudere. Die Polizei hat ihre Interna, verstehst du?«

»Verstehe ich sehr gut, kein Problem. Dann lass uns harmlos beginnen. Bist du dein gesundheitliches Problem los?«

»Das nennst du harmlos? OP, Chemo und den ganzen Scheiß! Ich bin satt und will darüber eigentlich nicht so viel erzählen. Das soll mit der Zeit nach hinten rücken und mich nicht mehr jeden Tag beschäftigen.«

»Hast recht. Kann mitfühlen. Hatte vor vielen Jahren ähnlichen Trouble. Das weißt du nicht. Hab es nicht rumgetragen.«

Harry Stein hob erstaunt die Augenbrauen, sodass sich die Falten auf seiner Stirn wölbten. Da war ihm etwas entgangen. Glaubte er doch, die wesentlichen Eckdaten des Rechtsmediziners zu kennen. »Etwas kann ich dir aber doch erzählen, Karsten.«

»Bin gespannt, aber warte mal!« Brandenburg winkte dem Kellner. »Zwei Große bitte! – So, red weiter!«, wandte er sich wieder seinem Freund zu.

»Du hattest Kerstin Semlock doch den Tipp mit Koloss gegeben, der sich kurz vor der vermutlichen Tatzeit in diesen Cache eingeloggt hat.«

»Ja, und? Habt ihr ihn gefunden?«

»Dem hat sie eine E-Mail geschrieben, er hat sich gemeldet und ist zur Vernehmung gekommen.«

»Harry, ich möchte wetten, dass das eine Premiere ist«, jubelte Brandenburg.

»Was für eine Premiere?«

»Ich glaube nicht, dass Geocaching anderswo schon einmal zentrales Thema von Ermittlungen zu einem Tötungsdelikt geworden ist. Da hätte man etwas gehört. Aber du hast doch den besseren Draht. Ihr müsst doch polizeiintern wissen, ob es das schon gab.«

»Hm, weiß nicht, aber interessanter ist der Typ selbst, dieser Koloss. Nach dem, was Kerstin erzählt hat, lief der mit einer üblen Schnoddrigkeit als Sprücheklopfer auf und sie hat ihn dann wohl klein gemacht. Das kann sie. Das muss man ihr lassen.« Harry Stein lehnte sich zurück und lachte.

»Hat denn der Koloss wenigstens etwas beitragen können?«

»Nichts von großer Bedeutung. Er hat da wohl einen parkenden Geländewagen gesehen, aber keine Personen. Ich glaube, der ist auch kein guter Zeuge, soll sich recht primitiv verhalten haben.«

»Mag sein, Harry, aber ich sehe da schon Potenzial. Was ist mit denen, die sich in die anderen Caches eingeloggt haben, die für die nähere Umgebung gemappt sind?«

»Was meinst du?«

»Ich hatte Kerstin Semlock nicht nur den Koloss genannt, sondern auch noch einige andere. Ich weiß jetzt diese Namen nicht mehr.«

»Keine Ahnung, das wird sie geprüft haben. Ich halte, ehrlich gesagt, nicht so viel davon. Wir sollten unsere klassischen Ermittlungswege nicht verlassen und nicht alles digitalisieren.«

»Das ist die neue Klassik, Harry. Zudem ist hier ganz ideal analog verknüpft mit digital. Die lassen sich digital zum Cache führen und sind dann physisch mitten im Wald, in der Natur, analoger geht's nicht. Und dann geht's wieder online.«

»Da ist er wieder. BRB, der heimliche Poet. Das mag ich an dir: ›Ganz ideal analog und digital.‹ Du hast dir vieles bewahrt. Bewahre es weiter! Es ist wertvoller als ein Online-Login.«

»Und ich habe immer deine Begeisterung für Neues bewundert, Harry. Wo ist die? Während des Studiums hast du jede zweite Woche ein neues Mädchen gehabt. Heute bist du der beste KT-Mann, der perfekte Beruf, um Neues bei der Spurensuche zu versuchen. Deine Begeisterungsfähigkeit solltest du dir auch bewahren! Ich habe den Eindruck, dass du aus dem Thema schwimmen willst, ist mir schon einige Male aufgefallen.« Brandenburg musterte seinen Freund, aber der bemerkte diesen kurzen, forschenden Blick nicht, weil er ihm bei einer abwehrender Geste einen Moment nicht in die Augen sah.

»Unsinn, nun seien Sie mal nicht so hypersensibel, Herr Kollege!«

»Hypersensibel? Finde ich gar nicht. Wäre allerdings auch kein Wunder.«

»Wieso?«

»Ich hatte letzten Samstag Besuch.«

»Schön, weiblich?«

»Schön und weiblich ist doch dein Part, Harry. Nein, das hässliche Gegenteil.«

»Alf?«

»Was für ein Alf?«

»Na, dieses pelzige Wesen von Melmac?«

»Ich meine es ernst. Diesen Besuch hätten wir nicht gebraucht.«

»Nun gib doch mal ein paar Zusammenhänge zum besten! Vor Gericht kannst du das doch auch.«

»Am Sonnabend saß ich mit Anna zu Hause am Feuerkorb. Ein Gläschen Wein, eine Wurst, ein Bierchen, so ganz gemütlich, weißt du?«

»Klingt gut und harmlos, bis auf die Jahreszeit …«, fiel ihm Harry Stein ins Wort.

»Sicher, im Sommer ist das besser, aber es war ganz gut auszuhalten, bis auf den Besuch, den wir dann hatten. Plötzlich tauchten da zwei Gestalten auf unserem Grundstück auf und ließen sich nicht abweisen. Es war dunkel und die standen so günstig beziehungsweise ungünstig, dass die Laternen ihre Gesichter ausblendeten und zunächst nur die Umrisse zu sehen waren. Wir wären die letzten Kunden heute. Es sei schon spät und man wolle uns nicht erschrecken und so weiter.«

»Ups, klingt spannend, Karsten, und wie bist du die losgeworden? Ein neues Abo?«

»Erst mal gar nicht. Ich habe Anna ins Haus geschickt und die Außenlichter eingeschaltet, bin denen so weit wie möglich entgegengegangen und dann wurde es ungemütlich.«

Während sich Brandenburg in seiner Schilderung aufrichtete und seine Erregung mit Gesten unterlegte, lehnte sich Harry Stein zurück. Er blieb eher gelassen und abwartend. Seine innere Verfassung schien jedenfalls nicht annähernd der seines Freundes zu entsprechen.

»Stell dir vor, da belegen die mich, dass ich zukünftig die Regeln des Geocaching beherzigen sollte, sonst würden sie mir den Account sperren. Die wussten über meine IP-Adresse genau, wie ich mich im Netz bewegt habe und dass ich versucht habe, an die Klarnamen von den Geocachern zu kommen, die ich an Kerstin Semlock weitergegeben habe. Das würden sie gar nicht toll finden und das würde gegen Regeln verstoßen. Und was sie mir da alles vorhielten! Sie könnten auch anders und das bekam dann ganz klar den Charakter einer Drohung.«

»Karsten Brandenburg«, sprach Harry Stein gedehnt, »das klingt mir eher nach einer Räuberpistole. War das an Halloween?«

»Nein, nein. Ich sage doch, letzten Sonnabend. Hör zu, Herr Kriminal! Wir fanden das überhaupt nicht lustig. Anna vor allem ging das total in die Knochen. Die war fertig!«

Brandenburgs letzter Satz war von ihm ziemlich laut ausgesprochen worden, sodass die anderen Biertrinker in der Kogge denken mussten, sie stritten sich um eine Frau, und entsprechend feixten.

»Die haben uns bedroht. Da gibt es nichts zu deuteln!«

»Und? Weiter?«, fragte Harry Stein mit dem Blick desjenigen, der eine Sache hört, die ihn nicht unbedingt überrascht.

»Plötzlich war es vorbei. Die drehten sich um und verschwanden.«

»Na, siehst du! Ich bekomme auch laufend Post von irgendwelchen Leuten, die meine angeblich gestellte Anfrage beantworten, die mir etwas Tolles zum Vorzugsrabatt bereithalten würden, die mich unbedingt kennenlernen wollen, die mir endlich einen Kredit bewilligen und so weiter. Genauso musst du diese Leute auch einordnen. Die wollen Eindruck machen und du hast doch richtig reagiert. Manch einer hätte die vielleicht reingelassen und wer weiß, was dann passiert wäre?«

»Die hätte keiner freiwillig reingelassen, mein Lieber. Die hätten sich Zutritt verschafft, wenn sie es gewollt hätten! Der Typ, der das Wort geführt hat, war kräftig, gefühlt zwei Meter groß und mit seinem harten Akzent und seinem Auftreten hat der keine Zweifel aufkommen lassen wollen, das kann ich dir sagen! Der andere war still, der kam mir vor wie sein Schatten. Hat sich kaum bewegt und nichts gesagt.« Brandenburg lehnte sich nun auch zurück, matt von seiner intensiven Schilderung.

Ein kräftiger Schluck und das erste Große war versickert. Ein Fingerzeig genügte, um eine Nachfüllpackung zu ordern.

»Lass gut sein, Doc! Ich verstehe deine Aufregung. Aber wenn du das zur Anzeige bringst, sortieren sie deinen Vorgang in einen riesigen Stapel ähnlich lautender Geschichten, die heutzutage keiner mehr abarbeiten kann.« Harry Stein lachte und stieß seinen Freund freundschaftlich gegen den Arm.

»Da hast du vermutlich recht, Harry. Vielleicht habe ich auch nur zu viel Schräges im Kopf.«

»Bei deinem Beruf ist das kein Wunder.«

»Als ich neulich zu der zweiten Leichenschau zum Grundlosen Moor gefahren bin, war auch etwas sehr eigenartig.«

»Oh, mein lieber Karsten, was kommt denn nun noch? Du hast doch sonst eher lustige Themen auf Lager.«

»Du sagtest doch vorhin, es gibt einiges zu erzählen und einiges zu bereden. Kannst selbst entscheiden, in welche Kategorie meine nächste Geschichte gehört.«

»Schon wieder diese Knisterspannung.« Harry Stein hob nun auch einen Finger Richtung Tresen, um sich auszurüsten.

»Stell dir vor, ich düse da so vor mich hin und ab Sievershagen, wo es durch die Senke nach Bargeshagen geht, habe ich den Eindruck, dass mir jemand folgt.«

Harry Stein lachte laut auf, sodass sich wieder einige der anderen Gäste umdrehten. »Karsten, du wolltest doch mal Psychiater werden. Habe ich das recht in Erinnerung?«

»Verarsch mich nicht, Harry! Das ist kein Scheiß, was ich dir erzähle. Ich fahre nicht erst seit gestern Auto. Und dass ich nicht allein bin auf den Straßen unseres Gesundheitslandes, weiß ich auch. Irgendwann bekommst du mit, ob dein Umfeld sich den Regeln des Zufalles entsprechend verändert oder ob da plötzlich ein System drin ist.«

»Nun wieder der Wissenschaftler«, spöttelte Harry Stein.

»Das ist einfach so und tu nicht so, als ob du als aufmerksamer Polizist, mit einem von mir immer hochgeschätzten Beobachtungssinn, das nicht nachvollziehen kannst!«

»Erzähl weiter!«

»Ein Pkw hielt immer den gleichen Abstand zu mir. Das fiel auf. Der blieb dran. Wenn ich beschleunigt habe, der blieb dran wie eine Klette. Bargeshagen, das Gleiche. Weiter Richtung Doberan. Er blieb.«

»Karsten, hör zu! Zwischen Bargeshagen und Doberan, auf dem langen Stück bis zum Abzweig nach Bartenshagen, ist Überholverbot. Wenn der auch nach Doberan wollte, wie du, dann kann er gar nicht anders, als hinter dir herzufahren.«

»Dachte ich auch und habe mich mit diesem Argument beruhigt. Dann bin ich aber am Alexandrinenplatz nach links abgebogen, Richtung Hohenfelde. Auf meinen Schatten war Verlass. Hoch, am Moorbad und am Krankenhaus vorbei, als ob ich ihn abschleppen würde«, redete sich Brandenburg weiter in Rage. »In Hohenfelde dann rechts ab Richtung Retschow. ›Das wird er ja wohl nicht auch noch mitmachen‹, dachte ich so und als er dann immer noch mit von der Partie war, habe ich nicht mehr an einen Zufall geglaubt. Jetzt wurde ich langsamer, weil der Weg aus Hohenfelde raus schmaler wird. Und der macht alles mit. Jetzt erkenne ich erst, dass das sogar zwei Autos sind und da kam ich dann langsam ins Schwitzen. Der einzige Trost oder meine einzige Rettung wart ihr.«

»Wieso wir?«

»Na, es war doch klar, dass ich in eurer unmittelbaren Nähe halten würde. Ihr habt zum Glück auf mich gewartet.«

»Ja, Kerstin Semlock wollte, dass wir auf dich warten, damit du von Anfang an alles mithörst.«

»Das war vielleicht meine Rettung. Als ich an der Waldkante vorbei bin und es wieder leicht bergab ging, waren schon eure Lichter zu sehen. Und jetzt, und das ist für mich das stärkste Indiz, blieben die zurück. Ich stoppte, stieg nicht gleich aus, schaute in den Spiegel und die hielten auch, jetzt aber mit größerem Abstand. Dann kam mir Kerstin Semlock entgegen, weil sie sich wunderte, dass ich nicht aus dem Auto kam. Als ich dann ausstieg, haben die beiden Pkws gewendet und sind zurückgefahren. – So, nun erkläre du mir bitte als Profi-Polizist, wie das ganze Szenario harmlos zu deuten ist! Mir fällt da nix ein.«

Harry Stein atmete durch und blieb ernst. Er spürte, dass es jetzt besser war, flotte Sprüche und spöttische Bemerkungen stecken zu lassen. Er wusste, dass der Doc recht hatte mit seiner Beobachtung. Das war nicht umzudeuten. »Bist du vielleicht vorher schon in Rostock irgendwem in die Quere gefahren? Überleg mal! Hat dich jemand angehupt. Dass das so ein Spinner war, der seiner Tussi im Auto zeigen wollte, wie er einen Daddy aufklärt?«

»Einen Daddy, wie mich … Du spinnst wohl! Da war nix. Ich bin ganz normal gefahren.«

»Vielleicht war es auch eben nur das. Du bist ganz normal gefahren und das könnte so einem Testosteron-Vertreter gestunken haben.«

»Keine Ahnung, Harry. Ist mir nur zu viel auf einmal. Erst das und dann der Besuch im Garten. Ich musste das mal loswerden.«

»Ist ja gut, Karsten. Jeder Doktor ist irgendwann auch mal Patient.«

Die beiden blieben noch ein Weilchen. Es gab auch viel anderes zu erzählen. Schließlich kannten sich beide schon sehr lange. Sie trennten sich gegen halb zehn, sodass Brandenburg noch den letzten Zug nach Bad Doberan bekam.

Harry Stein ging von der Kogge zum Stadthafen hinunter und schlenderte die Kaimauer entlang in Richtung Kabutzenhof. Das Licht der Laternen spiegelte sich im ruhigen Wasser der Warnow. So weit abseits vom Getriebe der Innenstadt war ein leises Plätschern und Glucksen zu hören. Im Hintergrund lagen die SANTA BARBARA ANNA und der alte Dampf-Eisbrecher STETTIN fest vertäut. Er näherte sich langsam dem Brückenkran auf der Haedge-Halbinsel. Im Schutz der wuchtigen Konstruktion, die nach frischer Farbe und altem Öl roch, tippte er eine Nachricht in sein Smartphone.

Einen Augenblick später, er hatte sich inzwischen so an Ruhe gewöhnt, klang der Klingelton unangenehm technisch und laut. Aus dem Gerät drang es rau und mürrisch: »Wie ist es gelaufen?«

Harry Stein zögerte einen Moment und sagte dann mit leiser Stimme: »Er weiß nichts.«

Kapitel 26

Katharina

Das DNA-Labor der Rechtsmedizin arbeitete in einer seit Langem bewährten Routine. Zweimal jährlich fanden Ringversuche der Arbeitsgemeinschaft Spurenkunde der Deutschen Gesellschaft für Rechtsmedizin statt, an denen man sich beteiligen musste. Dazu wurden unbekannte Proben verschickt, die zu typisieren waren. Zudem war das Labor akkreditiert. Dafür wurde ein strenges Qualitätsmanagement gefordert, sodass es auch den professionellen Zweiflern und Kritikern aus den Reihen der Juristen möglich war, jeden Einzelfall von der Probennahme bis zum Untersuchungsergebnis zu durchleuchten.

»Das muss auch so sein«, erklärte eine Biologin einigen Studierenden der Medizin. »DNA-Profile werden als Beweismittel in die Ermittlungsverfahren der Staatsanwaltschaften eingeführt. Die Gutachten orientieren sich an einer vorgegebenen Fragestellung.«

Katharina Semlock hörte aufmerksam zu.

»Die Gutachten werden verschickt und kommen in die Ermittlungsakte. Alle Verfahrensbeteiligten sollten vor einem Gerichtsprozess die Akteninhalte kennen.«

»Ist das nicht selbstverständlich?«, fragte ein Student.

»Das möchte man meinen, ich gebe Ihnen recht. Deshalb müssen auch Fristen eingehalten werden, bevor neue Beweismittel in eine Gerichtsverhandlung eingeführt werden, damit alle Beteiligten die Chance haben, Akteneinsicht zu nehmen oder auf andere Weise Kenntnis erlangen. Unsere Gutachten liegen den Juristen vor und dennoch werden sie von uns in der Verhandlung vorgetragen.«

»Ist das nicht ein unsinniger Aufwand?«, lautete eine weitere Frage aus der Runde.

»Nein, die Ladung einer oder eines Sachverständigen bringt die Möglichkeit, das Gutachten zu erläutern. Mit anderen Worten: Die Sachverständigen werden zum Ende der Beweisaufnahme zu ihren Gutachten vernommen und müssen sich den Fragen des Gerichtes, der Staatsanwaltschaft, gegebenenfalls der Nebenklage und der Verteidigung stellen.«

Katharina Semlock verstand, warum ihre Mutter oft so hart und unnahbar schien. Sie musste fast wie eine Maschine funktionieren, um in einer Vernehmung professionell zu agieren. Gleiches musste für die Sachverständigen der Rechtsmedizin gelten. Sie waren darauf trainiert, persönliche Empfindungen nicht wirken zu lassen, um sich nicht angreifbar zu machen. Das garantierte den Erfolg und irritierte die, die das nicht wussten.

Die Studierenden lauschten weiter gespannt den Ausführungen der Wissenschaftlerin, die alle Schritte von der Untersuchung einer biologischen Spur bis zum fertigen, gutachtentauglichen DNA-Profil vortrug.

Für Katharina Semlock ging ein langer Tag zu Ende. Sie wohnte eigentlich in einer WG in der Kröpeliner-Tor-Vorstadt, entschied sich aber in die Wohnung ihrer Mutter zu gehen. Sie fühlte seit heute etwas mehr Nähe zu ihr. Auch wenn man ihr geraten hatte, das Wahltertial im Praktischen Jahr nicht unbedingt in der Rechtsmedizin zu absolvieren, so hatte es vielleicht doch etwas Gutes. Sie sah sich heute irgendwie kompetent und berufen, ihre Mutter in den Arm zu nehmen. So setzte sie sich in die Bahn und fuhr in Richtung Marienehe bis zur Kunsthalle, um dann hinter dem Straßenbahndepot nach Alt-Reutershagen zu gehen. Der Weg war am Tag ziemlich belebt. Gegen Abend wurde es dann schon ruhiger und im Dunkel schien es so, als ob sich die Bäume die Schatten, die sie am Tage warfen, für die Nacht aufgehoben hätten, um es noch dunkler zu machen.

Kerstin Semlock war schon zu Hause und freute sich, dass ihr Kind spontan vor der Tür stand.

»Mama«, hauchte Katharina ihr ins Ohr, als würde sie versuchen, den Gefühlsstau der ganzen Woche in dieses Wort zu legen. Zwischen beiden ging eine wohlige Wärme auf Reisen, die alles wegstrahlte, was zwischen ihnen stand.

»Komm rein, Kathi! Ich freue mich so. Wir brutzeln uns was Feines, ich mache den Kamin an und dann klönen wir nach Herzenslust, ja?«

»Genau das brauche ich jetzt«, sagte Katharina und beide gingen in die Küche, um alles vorzubereiten.

»Hast du großen Hunger?«

»Nein, Mama. Was Kleines für die Kleine reicht.« Sie schaute sich wehmütig um. Hier war sie aufgewachsen. »Ich wünschte mir so, dass Papa noch da wäre«, begann sie zu schluchzen.

Ihre Mutter nahm sie mit tränenfeuchten Augen in den Arm. Sie hielten sich einige Momente, wie immer, wenn es beide überkam. Es lag nun schon drei Jahre zurück, dass er nach einem schweren Herzinfarkt den Kampf um all das, was er liebte, auf einer Intensivstation verloren hatte. »Hilf mir bitte und lege schon das Feuer an!«

Das »Hilf mir bitte!« stand nicht nur für den Moment. Katharina verstand mehr darunter, als nur Papier und Holz zu entzünden.

»Kannst du ein Glas Rotwein vertragen?«

»Sicher doch! Hast du einen Merlot?«

»Meinst du, ich könnte vergessen, was du magst?«

Beim Vorbereiten des Kamins und dem Entkorken der Flasche musste Katharina wieder an ihren Vater denken, dem diese Aufgaben früher traditionell zukamen.

»Lass uns über das Heute reden, Töchterchen!«

Beide genossen die Zweisamkeit und verspeisten Garnelenspieße. Im Erzählmodus angekommen, spulte Katharina ihre Eindrücke aus der Rechtsmedizin ab. Dazu gehörte natürlich auch die direkte und kompromisslose Art von Doktor Brandenburg, die ihr zu schaffen machte.

Kerstin Semlock lehnte sich zurück und quittierte die aufgeregten Schilderungen ihrer Tochter mit einem warmen Lächeln. Nur zu gut konnte sie all das einordnen und wusste mit jedem Satz mehr, dass ihre Tochter dort gut aufgehoben war.

Beide diskutierten und erklärten sich noch lange. Flackernde Kerzen tauchten den Raum in ein gemütliches Licht. Das Feuer gab seine Wärme zu der, die beide füreinander empfanden.

»Katharina, bist du für das Wahltertial vergattert?«

»Vergattert? Was soll das heißen?«

»Das ist ein alter Begriff aus dem Militär und bedeutet so viel wie Belehrung. Ich meine, ob ihr eine Schweigepflichtserklärung unterschreiben musstet?«

»Ja, gleich am ersten Tag. Doktor Brandenburg kam damit an. Ich sagte ihm, dass wir als Studierende der Medizin ohnehin schon über das Studiendekanat unterschrieben haben, aber er wollte das für die Zeit im Institut extra haben.«

»Okay, dann kann ich dir sagen, dass wir in dem Fall vom Grundlosen Moor ein Stück weitergekommen sind. Das sage ich dir jetzt quasi dienstlich. Doktor Brandenburg weiß es auch schon und die Staatsanwaltschaft sowieso. Es gibt Fremd-DNA an der Halshaut von Hannes Köster. Der Täter hat vermutlich keine Handschuhe getragen und im Kontakt sein komplettes DNA-Profil hinterlassen. Du erinnerst dich, dass der Doc von massiver Gewalt gegen den Hals sprach. Der Kehlkopf war kaputt.«

»Ja, natürlich, ich weiß. Wie könnt ihr denn nun damit jemanden finden?«

»Wir geben das Profil an das Landeskriminalamt, die tickern das ein in die bundesweite DNA-Analyse-Datei und dann wird sich finden, ob das Profil schon einliegt. Das kann

nur sein, wenn jemand schon mal nach bestimmten Kriterien straffällig geworden ist. Vielleicht haben wir Glück.«

»Das klingt cool. Bin gespannt.« Sie war auch ein bisschen
stolz auf ihre Mama, die solche wichtigen Sachen machte,
ihren Beruf lebte und offenbar darin aufging. Dann ließ sie
sich überreden, die Nacht zu Hause zu verbringen.

Kapitel 27

EVA

Im Büro klingelte das Telefon und Kerstin Semlock nahm den Hörer ab.

»Frau Semlock?«

»Am Apparat.«

»Hier ist die gute Seele aus dem LKA.«

Sie erkannte die Stimme sofort. »Jens, altes Haus, was führt dich in die Leitung?«

»EVA bekommt Arbeit, Kerstin. Du kannst deinen Elektronischen Vorgangsassistenten schon mal hochfahren.«

»Hey«, rief sie laut, »seid ihr etwa fündig geworden?«

»Jawoll. Das DNA-Profil von der Halshaut gehört zu einem sattsam bekannten Herren mit einigen Vorstrafen, darunter Raub und Vergewaltigung. Scheint ein interessanter Zeitgenosse zu sein. Ein Falk Wenzlow aus Doberan, 21 Jahre alt. Ich gebe euch die Daten durch, dem könntet ihr mal einen Besuch abstatten.«

»Jens«, rief sie wieder laut, »ich könnte dich …«

»Ich weiß, ich dich auch«, entgegnete er schlagfertig, »aber das muss warten! Wir sitzen hier übrigens gerade im Dunkeln. Da müssen Sicherungen rausgeflogen sein. Der Steckdosenring funktioniert und so konnte ich wenigstens bei dir anrufen. Daran siehst du, liebe Kerstin, selbst wenn hier alles untergeht, denke ich an dich.«

Sie musste lachen. Sie mochte seinen spontanen Humor. Es war immer angenehm und passend und nicht so primitiv, wie solche Machosprüche, die sie gelegentlich serviert bekam. »Jens, ich danke dir tausendfach und verbleibe mit freundlichen Grüßen, obwohl ich nicht verstehe, warum das so lange gedauert hat. Die Obduktion war am 25. Oktober! Heute haben wir den 22. November! Das Profil der opferfremden DNA hatten wir ziemlich schnell. Der Abgleich mit der Datenbank hat gedauert. Das ist doch für euch eigentlich eine schnelle Abfrage, oder?«

»Liebe Kerstin, was soll ich sagen? Hier hat keiner gepennt. Wir hatten auch technische Probleme und wir haben Personalprobleme und dann war da noch ein Zuständigkeitsproblem und so weiter.«

»Ist ja gut«, beruhigte sie sich wieder. »Ich will dich ja auch gar nicht anmeckern. Dann wünsche ich dir weiterhin Erfolg im Kampf gegen die Probleme.«

»Okay, bis demnächst mal.«

›Kampf der Problemwelten‹, dachte sie. ›Klingt wie Krieg der Sterne. Vielleicht sollte ich mich bei der galaktischen Polizei bewerben. Da geht dann alles in Lichtgeschwindigkeit.‹ Diese Idee wich schnell ihrem aufkommenden Jubel. Sie wollte am liebsten auf den Flur der Dienststelle laufen und diese überraschende Neuigkeit im Überschwang ausrufen. Die Ereignisse der letzten Zeit kamen ihr allerdings hoch und stellten sich wie ein Bremsblock dagegen. Sie behielt ihren Jubel dort, wo er war, lehnte sich mit gedankenschwerer Miene zurück und sortierte die potenziellen Adressaten dieser Information aus dem LKA. Wem konnte sie trauen? Der Auftritt dieses GCP-Mannes in Berlin lag ihr noch schwer auf der Seele. Das Verhalten des K-Leiters trug auch nicht dazu bei, wirklich wichtige Dinge vertrauensvoll mit ihm zu besprechen. Andererseits war es ein Unding, ihn nicht einzubeziehen, und würde Konsequenzen haben. Die Ermittler ihres Fachkommissariats waren allesamt gestandene Leute und Vertraute. Dennoch überlegte sie sich in diesem Fall sehr genau, was zu welchem Zeitpunkt mit wem und warum zu teilen war. Ihre Tochter musste sie auf jeden Fall außen vor lassen. So schön das Verhältnis zwischen Mutter und Kind auch war, diese Geschichte lief schräg und für den Moment noch nicht vorhersehbar weiter. Dabei gefasst zu bleiben, fiel ihr schon schwer, als Frau mit Lebenserfahrung. Ihre Erlebnisse in Berlin wollte sie ihrer Tochter auf keinen Fall zumuten. So zusammengezählt blieben nur wenige, die von diesem Thema dienstlich betroffen waren und mit denen sie meinte, reden zu können. Nichts tun war allerdings auch nicht gut. Ihre Wahl fiel auf Brandenburg. Er war so eine Mischung aus dienstlich ernst, auch mal lustig, manchmal beinahe naiv. Vielleicht war es auch gespielte Naivität? Wenn ja, dann war das recht geschickt, weil das einen Dialogpartner dazu brachte, mehr zu erzählen, als vielleicht in brisanten Situationen gut war. Wie auch immer. Sie kannte ihn schon lange, er war mit dem rechtsmedizinischen Teil des Falles betraut, er konnte sich in strafprozessualen Rahmenbedingungen bewegen, er war ein recht guter Taktiker und überhaupt … es schien richtig zu sein

… so von der Sache her. Es musste nur der rechte Moment gefunden werden. Einfach anrufen wollte sie nicht. ›Wer weiß, wie viele Spatzen da auf der Leitung sitzen‹, dachte sie. Sich mit ihm zu verabreden, ohne den Grund am Telefon zu nennen, schien ihr ungeschickt und unpassend. Das wäre nicht gut. ›Es muss anders laufen!‹ Sie entschied sich, ihn »zufällig« zu treffen, rief im Sekretariat der Rechtsmedizin an und fragte, wer diese Woche im Krematorium die Feuerbestattungsleichenschauen durchführen würde.

»Morgen unsere junge Assistenzärztin und Montag Herr Doktor Brandenburg, allerdings erst um sechzehn Uhr, Frau Kommissarin. Soll ich etwas ausrichten oder vorbereiten?«

»Nein Danke, lassen Sie nur! Ich rufe den Doktor morgen auf seinem Zimmer an. Es geht um die Freigabe des Suizides von letzter Woche«, schwindelte sie, um die Sekretärin zu bremsen. Das klang unverfänglich. Sie wollte auf keinen Fall, dass ein Gespräch über ihr eigentliches Problem auf vielleicht nicht vorhersehbaren Umwegen angebahnt werden würde.

Kapitel 28

Friedhofsgeflüster

Doktor Brandenburg hatte sich vorgenommen, nach der Krematoriumsleichenschau nach Hause zu fahren. Das bot sich an, vom Neuen Friedhof in Rostock über den Tannenweg in Richtung Parkentin und Bad Doberan. Dann würde er sich den Feierabendverkehr auf der Hamburger Straße und dem Südring sparen. Der über einhundert Jahre alte Neue Friedhof an der Satower Straße wirkte mit seinem alten, hohen Baumbestand ruhig und friedlich. Das schmiedeeiserne Tor am Haupteingang symbolisierte für ihn die Ewigkeit nach der Endlichkeit der vielen tausend Leben, derer man dort mit monumentalen Einzelgräbern und auch Urnengemeinschaftsanlagen gedachte. Das Krematorium war als Funktionalbau so in das Gelände eingebettet, dass es von der Straße aus nicht zu sehen war.

Kerstin Semlock kannte sich aus und überlegte, wie sie den Doc abpassen könnte. Für die erwartete, erstaunte Frage Brandenburgs, was sie hier um diese Zeit umtrieb, hatte sie sich eine kleine Notlüge zurechtgelegt. Sie würde zufällig das Grab einer Tante besuchen. So näherte sie sich dem Haus und erkannte schon aus großem Abstand sein geparktes Auto. Es gab nur eine Zufahrt, auf der musste sie eben rein zufällig gehen. Er würde sie bestimmt erkennen und anhalten.

Ihre Rechnung ging auf. Ein blechernes Scheppern signalisierte, dass er eine Seitentür mit Schwung zudrückte. Er stieg in seinen Wagen, fuhr an, verschwand kurz hinter dem Haus, um an der gegenüberliegenden Seite wieder aufzutauchen.

Kerstin Semlock spazierte auf dem Hauptweg mit gespielt straffem Schritt Richtung Satower Straße.

Doktor Brandenburg fuhr erst einige Meter an ihr vorbei, um dann wie erwartet stehen zu bleiben. Die Beifahrerscheibe sank in die rechte Tür und er lehnte sich rüber. »Frau Semlock, was für ein seltener Gast. Was treibt Sie denn hier an die Schwelle zur Ewigkeit?«

»Doktor Brandenburg, ich grüße Sie«, reagierte sie gespielt überrascht. »Ich war am Grab einer Tante und will jetzt möglichst schnell in das Reich der Lebenden.«

»Steigen Sie ein, ich setze Sie irgendwo ab!«, bot ihr Brandenburg an, wohl wissend, dass er sich mit dieser Offerte seinen topografischen Vorteil auf dem Weg nach Hause verspielte.

»Das ist aber nett, gern und danke.« Sie stieg ein und beide rollten langsam Richtung Satower Straße. »Wenn wir schon mal unter vier Augen und, wichtiger noch, unter vier Ohren sind«, sagte sie, »möchte ich die Gelegenheit am liebsten nutzen, um Ihnen etwas zu erzählen, was schlecht in eine der sonstigen Situationen passen würde, in denen wir Kontakt haben.« Sie ärgerte sich über den verschraubten Satz.

Brandenburg bog kurz vor der Satower Straße rechts auf den Parkplatz und hielt zwischen den Autos anderer Besucher.

Diese schnelle Wendung überraschte sie.

»Es gibt nur zwei Möglichkeiten«, sagte Brandenburg, »entweder wir bleiben hier sitzen, mit Sicherheit nur unter vier Augen und vier Ohren, wie Sie so schön gesagt haben, oder ich lade Sie auf einen Nachmittagskaffee in den Rittmeister nach Biestow ein.«

Sie drehte sich zu ihm und versuchte, sein Gesicht zu lesen. »Lassen Sie uns hierbleiben.«

»Gut.« Brandenburg schaltete die Standheizung ein. Es dauerte nicht lange, bis ein leises Fauchen warme Luft in den Fußraum blies.

›Mein Gott, was mache ich hier?‹, dachte sie. Der inszenierte Zufall musste gestelzt und unwirklich erscheinen. Es war alles irgendwie blöd. Das hätte sie vielleicht geschickter machen sollen.

»Kerstin Semlock, was ist los? So kenne ich Sie ja gar nicht.«

»Doc, es ist doof und ungeschickt von mir. Ich habe hier keine tote Tante. Ich wusste, dass Sie heute Nachmittag um diese Zeit hier sein würden und habe Sie abgepasst.«

»Dachte ich mir schon. Ich habe aber nicht den Eindruck, dass Sie einem heißen Date auf die Sprünge helfen wollten.«

»Ich habe ein Problem und weiß nicht, mit wem ich reden kann. Telefonisch geht es nicht und fremde Ohren will ich nicht. Es geht um unseren gemeinsamen Fall mit dem Geocaching.« Sie ärgerte sich schon wieder über sich, weil es so klingen musste, als ob sie etwas falsch gemacht hätte. »Ich hatte sehr unschöne Gespräche mit meinem K-Leiter und zwischendurch eine nette kleine Dienstreise nach Berlin, die er angewiesen hat.«

»Fühlte er sich übergangen? Kann mir schon vorstellen, dass Ihre doch sehr selbstbewusste Art manchmal nicht so gut ankommt.«

»Nein, nein. Wenn es das nur wäre. Damit kann ich umgehen. Ich bin aber in Situationen gekommen, mit denen ich nicht umgehen kann.« Sie schaute ihn an.

Brandenburg bemerkte, wie ernst es sein musste. Da war nichts gespielt. Ihre Offenheit spülte auch etwas Verletzliches hoch, was ihm ein sehr schönes Gefühl der Nähe brachte und den Beschützerinstinkt wachrief. Er legte jedoch nicht den Arm um sie und forderte stattdessen: »Machen Sie es nicht so spannend! Raus damit! Nun sitzen wir hier und kein fremdes Ohr hört zu.«

Kerstin Semlock erzählte ihm in allen Einzelheiten von den Ereignissen in der Berliner Geocaching-Filiale und vom Verhalten des Rostocker K-Leiters. Sie erwähnte ebenfalls, mit welcher Süffisance der GCP-Chef über die Machenschaften der Firma gesprochen hatte. Dass die aktiven Geocacher oft angeworben würden, um sie dann als Vertreter interessanter Berufsgruppen durch ihre eigenen Profil-Logins kontrollieren zu können. Und dass man sie, die Kommissarin, auf das schärfste vergattert hatte, nichts zu erzählen. Dass man sie sogar mit Drohungen und Einschüchterungen entlassen hatte.

Brandenburg kroch in den zehn Minuten ihrer Schilderungen eine Kälte in den Nacken, die er so noch nie gespürt hatte. Da saß er nun mit dieser Frau allein in seinem Auto und die gefühlte Nähe passte überhaupt nicht zu dem, was sie da alles erzählte. Trotzdem wirkte sie in ihrem Erzähleifer, ihrer Wut und in ihrem Entsetzen unheimlich anziehend. Kerstin Semlock hatte sich in Rage geredet. Er unterbrach sie nicht. Sie ging aus sich heraus. Er sog jeden Satz in sich hinein und setzte sein in unzähligen Gerichtsverhandlungen antrainiertes Pokerface auf, um sich seine Gedanken nicht anmerken zu lassen. »Darf ich einfach mal Kerstin sagen?« Damit grätschte er in eine Atempause.

»Wie? Ähm …, ja, warum nicht? Dann aber auch Karsten?«

»Sicher.«

Sie war etwas aus der Fassung.

Brandenburg griff hinter seinen Sitz nach einer Thermoskanne und nahm sie nach vorn.

»Hey, Doc, ähm … Karsten. Das trifft sich gut. Ist da noch Heißes drin?«

Brandenburg prüfte den ersten Schwaps in seiner Tasse. »Geht so.«

»Macht nichts. Das tut gut.«

»Ich brauche jetzt auch etwas Heißes«, sagte Brandenburg und schaute in ihre ängstlichen und gleichermaßen irritierten Augen. »Keine Sorge, ich brauche etwas Heißes, weil mir bei deiner Schilderung kalt geworden ist. Verstehe mich nicht falsch! Es ist ungeheuerlich, was du da erzählst, und ich freue mich, dass du es mir erzählst. Ich weiß auch nicht, ob ich deiner Erwartung überhaupt gerecht werden kann. Aber …«

»Was, aber?«

»Ich habe vor einer Woche, vorletzten Sonnabend, auch etwas erlebt, was genau an deine Erlebnisse anknüpft.« Nun schilderte Brandenburg, wie er zu Hause im Garten Besuch bekommen hatte. Dass er auch bedroht und eingeschüchtert wurde und dass dieser Auftritt auf Anna und ihn eine echte Langzeitwirkung haben würde. Seitdem würden sie sich zu Hause nicht mehr so frei bewegen. Ein Stück von dem Urvertrauen in Haus und Hof sei zumindest beschädigt. »Ich konnte ja den offenbaren Zusammenhang mit deinem Erlebnis nicht ahnen«, sagte er. »Wer weiß denn außer dem K-Leiter davon?«, fragte er sie.

Kerstin Semlock überlegte und war sich schnell sicher: »Nur Harry.«

»Harry Stein?«

»Ja, mit Harry rede ich immer am ehesten über die dienstlich relevanten Dinge, viel eher als mit dem K-Leiter. Das liegt einfach daran, dass der Chef mit Führungsaufgaben zu tun hat. Dadurch ergibt sich eine größere Nähe zu den unmittelbaren Kollegen. »Wenn ihr so offen miteinander seid, muss ich mich doch sehr wundern, dass meine Geschichte eben für dich neu war.«

»Was soll das heißen?«, fragte sie ebenso verwundert.

»Ich habe mich letzten Dienstag mit Harry auf ein Bier in der Kogge getroffen.«

»Okay, klingt nicht abwegig. Ich weiß, dass ihr euch lange kennt und immer gut zusammengearbeitet habt.«

»Ja. Ich habe ihm von dem Besuch in unserem Garten erzählt. Da hätte es gut sein können, dass er dir das weitererzählt hat. Habt ihr euch seitdem gesehen?«

»Jeden Tag sogar und Freitag blieb er immerhin für fünfzehn oder zwanzig Minuten auf einen Kaffee bei mir sitzen. Gelegenheiten hätte er also gehabt.«

»Ich habe ihm nicht nur diese Geschichte erzählt, sondern noch eine weitere. Erinnerst du dich an die zweite Leichenschau am Grundlosen Moor? Ich kam zu spät.«

»Ja, richtig«, antwortete sie verwundert. »Ich bin nicht gleich ausgestiegen und du kamst langsam auf mein Auto zu und hattest die rechte Hand am Holster«, fuhr er fort. »Du fragtest mich, ob mit mir alles okay wäre, und ich habe dich mehr oder weniger abgewimmelt, obwohl mir das sehr schwerfiel.«

»Mag sein?!«

»Mit mir war nicht alles okay.«

»Was war denn, um Himmels Willen? Es ist richtig, ich habe mir in diesem Moment Gedanken gemacht. Es war alles irgendwie anders. Hinten an der Waldkante hielten noch zwei Autos, die dann plötzlich verschwanden, und du stiegst nicht so aus wie sonst. Da gingen bei mir kleine Alarmglöckchen an.«

»Wie sensibel du bist«, sagte er leise zu ihr und ihre Blicke hielten sich einige Momente fest. »Ich bin verfolgt worden.«

Pause. Stille.

Sie schaute ihn entgeistert an. »Wir sind doch nicht im schlechten Krimi! Hätte sich das Doktorchen vielleicht nicht nur gegen Grippe, sondern auch gegen Paranoia impfen lassen sollen?«

Sie bemerkte nach dem Spruch allerdings sofort, dass ihm diese Sache genauso ernst war wie ihr vorhin. Sein Blick hatte jede Zugewandtheit verloren und drückte jetzt etwas Faktisches, Unangenehmes aus. »Du bist ernsthaft davon überzeugt?«

Brandenburg schilderte ihr die Einzelheiten so wie schon Harry Stein Tage zuvor in der Kogge. »Diese Geschichte habe ich Harry auch erzählt«, betonte er.

»Und mir gegenüber hat er beide nicht erwähnt.«

»Muss er nicht unbedingt, oder?«

»Muss er nicht, aber ungewöhnlich ist es allemal, weil sich ermittlungsrelevante Zusammenhänge auftun«, sagte sie jetzt mit einem fast dienstlichen Ton. »Es gibt übrigens noch mehr ermittlungsrelevante Neuigkeiten.«

»So? Eine dritte Leiche?«

»Ich bitte dich, dann wären wir doch jetzt nicht hier! An der Halshaut der ersten Leiche hattet ihr doch Fremd-DNA gefunden. Die liegt ein«, sagte sie im Polizei-Jargon.

»Was?«, rief er. »Gratuliere!«

»Ich weiß es seit gestern. Ein Falk Wenzlow aus deiner liebenswürdigen Kleinstadt Bad Doberan. Die Staatsanwaltschaft weiß Bescheid. Wir werden ihn aufsuchen und zu einem netten Gespräch einladen.«

»Du meinst: vorladen.«

»Sicher, wobei wir bei diesem Anfangsverdacht nichts anbrennen lassen. Den nehmen wir besser gleich mit und machen eine Beschuldigtenvernehmung. Dann Haftrichter und das Übliche.«

Brandenburg war aufgewühlt und es schoss ihm siedend heiß der Besuch der Frau von Wenzlow ein. »Kerstin, bei dem Namen Wenzlow habe ich noch etwas zu erzählen, dem ich bisher keine wirkliche Bedeutung zumaß. Ich hatte neulich noch einen Besuch.«

»Machst du es wieder spannend?«

»Nein, nein«, beeilte er sich, »in unserem Sekretariat lief eine bizarre ältere Dame auf. Auffälliges Äußeres, viele Gepäckstücke, ziemliches Kaliber. Sie stellte sich vor als eine Nachfahrin derer von Wenzlow, bezog sich auf den Polizeibericht zum Leichenfund im Grundlosen Moor, erwähnte mit gestelzter Sprache die Geschichte ihres Hauses, dass es so etwas früher nicht gegeben hätte und dass es sie nicht wundern würde, wenn einer der heute leider unrühmlichen Nachfahren ihres Geschlechtes etwas damit zu tun hätte.«

»Warum hast du das nicht eher erzählt?«

»Ich habe sie zu euch geschickt.«

»Ich wüsste nicht, dass sie bei uns angekommen ist. Die brauchen wir dann auch noch als Zeugin. Das heißt, wir müssen erst einmal feststellen, ob sie mit Falk Wenzlow verwandt, ist und dann ergibt sich das Weitere.«

»Übrigens, wo wir bei Namen sind. Harry Stein sagte mir, dass du dich um die Klarnamen von den anderen Cachern und dem Owner kümmerst. Hast du etwas erreicht?«

»Moment, Kerstin! Harry hat mir gesagt, dass du das machst.«

Sie blickten sich beide fragend an und genossen den sich wiederholenden Moment, in dem es einen unverfänglichen, quasi dienstlichen Grund gab, sich in die Augen zu schauen. Zwischen ihnen hatte sich in der Enge des Autos ein warmer Mikrokosmos entwickelt, der alles um sie herum ausblendete. Sie schwiegen noch ein paar Minuten, bis jedem die Einsicht kam, dass sie die Situation ändern sollten.

»Setzt du mich in Alt-Reutershagen ab?«

»Klar.« Brandenburg sortierte sich, legte den Gurt an, schaute sich durch die geschlossenen Fenster kurz auf dem Parkplatz um. Dann startete er seinen Wagen, rollte nach rechts auf die Satower Straße, bog nach links ab, Richtung Zoo, um weiter an der Schwimmhalle vorbei Richtung Komponistenviertel zu fahren und zur Hamburger zu gelangen.

Sie sprachen kein Wort. Nur mal zaghafte Blicke zur Seite, die sich nicht mehr trafen.

An ihrer Wohnung angekommen, sagte sie nur: »Wir sollten beide überlegen, wie wir jetzt damit umgehen.« Dann stieg sie aus und ging ins Haus.

Brandenburg starrte ein oder zwei Minuten ins Leere, versuchte diese Vieldeutigkeit zu verdauen und nahm Kurs auf Bad Doberan. Ein Einkaufszettel lag im Handschuhfach.

Kapitel 29

Falk

Die Staatsanwaltschaft ordnete am 28. November die Festnahme von Falk Wenzlow an. Er war in Bad Doberan gemeldet. Ein Einsatzkommando der Polizei fuhr zu der eingetragenen Adresse auf dem Kammerhof. »Einmal Platte ganz oben, wie immer«, beschwerten sich die Beamten beim Schicksal.

Schon durch die geschlossene Tür drang eine unheilvolle Mischung aus Lärm und kaltem Zigarettenrauch. Die Musik erwies sich bei genauem Hinhören als »Stairway to Heaven« von Led Zeppelin, war aber so übersteuert, dass die Melancholie des Stückes wie das weinerliche Geheul eines ertappten Straftäters wirkte.

»Passt irgendwie«, flüsterte der Einsatzleiter. Auf sein Handzeichen hin, ging der Trupp in Position. Einer der Beamten trat vor und ließ die bedrohlich vibrierende Spanplatte zwischen ihnen und der Zielperson mit einem kräftigen Schlag aus den Angeln fliegen. Wie bei entfesseltem Kesseldruck entließ der gewaltsam geöffnete Zugang einen Schwall von Rauch, Led Zeppelin, feuchtem Dunst und noch viel mehr, was die Polizisten jedenfalls nicht auf dem Wunschzettel hatten.

Dann ging alles in Sekundenschnelle. Die Beamten drückten die zersplitterten Reste der Tür beiseite. Ein junger

Mann, der eben noch nichtsahnend nur etwa zwei Meter dahinter gestanden hatte, stürzte mit lautem Gebölk rücklings in den Flur und kam zwischen leeren Flaschen, verschmutzter Wäsche und Essensresten zu liegen. Ein Paar glasig-gerötete Augen, die einen gewissen Trunkenheitsgrad verrieten, schob sich ins Blickfeld der Männer, die ihn sogleich fixierten. Sie hatten keine ernsthafte Gegenwehr bei dieser Festnahme.

Nach den üblichen Belehrungen und einem Routine-Check aller Räume, schalteten sie die Musik und das Licht aus, stolperten mit Falk Wenzlow nach unten, verfrachteten ihn ins Auto und brachten ihn nach Rostock in eine Zelle in der Dienststelle Ulmenstraße. Nach Bescheinigung der Gewahrsamstauglichkeit durch den diensthabenden Mediziner fiel Falk in einen tiefen Schlaf und atmete seine Promille ab.

Spätabends erwachte er und hatte alle Mühe, sich die harte Pritsche und den frei geräumten Fußboden zu erklären. Schließlich half ihm seine Erfahrung, denn bevor es zu seinen Vorstrafen gekommen war, hatte Falk Wenzlow schon mehrmals mit dem nackten, kalten Interieur einer Gewahrsamszelle Bekanntschaft geschlossen. Er sank in sich zusammen und bemerkte erst Minuten später, dass man ihm, abgesehen von der Unterwäsche, seine Kleidung abgenommen hatte. Ein dünner, weißer Overall war für diese Zelle einerseits zu kalt, andererseits roch er muffig. Die sonst in der Werbung gepriesene Atmungsaktivität teurer Kleidungsstücke fiel aus. Dazu machte ihm der sinkende Promille-spiegel Probleme. Er saß fröstelnd mit verschränkten Armen und Beinen zu einem jämmerlichen Knoten geformt in der Ecke des mit kaltem Neonlicht gefluteten Raumes.

Schließlich hielt er es nicht mehr aus und hämmerte an das kleine Zellenfenster, den dezent angebrachten Klingelknopf ignorierend. Nach zwei Minuten öffnete sich die Tür und zwei gelangweilte Polizeibeamte verstellten den Ausweg.

»Ich hab Durst und mir ist kotzübel. Gebt mir was oder ich klappere mir den Kreislauf kaputt!« Nach diesen Worten sank er schon wieder nach hinten, mit dem Rücken an die Wand.

»Wer ist Ihr Anwalt?«

»Was für ein Anwalt? Ich habe Durst und muss aufs Klo, Mann!«

»Mitkommen!«

Falk Wenzlow stemmte sich mühsam hoch und bemerkte, dass er auch keine Schuhe mehr hatte. Blaue Füßlinge spannten sich um seine Fußgelenke und sperrten den Geruch von feuchtem Schmutz. Er zitterte sich zu einem fensterlosen WC und entleerte sich so lange und ausgiebig, dass die Beamten vor der Tür schon ungeduldig wurden. Dann wusch er sich Hände und Gesicht, um irgendein Quäntchen Frische aufzunehmen, und wankte ein klein wenig renoviert zurück zu seiner Gewahrsamszelle. Dort stand ein Plastikbecher mit Wasser bereit. Er war festgenommen worden. Das wurde ihm großräumig erklärt und natürlich auch der Grund für die Festnahme.

Er bekäme für den Besuch beim Haftrichter einen Anwalt gestellt. Dazu die üblichen Belehrungen, die ihm seine Erfahrung in solchen Sachen schon längst selbst gegeben hatte.

Weit vor Ablauf der 24-Stunden-Frist war der Haftrichter schnell zu überzeugen, dass es einen Haftgrund gab, sodass Falk Wenzlow die Untersuchungshaft in Bützow antrat.

»Mein Name ist Hennig Klosenow. Sie sind Falk Wenzlow?«

Der hob träge seinen Blick, um ihn dann um so länger an sein Gegenüber zu heften. »Warum wollen Se das wissen?«

»Ich bin als ihr Pflichtverteidiger bestellt worden. Ihre Situation gibt Anlass, einiges mit Ihnen zu besprechen.«

»Ihre Situation gibt Anlass …? Was schrauben Se da zusammen? Wenn wir beide reden wollen, kommen Se runter!«

»Ich glaube, Sie verstehen Ihre Lage nicht.«

»Für einen Anwalt ist es nicht besonders schlau, seinen Mandanten für blöd zu halten, Herr Klosenow.«

»Davon war nicht die Rede, Herr Wenzlow!«

»Ich habe da aber so ein feines Gespür.« Falk Wenzlow drückte sich von der Stuhllehne ab und kam dem Anwalt ein gutes Stück näher, ihn dabei fixierend und die Nasenflügel bewegend, als habe er eine Witterung aufgenommen. Den Kopf langsam zwischen einer rechten und linken Schräglage wechselnd, fuhr er fort: »Vielleicht müssen wir uns auch erst mal beschnuppern? So ein Advokat ist vielleicht was ganz Feines?«

Henning Klosenow wich kaum merklich zurück. Seine Mimik durchhuschte ein Hauch Unsicherheit, die Falk

Wenzlow nicht entging und die er mit einem gefälligen Grinsen quittierte.

»Gut, Herr Sowiesow oder Klosenow, jetzt können wir reden. Ich fang gleich mal an. Ich hab einen umgebracht. Der Höhepunkt meiner sicher sehr zweifelhaften Karriere. Ich hab einen jungen Kerl vom Leben zum Tode befördert, als ich einen Toten beseitigen sollte, weil ich dachte, dass der Lebende mich beobachtet. Das ist die Kurzform.«

»Im Obduktionsprotokoll der Rechtsmedizin wird ein kurzer heftiger Schlag gegen den Hals von vorn vermutet. Erinnern Sie das so oder so ähnlich?«

»Hab ich mal in so einer Nahkampf-Doku gesehen.«

»Haben Sie tatsächlich so einen Schlag ausgeführt?«

»Sag ich doch!«

»Hatten Sie eine Kampfsportausbildung?«

»Nein.«

»Gut, dann werde ich meine Verteidigungsstrategie so aufbauen, dass Sie es nicht gewesen sein können.«

»Wat!?«

»Sie können es nicht gewesen sein, weil man so einen Schlag nur nach entsprechender Ausbildung und gehörigem Training ausführen kann. Beides hatten Sie nicht.«

»Lassen Se mal den Quatsch! Advokat reicht, nich noch Winkeladvokat! Ich hab einen plattgemacht und dafür muss ich bezahlen. Sehen Se meinetwegen zu, dass der Prozess für mich fair verläuft, wie er eben so laufen muss. Wenn Se da aufpassen, reicht dat.«

»Herr Wenzlow, Sie scheinen nicht zu erkennen, um was es für Sie im Gerichtsprozess geht!«

»Herr Klowiesow – und Sie kapieren mal, dass ich weiß, was ich gemacht habe! Als sie mich festgenommen haben, war ich besoffen, aber nicht da im Wald. Da ging es für mich um Geld, viel Geld. Das wollten mein Bruder und ich haben. Dafür haben wir's riskiert. Dafür muss jetzt bezahlt werden, bloß leider in die andere Richtung. Der Zahlungsverkehr hat sich sozusagen umgedreht. Was ist überhaupt mit meinem Bruder?«

»Haben Sie Geld bekommen?«

»Ja, sicher.«

»Von wem, wieviel und wofür?«

»Von den Typen, die uns am Kamp hochgezogen haben, 2000 Euro für die Beseitigung einer Leiche.«

Der Anwalt war nun mit Falk Wenzlow im Gespräch und der erzählte seine Geschichte. Klosenow notierte sich die Handlungsstränge, Hinweise auf Beweismittel und fragte zum Schluss nach den persönlichen Verhältnissen. So verbrachten sie wohl anderthalb Stunden in einem Raum der Justizvollzugsanstalt Bützow, in dem auch der Besucher für eine kurze Zeit genauso eingeschlossen war wie der Insasse. Für viele in dem Moment die einzige kleine, aber wesentliche Gemeinsamkeit.

»Herr Wenzlow, ich werde bei den Beschuldigtenvernehmungen dabei sein. Bis dahin verabschiede ich mich. Schön, dass wir uns beschnuppern konnten.«

So unmerklich, wie der Rechtsanwalt zu Beginn seine Unsicherheit gezeigt hatte, so unmerklich huschte Falk Wenzlow ein Ausdruck der Überraschung über das Gesicht, als der Anwalt seine Wortwahl aufnahm und parierte.

»Mein Bruder!«

»Was ist mit ihrem Bruder?«

»Der hängt jetzt alleine ab. Das kann er nicht gut. Da muss mal einer hin.«

»Gleiche Adresse?«

»Ja.«

»Ich seh zu.«

»Danke.«

Klosenow packte seine Unterlagen zusammen, winkte im Gehen kurz zurück. Das Klappern der Schließanlagen war länger zu hören, als er zu sehen.

Kapitel 30

Staatsanwältin Kernbach

Durch die Sprechöffnung der verglasten Pförtnerloge der Rostocker Staatsanwaltschaft klang ein »Ja, bitte?« mit Halleffekt.

»Kriminalhauptkommissarin Semlock aus dem FK1 und Doktor Brandenburg aus der Rechtsmedizin zu Staatsanwältin Kernbach. Wir sind angemeldet.«

»Einen Moment.« Der Pförtner griff zum Telefon, sprach hinein, was nicht zu hören war. Dann klackte es: »Gehen Sie bitte durch, zweiter Stock, Zimmer 14.«

»Danke.«

Der Türsummer gab das Schloss frei, die beiden traten ein und gingen zum Fahrstuhl. Im zweiten Stock angekommen, folgten sie einer Orientierungshilfe und klopften am Zimmer 14.

»Herein, bitte kommen Sie!« Staatsanwältin Franziska Kernbach erhob sich, kam den Besuchern entgegen, man begrüßte sich. Kerstin Semlock bedankte sich für die schnelle Möglichkeit eines Gespräches.

»Bitte, nehmen Sie doch beide Platz!«, sagte Kernbach. »Die Jacken können Sie dort lassen.« Sie wies auf zwei Kleiderhaken an der Wand. Ihr Schreibtisch stand so zum Fenster ausgerichtet, dass bei einer Rechtshänderin der Stift beim schreiben keinen Schatten werfen konnte, wobei zwischen zwei Stapeln von Ermittlungsakten dafür nicht viel Platz blieb. Auf der anderen Seite des Tisches setzten sich die Besucher. Hinter ihnen Regale mit juristischer Literatur. Strafgesetzbuch und Strafprozessordnung, jeweils die neuesten Auflagen, lagen auf einer Tischecke übereinander. Das Zimmer sonst eher schmucklos. Jedenfalls keine Fotos von Kindern, keine gemalten Bildchen oder ähnliches, was so manch einer in seinem Dienstzimmer platzierte, um nicht zu vergessen, dass es noch ein Zuhause gab. Franziska Kernbach hoch geschlossen, das Haar hinten straff zusammengenommen, ein dezentes Make-up verriet Maßgefühl. Sie trug schwarze Acht-Loch-Doc-Martens, schwarze Hose, schwarze Bluse. »Sie baten mich um einen Termin und wollten mir am Telefon nicht sagen, worum es geht. Ich bin verwundert und gespannt.«

Semlock begann: »Frau Staatsanwältin, Sie können getrost davon ausgehen, dass ich mir unseren Auftritt hier gut überlegt habe.«

»Da bin ich sicher, Frau Hauptkommissarin. Bringen Sie Licht ins Dunkel!«

»Es geht um die Tötungsdelikte am Grundlosen Moor. Im Zuge der Ermittlungen haben sich Dinge ereignet, die ungewöhnlich und bedrohlich sind.« Kommissarin Semlock schilderte die Vorkommnisse.

Doktor Brandenburg legte nach, was er erlebt hatte.

»Wir müssen Ihnen das mitteilen. Um auszuschließen, dass jemand mithört, habe ich mich am Telefon zurückgehalten«, ergänzte Kerstin Semlock.

Staatsanwältin Kernbach hatte aufmerksam zugehört. »Wissen Sie, Frau Hauptkommissarin, entweder ist das Ganze eine riesige Posse oder ein riesiger, handfester Skandal. Ich verstehe Ihre Erregung. Wenn das keine Posse ist, sehe ich die Vorbereitung der Anklage in diesem Fall gefährdet. Das gefällt mir gar nicht. Und dann muss ich Ihnen sagen, dass ich keine Cocktails mag.«

»Bitte, wie?«, rief Kerstin Semlock und Brandenburg blickte die Staatsanwältin dazu passend verständnislos an.

»Ein Cocktail ist eine Mischung aus zwei oder mehr Zutaten. Ich mag es lieber pur, zumal das prozessual sauber ist. Mit anderen Worten: Es ist überaus unpassend und vermutlich sogar schädlich, dass Sie als Erste Sachbearbeiterin zusammen mit dem Rechtsmediziner erscheinen. Egal, wie das weiterläuft. Wie wollen Sie sich später rechtfertigen? Wie wollen Sie noch glaubhaft machen – und das frage ich Sie, Herr Doktor Brandenburg, ebenso –, dass Sie Ihre Untersuchungen unbefangen durchgeführt haben. Sie beide gefährden die Beweisführung.«

Die beiden Belehrten sanken wie begossene Pudel in sich zusammen. Sie hatte recht und es wurde vielleicht auch Zeit, dass dienstliche Nähe nicht über klar geregelte Zuständigkeiten ging. Brandenburg blickte respektvoll zur Staatsanwältin Kernbach, die das registrierte.

»Ich muss Sie daher bitten, diesen Termin hier zu vergessen. Frau Hauptkommissarin, ich bitte um einen schriftlichen Bericht über das, was Sie eben vorgetragen haben. Und Herr Doktor Brandenburg, ich überlasse es natürlich

Ihnen, ob Sie eine Anzeige gegen Unbekannt erstatten. Sie wissen, dass ich Sie beide sehr schätze und Sie können bitte davon ausgehen, dass ich mir sehr gut überlegen werde, wie ich mit diesen Informationen umgehe, möglichst, ohne das Verfahren zu gefährden. Das dazu.« Während Sie so redete, schaute Sie fast wie gelangweilt zur Seite auf Notizen, eine To-Do-Liste für den Rest des Tages. »Übrigens, Frau Semlock«, sie sprach sie nun erstmals mit ihrem Namen an, »weil Sie schon hier sind. Sie finden im Postfach Ihrer Dienststelle eine Mitteilung von mir, dass dieser Falk Wenzlow ein Teilgeständnis abgelegt hat. Er räumt eine Tatbeteiligung bei der Tötung des Hannes Köster ein. Ich hoffe, dass da noch mehr kommt. Also erst mal ein Volltreffer! Herr Doktor Brandenburg hat eben mal nicht zugehört, weil er ja eigentlich in der Rechtsmedizin ist und auf der Ermittlungsseite nicht unbedingt etwas zu suchen hat, okay? Ich hoffe, Sie haben mich richtig verstanden!?« Dabei lächelte sie ihm zu, sodass er nichts missverstehen konnte.

»Moment mal, Frau Staatsanwältin!«, entgegnete Kerstin Semlock. »Jetzt bin ich verwundert und gespannt. Ich habe Wenzlow noch nicht vernommen.«

»Nein, das hat Ihr Kollege Hansen für mich getan. Ich habe ihn darum gebeten.«

»Warum weiß ich das nicht? Als Erste Sachbearbeiterin sollte das nicht an mir vorbeigehen.«

»Nun wissen Sie es ja. Und außerdem, denken Sie bitte daran, dass die Staatsanwaltschaft Herrin des Ermittlungsverfahrens ist!«

Das hatte gesessen. Kerstin Semlock war verunsichert. Sie entgegnete nichts weiter und stand auf. Brandenburg tat es ihr gleich. Sie zogen sich die Jacken über und verabschiedeten sich.

Franziska Kernbach gab das »Auf Wiedersehen!« zurück und sah dabei nicht einmal mehr hoch.

Ungefähr zehn Minuten, nachdem die beiden Besucher gegangen waren, raffte sie einige Dinge zusammen, nahm ihre Jacke, griff den Autoschlüssel und verließ das Büro in Richtung Tiefgarage. Der Superb quittierte ihr Signal mit einem kurzen Aufblinken. Während der letzten Meter zum Auto öffnete sie ihr Haar und den obersten Blusenknopf. Geschmeidig verdrehte sie ihren Körper, um in das eng geparkte Auto einzusteigen. Mit den ersten Takten von »Blood in the Cut« aus einer Playlist von Flay-Titeln beschleunigte sie hinaus in die anonyme Rushhour des Nachmittages.

Franziska Kernbach konzentrierte sich die nächsten Tage auf die Vorbereitungen zum Einsatz eines Mobilen Einsatzkommandos in Berlin. Die von Kommissarin Semlock aufgesuchte Adresse wurde zunächst observiert. Die notwendigen Absprachen mit den Landeskriminalämtern brauchten mehrere Tage. Es geriet zu einem mächtigen vorgeschalteten Verwaltungsakt, dessen länderübergreifende Organisation viele Hürden hatte. Staatsanwältin Kernbach entwickelte den nötigen Biss. Die Intonation ihrer Telefonate ließ keine Zweifel aufkommen. Jegliche Hinhaltetechniken und

Ausweichmanöver zum Gewinn von Zeit führten bei ihrem Gegenüber zumeist sehr schnell zu dem Gefühl, am Telefon eben nicht gewonnen, sondern verloren zu haben. So formierte sich die Basis für eine Operation, die in ihrer Größe nicht unbedingt regelmäßig auf den Tagesordnungen stand.

Kapitel 31

Tag X

Am Tag X ging man rein und stieß zunächst auf Leere im Hochglanz-Look. Das Erdgeschoss wurde schnell aufgeklärt. Der Keller bot stickig-warme Serverräume. Zwei Techniker wurden überrumpelt und mit großen Kabelbindern inaktiviert. Das ging nahezu lautlos vonstatten. Der Überraschungseffekt sollte nicht durch plötzlichen Lärm verspielt werden. Das Einsatzkommando bewegte sich in routiniertem Zusammenspiel Raum für Raum vorwärts. Sie liefen die Grundrisse ab, auf die sie sich vorbereitet hatten. Der Fahrstuhl wurde gesichert, aber nicht benutzt. Die Männer federten sich mit ihren Waffen im Anschlag in das erste Obergeschoss. Vor der Flurtür blieben sie stehen. Auf ein Zeichen keine eigenen Geräusche. Es war nichts Fremdes zu hören. Kein Hinweis auf Personenbewegungen. Vorsichtiges Öffnen. Die ersten glitten in den Flur, sicherten sich und klärten Raum für Raum. Am Nordende des Flures schlug eine Tür zu. Sie hetzten katzengleich dorthin, traten sie aus den Angeln und durchpflügten zwei weitere Büroräume. Der eine schien ein Vorzimmer zu sein. Zu dem anderen stand eine Tür mit Schallschutz offen. Sie liefen hinein und sahen eine Person über einen wuchtigen Schreibtisch gebeugt. Sie brüllten ihre Forderung, sich hinzulegen und alles aus der Hand fallen zu lassen.

Diese plötzliche Übermacht verfehlte ihre Wirkung nicht. Ein kräftiger, dunkel gekleideter Mann blieb mit den Füßen auf dem Boden, der Oberkörper über der Tischkante abgewinkelt und flach aufgepresst. Nach Fixierung rissen sie ihn hoch und brüllten, wo die anderen seien.

Keine Antwort.

Sie tasteten ihn ab und fanden nichts. Aus den anderen Räumen der Etagen kamen die Rufe, dass alles geklärt sei. Keine weiteren Personen. Der Mann wurde auf einen Stuhl gesetzt und fotografiert. Das Foto wurde sofort auf die Rostocker Polizeidienststelle übermittelt, mit der Frage, ob die Person wiedererkannt wird.

In Rostock hetzten sie zusammen, holten sich das Bild auf den Schirm und alle Augen richteten sich fragend auf Kerstin Semlock. Sie nickte und sagte: »Viktor!«

Das Feedback nach Berlin rechtfertigte die Festnahme und blieb an diesem Tag der einzige Erfolg. Das Haus war bis auf die Techniker im Keller wie leergefegt. In einigen Räumen lagen lose Blätter auf dem Boden, als wären in Eile Akten weggeschafft worden. Die Server liefen noch. Vielleicht war da noch etwas zu holen. Das sollten sich die IT-Spezies vornehmen. Das Gebäude wurde verschlossen und versiegelt, das Mobile Einsatzkommando abgezogen.

In Berlin und Rostock ein erlösendes Ausatmen. – Niemand war verletzt worden.

Kapitel 32

Kommissar Bergers brillante Affären

»Berger.«

»Hier ist Kerstin Semlock, FK1 Rostock.«

»Frau Semlock, welch seltener Ruf durch diese Leitung. Ich grüße Sie.«

»Ja, ich Sie auch. Meine Bewunderung kennt keine Grenzen, Herr Berger. Sie haben ja neulich eine brillante Affäre ermittelt. Wusste gar nicht, dass Sie solche Affären haben!«

Hauptkommissar Thomas Berger aus der Dienststelle in Schwerin ging schon nach wenigen Sekunden die Schlagfertigkeit verloren, was bei ihm selten vorkam. ›Diese Frau fährt mich einfach über den Haufen‹, musste er resigniert feststellen. »Was soll ich jetzt erwidern, so am Telefon? Über die 90 Kilometer bis zu Ihnen würde zu viel verloren gehen.«

»Sie sind mir ein Spaßvogel, meinen Sie damit, wir sollten uns lieber persönlich sprechen?«

Berger zog sich den Kragen auf. Von der Rostocker Kollegin Kerstin Semlock hatte er schon viel gehört, aber leider, das musste er schon zugeben, noch nichts gesehen. »Ähm … vielleicht stellen wir mal fest, dass Sie mich angerufen haben. Wie komme ich zu der Ehre?«

»Okay, Spaß beiseite«, und Berger atmete auf. »Unser Doktor Brandenburg, der ja auch seit vielen Jahren Ihr Doktor Brandenburg ist, hat mir berichtet, dass eine Freundin von Ihnen bei ihm war.«

Berger schaltete alle seinen Zellen durch, wusste aber nicht, was sie meinte.

»Da sind Sie wohl sprachlos? Sie sollten Ihre Freundinnen halten und nicht zu ihm schicken, Herr Berger.«

»Jetzt wird es langsam schwitzig, Frau Semlock, Klartext bitte!«

»Bisher haben Sie sich gut gehalten und das wird auch so bleiben, wenn ich Ihnen sage, dass es um eine Frau von Wenzlow geht.«

Berger atmete tief durch. »Ach du meine Güte, Frau von Wenzlow, meine Freundin?«

»So hat sie ihr Verhältnis beschrieben. Aber im Ernst, Herr Berger. Diese Frau berief sich auf Sie und landete mit einem wohl etwas skurrilen Auftritt in der Rechtsmedizin. Sie muss schon am Abend des 24. Oktober, als in der Umgebung von Doberan eine Leiche gefunden wurde, den Polizeibericht gelesen haben. Jedenfalls deutete sie wohl an, dass es weniger rühmliche Nachfahren derer von Wenzlow gäbe, die in Doberan leben und dahinter stecken könnten.«

»Ist richtig, Frau Semlock. Sie wohnt bei mir in der Nachbarschaft. Wir kennen uns vom Sehen und wissen voneinander, was wir beruflich machen usw. Sie hat mir das auch erzählt, ich habe sie nicht richtig ernst genommen und nach Rostock verwiesen. Dass sie tatsächlich dort aufläuft, habe ich nicht vermutet.«

»Brandenburg hat mir das auch spät erzählt. Nun ist es aber so, dass wir an unserer Leiche Fremd-DNA gefunden haben, die zu einem Falk Wenzlow aus Bad Doberan passt.«

»Ups!?«

»Genau, so sehe ich das auch. Ich hätte gern Kontakt zu der Dame, wie Sie sich vorstellen können. Es ist wohl an der Zeit, sie zu vernehmen. Könnten Sie mir bitte mit der Nachbarschaftsadresse helfen?«

Berger fiel ein weiterer Stein von der Seele. Diese Frau hatte es doch tatsächlich geschafft, eine Spannung aufzubauen, die ihm nicht geheuer war. Bereitwillig teilte er seiner Kollegin die Adresse mit. Danach war das Gespräch so schnell beendet, wie es angefangen hatte.

Kapitel 33

Inventur

Franziska Kernbach arbeitete sich in ihren ersten großen Fall. Von ihrem beruflichen Vorbild, einer älteren, sehr erfahrenen Kollegin, die längst im Pensionsalter war, hatte sie sich einige Regeln gemerkt. Eine davon: Fordere lieber einmal mehr als zu wenig, sich mit allen an der Ermittlung Beteiligten an einen Tisch zu setzen, um zu klären: Was haben wir? Die Beweislage ermitteln. Lieber so, als zu einem nicht ausermittelten Fall die Anklage schreiben und vor Gericht peinliche Momente erleben. Es ging in diesem Verfahren um viel. Jedenfalls zwei Mordanklagen. Hohe Straferwartungen und zu erwartende Konfliktverteidigungen. Nebenher ging es natürlich auch um sie, um ihre Reputation, um ihre Position im Dezernat. Sie wusste, dass sie das Zeug dazu hatte, wie man so sagte. Da war auch eine gute Portion Selbstbewusstsein. Sie hatte die Ermittler zu sich bestellt, zum Rapport.

Kommissarin Semlock und einige weitere Beamte des FK 1 klopften pünktlich an ihre Tür, dazu ein IT-Spezialist des Landeskriminalamtes.

»Ich begrüße Sie, Sie wissen, worum es geht. Wir wollen keine Zeit verlieren. Frau Semlock, fassen Sie bitte den derzeitigen Ermittlungsstand zusammen!«

»Falk Wenzlow hat in einer Beschuldigtenvernehmung umfassend gestanden. Er sei auf dem Doberaner Kamp zusammen mit seinem Bruder von unbekannten männlichen Personen überwältigt worden, die hätten Leute gesucht, viel Geld für wenig Arbeit. Worum es ging, sei den beiden zunächst nicht bekannt gewesen. Das Geld habe gelockt, immerhin eine Anzahlung von 500 Euro und die restlichen 1 500 Euro, wenn die Arbeit erledigt wäre. Beide hätten erst bei einem weiteren Treffen bemerkt, was sie dafür machen sollten. Es ging um die Beseitigung der Leiche des Torsten Bentlin.

»Was hat es mit diesem Moor auf sich? Wie kamen die darauf?«

»Das Grundlose Moor hätten die beiden sich ausgesucht. Das war ihnen oder besser gesagt dem Falk aus der Familiengeschichte geläufig. Den Bentlin hätten beide in diesem Moor versenkt, als sie sich plötzlich beobachtet fühlten. Hannes Köster war zum Geocachen in den Wald gegangen, ganz in die Nähe des Grundlosen Moores. Seine Tragik, dass er die Wenzlow-Brüder nicht bemerkte, die aber ihn. So kam es zur Tötung des Köster durch Falk Wenzlow. Das gibt der, wie gesagt, ohne Weiteres zu. Die Wenzlow-Brüder standen die gesamte Zeit unter dem Bedrohungsdruck der Geocaching Profile, der GCP, die von Berlin aus operierte. Falk Wenzlow ergänzte bei seiner Vernehmung noch, dass man ihm und seinem Bruder für den Fall, das etwas schieflaufen sollte, eine Kasko mit Selbstbeteiligung angeboten hätte.«

»Kasko?«

»Ja, wir haben auch nachgefragt. Er sprach wirklich von einer Kasko, konnte oder wollte das aber nicht erklären.

Vielleicht haben sie den beiden als Gegenleistung für weitere Dienste etwas Lukratives angeboten und die Selbstbeteiligung ist dann eben das Antreten einer eventuellen Haftstrafe.«

Die Staatsanwältin lehnte sich zurück, schloss die Augen, atmete tief durch und fühlte sich wie in einem zu groß gekauften Mantel aus billigem Material.

»Wir haben Frank Wenzlow über Fremd-DNA am Hals des Köster ermittelt.«

»Gut, hier ein Break. Was wissen wir über Bentlin, was war oder was ist die GCP und warum ist der für die GCP interessant geworden? Herr Menge bitte! – Ach, wir sehen uns glaube ich zum ersten Mal? Sie sind Informatiker beim LKA, Herr Menge?«

»So ist es, Frau Staatsanwältin.«

»Mein Name ist Franziska Kernbach«, stellte sie sich dem jungen Mann mit einer Interesse verratenden Mimik vor. »Bitte erzählen Sie!«

»Es war so, dass die Geocaching Profile die Aktivitäten der registrierten Mitglieder kontrollieren konnte, sofern diese sich eingeloggt hatten. Über die öffentlichen IP-Adressen haben die sich an den Providern vorbei bis zu den Smartphones, Laptops und PCs vorgearbeitet. Die Geschäftsidee war wohl, dass die Organisation Informationen verkaufte. Die haben zuweilen auch Headhunter gespielt. In allen möglichen Portalen gibt es Stellenangebote. Und in manchen Portalen gibt es sehr spezielle Stellenangebote, zum Beispiel im Darknet. Wenn da jemand gesucht wird, der zu Dingen bereit ist, die nicht unbedingt jedermanns Sache sind, konnte Geocaching Profile ein Angebot machen.«

»Das hört sich jetzt so an, als ob einen die Registrierung als Geocacher automatisch für fragwürdige Organisationen interessant macht. Das kann ja wohl nicht sein«, entgegnete die Staatsanwältin.

»Sicher nicht«, antwortete er. »Es ging denen auch nur um sogenannte Extremisten, wie die sagten. Die wollten einfach an Leute herankommen, die körperlich und mental offensiv lebten. Vor einem Kontakt haben die auch das gesamte sonstige Umfeld recherchiert. Wenn es konkret wurde, gingen Viktor und die anderen in den Außendienst. – Das führt uns nun zu dem Motiv, Torsten Bentlin zu töten. Der hatte im stillen Kämmerlein, das heißt, in seiner WG, von seinem Laptop aus die GCP gehackt und wusste über deren Aktionen Bescheid. Dazu hat er mit unglaublicher Intensität vorgearbeitet, ob durch Geschäftssinn motiviert oder auch aus sportlichen Ambitionen, ist schwer zu sagen. Jedenfalls hat er gezielt jemanden aus dem Sekretariatsbereich kennengelernt, über eine E-Mail einen Trojaner in das Haus gesetzt, ein Key-Logger installiert und sich dann mit den ausgelesenen Kennwörtern Zugang verschafft in ein VPN.«

»Was bitte ist ein VPN?«

»Ein Virtual Private Network. Ein eigentlich gesicherter Zugang zum Beispiel von zu Hause auf die Server der Firma, damit man arbeiten kann, ohne im Haus anwesend zu sein. Für ein Sekretariat zur schnellen Erledigung von Aufgaben zu jeder Tages- und Nachtzeit ideal. Für Torsten Bentlin auch ideal, weil er nun Dokumente einsehen konnte, die die GCP belasteten, als eine Organisation mit strafrechtlich interessanten Methoden. Hätte er sich still verhalten und seine Spuren beseitigt, wäre vermutlich nichts passiert. Das wäre das rein Sportliche gewesen. Er wollte aber mehr.«

»Geld?«

»Genau. Er hat die GCP erpresst. Die hat nun ihrerseits den Bentlin ausgespäht. Er ließ seine IP-Adresse zurück. Ein schwerer Fehler und so haben sie ihn geortet, Kamera und Mikrofon vom Laptop aktiviert und in aller Ruhe den Zugriff ihres Außendienstes planen können. Die haben die ganze WG mithören können. Sicher, den Bentlin da auf dem Parkplatz zu erwischen, war auch etwas Glück.«

»Ich glaube, ich habe mich verhört, Herr Menge!? In diesem Zusammenhang kann wohl niemand von Glück reden. Da ist jemand getötet worden. Ich möchte doch bitten!«

»Verzeihung, ich meinte nur, dass …«

»Ich weiß, was Sie meinten«, fiel ihm Franziska Kernbach ins Wort. »Frau Semlock, was ist mit dem Viktor? Hat der auch einen Nachnamen?«

»Viktor hat nie etwas gesagt, nicht einmal Angaben zur Person. Seine Identität ist aber über die Berliner Kollegen gesichert.«

»Wie heißt denn der nun mit vollem Namen?«

»Viktor Wassiljewitsch Wendranow, geboren am 10. April 1982 in Grodna. Das liegt heute in Weißrussland.«

»So, nun ein uns persönlich belastendes Kapitel. Die GCP hat offenbar mehrere Personen der Rostocker Polizei und sogar der Rechtsmedizin unter Druck gesetzt. Wenn ich das richtig zusammenzähle, ist unser K-Leiter betroffen, Herr Stein von der KT, Kommissarin Semlock und Doktor Brandenburg. Ich werde mir überlegen, wie ich da prozessual vorgehe. Vielleicht rede ich auch noch mit dem Vorsitzenden der Großen Strafkammer. Soweit ich weiß, liegt bisher von keiner der genannten Personen eine Anzeige vor. Wie gesagt, ich muss das abwägen. Einerseits gehören diese Vorgänge in das Umfeld des Tatgeschehens, andererseits könnte sich hier die Dimension eines Netzwerkes erst richtig offenbaren, wenn wir diese Tatbestände von Bedrohung und Nötigung abtrennen. Welche Zeugen haben wir für den Mordprozess?«

Ein Beamter des FK 1 zog einen Zettel aus der Tasche und begann: »Da wäre der Zeuge Kolosalski. Der hat am Tag der Tötung von Köster, kurz vorher, den gleichen Cache gefunden. Personen will er nicht gesehen haben, er beschreibt aber einen Geländewagen, der dem sogenannten Außendienst der GCP gehört haben dürfte, und einen Kleinwagen, in dem wahrscheinlich die Leiche des Bentlin befördert wurde. Kolosalski geriet dann auch in Gefahr, als die GCP offenbar versuchte, während seines kurzen Krankenhausaufenthaltes zu ihm vorzudringen, und als das nicht gelang, den Kontakt in Berlin herstellen wollte. Dann ist da das ältere Ehepaar, welches beim Pilzesammeln den Köster fand, und der Jäger Körmann, dessen Hund die Witterung des verstorbenen Bentlin aufnahm. Letztlich vielleicht noch interessant die Frau von Wenzlow aus Schwerin. Da haben wir eine tatsächliche Verwandtschaft zu den Wenzlow-Brüdern ermitteln können. Da gibt es vielleicht noch etwas zu den familiären Verhältnissen, wobei der Falk Wenzlow schon viel gesagt hat. Er belastet nur sich, entlastet seinen Bruder Mirko und hofft, dass dieser Viktor nicht sein Zellengenosse wird.«

Die Kolleginnen und Kollegen lachten leise.

»Falls Ihre Heiterkeit Ausdruck eines generellen Optimismus in dieser Sache sein sollte, frage ich mich, was gegen diesen Viktor im engeren Sinne vorliegt? Da sehe ich nichts«, sagte Staatsanwältin Kernbach. Ihr Ton bekam eine Schneidigkeit, die jedem auffallen musste. »Die Umstände, dass er als Außendienst, wie sie so schön sagen, aktiv war sowie von mehreren Personen wiedererkannt wird und dass er im Gebäude der GCP festgenommen werden konnte, beweisen nicht, dass er etwas mit der Tötung des Bentlin zu tun hatte! Das reicht gerade für die U-Haft, weil seine Nähe zu den Ereignissen unumstritten ist. Anklagen werde ich ihn aber nur, wenn Aussicht auf eine Verurteilung besteht. Das heißt, ich brauche Beweismittel, die nicht jeder schwarze Samtkittel davonfegen kann!«

»Doktor Hanau von der Station, auf der Kolosalski lag, hat Viktor gesehen. Und Doktor Brandenburg auch«, setzte Kerstin Semlock hinzu. »Beide haben ihn auf Fotos erkannt, als den, der bei ihnen war. Ich schlage vor, Doktor Brandenburg jedenfalls als Zeugen zu vernehmen, allein schon wegen der Verflechtung mit dem Thema Geocaching.«

»Sie meinen, allein schon wegen der ungeschickten Verknüpfung von dienstlichen Aufgaben, persönlichen Vorlieben und unangemessenen Hilfsermittlungen?«

Kerstin Semlock senkte den Kopf und schwieg.

»Ich möchte, dass Doktor Brandenburg von einem anderen Fachkommissariat vernommen wird«, setzte die Staatsanwältin nach. »Wir müssen diese bedauerlichen Verknüpfungen klar von seiner Aufgabe als Sachverständiger abgrenzen, damit uns das vor Gericht nicht um die Ohren fliegt. Das mit dem K-Leiter lassen wir jetzt mal. Sag mir aber bitte mal jemand, wie der Herr Stein von der Kriminaltechnik da hineingeraten ist.«

Auch hier konnte Semlock berichten. »Harry Stein wurde ebenfalls von einem anderen Fachkommissariat vernommen. Er hatte sich mir nach den Ereignissen anvertraut, sozusagen als Flucht nach vorn, um Schadensbegrenzung bemüht. Mittlerweile ist er vom Dienst suspendiert. An dem waren die von der GCP mal interessiert. Als er sich widersetzte, haben sie in seiner Vergangenheit recherchiert und sind fündig geworden.«

»Was haben sie denn gefunden?«

»Nun, Harry war kein Kind von Traurigkeit und in seinen Jugendjahren gefiel er mit seiner Lustigkeit nicht nur einer Frau. So war ein kleines Geheimnis inzwischen groß und volljährig geworden. Das haben sie herausbekommen und ihn damit unter Druck gesetzt.«

»Aber, was sollte er denn tun, was er vielleicht ohne das Druckmittel nicht getan hätte?«

»Er sollte in der Behörde wachsam sein, dass Ermittlungen nicht in bestimmte Richtungen laufen. Da bekam er dann Instruktionen. Harry war da hineingeraten. Ich habe ihn sehr geschätzt. Er sah wohl seine Existenz in Gefahr, wenn er sich denen nicht fügen würde. Er war schwach geworden, damals und heute. Der K-Leiter und er waren für Geocaching Profile sozusagen die Garanten in der Behörde.«

»Ich hatte darum gebeten, den K-Leiter jetzt mal außen vor zu lassen, Frau Semlock!«, reagierte die Staatsanwältin gereizt. »Mir geht es jetzt darum, die Grundlagen für eine Anklage zu bekommen. Dafür wird es bei ihm und dem Herrn Stein wohl kaum reichen!«

Kerstin Semlock hatte das Gefühl, auf der Hut sein zu müssen. Auf der einen Seite kam es ihr äußerst merkwürdig vor, dass der Leiter des Kommissariats keine Beachtung finden sollte. Zum anderen ging es der Staatsanwältin zu leicht von der Hand, gegen sie auszuteilen.

Die Gesprächsrunde ging dem Ende entgegen. Die Kaffee- und Keksreserven waren verbraucht. Der eine oder andere warf sich schon die Jacke über. Semlock bewegte sich absichtlich langsam, um den Moment herbeizuführen, in dem sie, natürlich ganz zufällig, allein mit Franziska Kernbach auf dem Flur oder noch im Besprechungsraum stehen würde.

Die Staatsanwältin warf ihr einen schnellen Blick zu. Sie durchschaute das Manöver und wollte ihm entgehen. Sie raffte sehr schnell alles zusammen und verließ mit straffem Schritt den Raum in Richtung ihres Dienstzimmers. Ihr Haar wehte auf und sank erst wieder zusammen, als sie vor der Tür stand und den Schlüssel aus der Tasche fingerte.

»Frau Kernbach«, rief ihr Kommissarin Semlock hinterher. Es war wirklich ein Ruf und nicht etwa ein Ansprechen.

Die Staatsanwältin hielt inne und drehte sich kaum merklich zurück.

»Ich kann ihre Reaktionslage nicht verstehen, Frau Staatsanwältin! Ich glaube inzwischen nicht mehr, dass es Ihnen um meine Person geht, sondern um einen bestimmten Gegenstand der Ermittlungen!«

Die Angesprochene drehte sich um und fauchte ihr Gegenüber an. »Was fällt Ihnen ein, so in meine Autorität einzugreifen! Dafür werden Sie zur Verantwortung gezogen!« Mit diesem kurzen und knappen Ausbruch riss sie ihre Tür auf und schlug sie hinter sich zu. Das Echo bahnte sich seinen Weg durch die ganze Etage.

Kerstin Semlock ließ es in Ruhe verhallen, lächelte und meinte nun zu wissen, was sie bisher nur geahnt hatte.

Kapitel 34

Die Jagd nach den Beweismitteln

Das Telefon auf ihrem Schreibtisch klingelte. Kommissarin Semlock nahm den Hörer ab.

»Kernbach hier und wer ist dort?«

»Semlock.«

»Ich möchte Ihnen noch einmal den Ernst der Lage klarmachen, Frau Semlock. Wenn wir nichts weiter haben, kann ich diesen Viktor nicht anklagen! Heutzutage geht doch alles mit DNA! Dann soll der Doktor sehen, ob er nicht irgendwo was rauskitzeln kann. Wie sah denn die Halshaut von dem Bentlin aus? Bei Köster ging es doch auch. Vielleicht hat der Täter keine Handschuhe getragen. Kann sein, dass er mit einer Überlagerung seiner Spuren durch die Spuren der Wenzlow-Brüder gerechnet hat und weniger vorsichtig war. Sehen Sie bitte zu, ob da noch was geht!«

»Frau Kernbach, die Leiche des Bentlin hat im Morast gelegen. Wir haben am Auffindungsort und im Obduktionsraum versucht, abzukleben. Das war alles Gatsch. Das ging nicht. Der Zustand der Haut war nicht vergleichbar mit den günstigen Bedingungen bei Köster! Es war überhaupt nicht zu erwarten, dass bei dieser Auffindungssituation Fremd-DNA erhalten geblieben sein könnte. Deshalb gibt es dazu keine verwertbaren Spurenträger«

»Sie verstehen offenbar die Lage nicht! Ich will mich vor Gericht nicht vorführen lassen!«

»Wir haben vielleicht noch ein Kärtchen in der Hinterhand.«

»So? Kommen Sie mir jetzt nicht mit einem Kreuz-Buben. Den hätten sie schon früher spielen müssen.«

»Vielleicht ein Karo-Bube. Nachdem Harry Stein suspendiert wurde, sind die gesamten Dokumentationen der Kriminaltechnik durchgesehen worden. Wenig beachtet blieb bisher der Kleinwagen, in dem die Leiche des Bentlin von den Brüdern transportiert wurde, weil Frank Wenzlow gestanden hatte. Wenn man seine Aussage genau durchliest, dann hat sich die Leiche des Bentlin bereits im Kofferraum befunden, als die Brüder den Wagen übernahmen.«

»Ich ahne, worauf sie hinauswollen.«

»Und ich weiß, worauf ich hinauswill«, entgegnete die Kommissarin schnippisch. »Falls Viktor Wendranow an der Tötung des Bentlin auf dem Parkplatz beteiligt war, kam er nicht umhin, die Leiche in den Kofferraum zu legen. Er musste also kräftig zupacken, jedenfalls so kräftig, dass es zu einer Übertragung von Hautzellen gekommen sein könnte, wo die ungeschützte Haut in Kontakt geriet – entweder mit der Haut und der Kleidung des Bentlin oder mit Fahrzeugteilen! Haut und Kleidung des Opfers lagen im Moor, die können wir vergessen. Soweit ich weiß, ist das Auto auf sichtbare Blutspuren abgesucht worden. Ich habe aber keine Abklebungen von der Umgrenzung des Kofferraumes gefunden.«

»Wo ist das Auto?«

»Das ist freigegeben.«

»Was soll das heißen?«

»Schrottplatz!«

»Wie?«

»Das Auto ist für eine Straftat verwendet worden und wurde eingezogen. Nach der Spurensicherung wurde es zur Entsorgung freigegeben.«

»Kriegen Sie raus, wo das Auto ist!«, schrie sie fast ins Telefon. »Das muss her oder wir müssen zu ihm hin!«

»Frau Kernbach, nur die Ruhe! Jetzt vergessen wir mal auch, dass wir uns neulich angegiftet haben. Dann redet es sich viel besser weiter.«

Stille.

»Frau Kernbach?«

»Ja, ja, was denn noch?«

»Es gehören immer zwei dazu.«

»Wie meinen Sie das denn nun wieder?«

»Spurenleger und Spurenträger. Wir sollten überlegen, welche Art von Spur an den Kofferraumkanten überhaupt zu erwarten ist.«

»Hautzellen, denke ich!«

»Wie sah die Haut des Wendranow denn aus?«

»Na, Sie fragen was. So weit war ich nicht an ihm dran. Sie haben ihn doch gesehen?!«

»Der ist doch nach seiner Festnahme körperlich untersucht worden?«

»Ja, wegen Gewahrsamsfähigkeit.«

»Haben Sie den Bericht?«

»Der ist in der Akte, da steht nichts weiter drin, jedenfalls keine Beschreibung der Haut, weil es darauf nicht ankam. Worauf wollen Sie hinaus?«

»Ich will wissen, ob der kräftiges Terminalhaar hatte.«

»Was für ein Haar?«

Kerstin Semlock frohlockte, weil sie über die Jahre und über die vielen Kontakte zur Rechtsmedizin einige Begriffe verinnerlicht hatte, die der jungen, dynamischen Staatsanwältin offenbar noch fehlten. »Terminalhaar ist die voll ausgebildete Behaarung des Erwachsenen, im Unterschied zu dem weichen Flaum der Säuglinge und Kleinkinder.«

»Sie meinen den Naturpullover?«

»Yep. Wenn er den als Mann richtig kräftig hatte, dann besonders an den Armen, und dann sollten wir beim Absuchen des Kofferraumes auf Haare achten, die vielleicht irgendwo hängen geblieben sind. Ich sage das, weil Haare, gerade, wenn sie etwas länger sind, auch zwischen beweglichen Teilen eingeklemmt werden können, ohne, dass es zu einem Entlangschürfen oder zu einem Anstoß kommt. Der Kofferraum dürfte recht klein gewesen sein. Wenn die oder der den Leichnam da hineingewinkelt haben, könnte etwas vorhanden sein. Es ist wie beim Pilze sammeln. Wenn wir wissen, wonach wir suchen, finden wir es besser.«

Staatsanwältin Kernbach war überrascht. Kommissarin Semlock war schnell in der Lage, neue Zusammenhänge zu sehen und vor allem die richtigen Schlussfolgerungen zu ziehen. Sie nahm sich vor, diese Frau nicht mehr zu umgehen. »Sehr gut, Frau Semlock! Hört sich sehr gut an. Dann formieren sie ein Team, was das Auto sucht und untersucht und kündigen sie dem Doktor Brandenburg an, dass er gegebenenfalls einen weiteren Kriminaltechnischen Untersuchungsantrag bekommt.«

»Mach ich, bis dann.« Kerstin Semlock legte zufrieden auf und genoss einige Momente, wie konstruktiv dieses Gespräch verlaufen war. Dann wählte sie Brandenburg an.

Der nahm ab und lachte seinen Namen in das Telefon. »Brahahandenburg.«

»Semlock hier.«

»Bitte?«

»Semlock!«, rief sie lauter und gereizt.

»Das macht nichts, irgendwie muss man ja heißen!« Lachen aus dem Hintergrund.

»Sag mal, hast du was geraucht? Ich muss mit dir reden!«

»Lass uns reden, Schatz? Bitte nicht so eine Psycho-Nummer!«

»Du bist wohl total abgedreht, oder was? Ich hatte eben ein sehr konstruktives Gespräch mit unserer allseits bekannten Staatsanwältin. Ihr bekommt einen neuen KTU. Wir haben nichts, was Viktor mit der Tötung des Studenten verbindet!«

»Na, ist denn das …? Das fällt euch jetzt ein? Viktor in aller Munde und am Ende nur heiße Luft?«

»Das ist bitterer Ernst! Es sieht mager aus.«

»Was wollt ihr denn auf den KTU schreiben, wenn ihr nichts habt?«

»Ich hoffe, wir bekommen Abklebungen vom Kofferraum des Kleinwagens, mit dem Bentlin transportiert wurde. Es gibt die Idee, dass Viktor beim Einladen der Leiche Spuren hinterlassen haben könnte.«

»Na, dann klebt mal schön ab. Wo ist denn das Gefährt?«

»Das ist unser größtes Problem. Das ist schon freigegeben. Wir müssen die Autoverwertungen abtelefonieren.«

»Ach, du liebe Güte. Dann viel Erfolg dabei! Und wenn ihr was habt, her damit, wir sind schnell.«

Kapitel 35

»Autowech«

Ein mehrköpfiges Ermittlerteam nahm die Spur des Wagens auf. Nachdem der auf dem Hof des Polizeigebäudes versiegelt gestanden hatte, war es zu einem Anruf bei einem Abschleppunternehmen gekommen, das Fahrzeug auf Kosten der Staatskasse zu entsorgen. Unter der Tagebuch-Nr. des Falles fanden sich tatsächlich eine Rufnummer und ein Vermerk *erledigt*, erstellt am 12. Dezember.

»Autowech Klempenow.«

»Guten Tag, Herr Klempenow. Kommissar Lenzen von der Kripo Rostock.«

»Ja, und?«

»Am 12. Dezember letzten Jahres haben sie von der Kripo ein Auto zur Verschrottung abgeholt.«

»Kann sein.«

»Das kann nicht nur so sein, es war so. Ich möchte wissen, ob das Gefährt noch existiert. Das war ein heller Kleinwagen, Renault R4.« Lenzen gab noch das Kennzeichen durch.

Pause.

Der Kommissar hörte im Hintergrund Geräusche von Werkzeugen und einen Schweißbrenner. »Herr Klempenow? Sind sie noch dran?«

»Jau.«

»Was ist nun, gibt es das Auto noch oder nicht?«

»Das kann man so nicht sagen.«

»War meine Frage nicht klar genug?«

»Schon, bloß als Auto existiert es nicht mehr. Das mit einer Fahrgestellnummer festgelegte Fahrzeug hat aufgehört, zu existieren. Es gibt nur noch Teile. Was brauchen sie denn?«

»Den Kofferraum mit Klappe.«

»Bleiben sie mal dran!«

Lenzen hörte, wie ein Stuhl weggeschoben wurde und sich Schritte entfernten. Wie von weit weg vernahm er Klempenow rufen: »Erwin!«

»Wat is?«

»Den R4! Is der schon wech?«

»Wir sind zwar Autowech, aber der Rest is noch da. Steht in der Halle auf Sieben Zwo und wartet auf die Presse!«

Klempenow ging offenbar zurück zum Telefon, denn seine schlurfenden Schritte wurden wieder lauter. »Is noch da, aber nich mehr lange.«

»Halten sie ihn zurück! Das Teil ist beschlagnahmt. Wir kommen heute noch vorbei.«

Die Kriminaltechnik machte sich eilig auf den Weg. Nach 30 Minuten standen sie schon vor Sieben Zwo. Was sie dort vorfanden, war nur noch die Heckklappe. Der eigentliche Kofferraum war nicht mehr erhalten. Die Klappe war beschriftet, immerhin. Es schien möglich, das Teil auf das ursprüngliche Fahrzeug zurückzuführen. Es stand jedoch ungeschützt vor Werkstattstaub, aber wenigstens trocken. Die Kriminaltechniker verhüllten es mit Folie und nahmen es mit in die Rechtsmedizin.

Ein großer, weißer Tisch war im Aufarbeitungsraum des DNA-Labors vorbereitet. Die Leitende medizinisch-technische Assistentin wurde von allen anderen Verpflichtungen freigestellt. Overall, Kopf- und Mundschutz sowie Handschuhe waren ab sofort ihre Bekleidung. An der Eingangstür ein Schild mit der Aufschrift *Störungsfrei*. Abklebungen sollten erst nach einer gründlichen Inspektion vorgenommen werden. Ihre geübten Augen rasterten die freien Kanten der Klappe, den Schließmechanismus und die Scharniere. Nichts. Mittagspause.

»Wie weit sind Sie? Gibt es was?« Der Chef des Hauses war am Telefon.

»Dann ist das jetzt wohl zur Chefsache geworden?«, fragte die Angestellte keck nach.

»Wie Sie wissen, kümmere ich mich immer um alles, auch wenn Sie das nicht jeden Tag bemerken!«

»Natürlich, Herr Professor. Ich habe noch nichts Verwertbares gefunden. Ich mache nach dem Essen gleich weiter und melde mich sofort, wenn es etwas Neues gibt, versprochen!«

Der Chef legte auf.

Im Nachbarraum gluckste die Kaffeemaschine. Sie schottete sich für diesen Tag weitgehend ab, um die Konfiguration ihrer Wahrnehmung nicht zu verlieren. Sie schlürfte den Kaffee bis kurz vor den Grund, ließ die Tasse stehen und schlüpfte wieder in ihr Kostüm. Dann war es so wie beim Sudoku. Manchmal erkennt man Möglichkeiten erst, wenn man sich kurz abwendet und nach einigen Minuten weitermacht. Sie wollte ihren Augen nicht trauen, was die empörend fanden. Was konnten die Augen dafür, wenn nach dem Sehen das Erkennen nicht funktionierte? Sie zog sich den an einem beweglichen Gestell montierten Fotoapparat über einen Punkt, den niemand bei flüchtiger Betrachtung bemerkt hätte, und betätigte den Auslöser. Aus einem Spalt zwischen zwei beweglichen Teilen des linken Kofferraumscharniers ragte ein einzelnes Haar. Sie zog leicht mit der Pinzette daran, ohne es zu entfernen. Es saß relativ fest. Damit war erklärt, warum es bisher nicht durch irgendwelche Zufälle verloren gegangen war. Sie fotografierte das Haar mit angelegtem Spurenkärtchen und gab ihm unter der vorgegebenen Nomenklatur eine »1«-Kennung. Dann zog sie es heraus. Der Kamerazoom und die nachträgliche Fokussierung brachten es mit unerbittlicher Schärfe in den Vordergrund: ein Haar, sogar mit Wurzel.

Meldung an die wissenschaftliche Laborleitung und an den Professor: »Wir haben was!« Dem sollte die Weitergabe der Information an die Staatsanwältin folgen, im Gegenzug der schriftliche Auftrag, ein DNA-Profil der Haarwurzel zu erstellen und dieses mit den Profilen des Verstorbenen Bentlin und des Beschuldigten Viktor Wendranow abzugleichen. Fertigstellung: möglichst gestern.

Alle an den Ermittlungen Beteiligten gerieten in Aufregung. Erhöhte Sicherheitsstufe für den Labortrakt. Niemand wusste, wo sich Harry Stein befand und was er wusste und was er womöglich an die weiter verdeckt operierenden Strukturen der GCP übermittelt hatte. Sie sahen sich an der Schwelle zu einem Durchbruch. Wenn das

Haar auch nicht beweisen würde, dass Viktor den Studenten getötet hatte, so würde es doch ein schwerwiegendes Indiz gegen ihn sein. Erstmals in der Institutsgeschichte: Abstellen einer Wache vor dem Laboreingang. Unbedingtes Schweigegebot.

Währenddessen lief nach der DNA-Präparation schon die PCR: die Polymerase-Kettenreaktion zur Vermehrung kleinster, durch Primer flankierter, polymorpher DNA-Strukturen, um sie typisieren zu können. Das Amplifikationsprodukt durchlief einige Stunden später eine Kapillarelektrophorese. Das Gerät und seine Software kämpften mit den Strangbrüchen einer zum Teil degradierten DNA und mit störenden Verschmutzungen, die die Effektivität der PCR gestört hatten. Das seit vielen Jahren etablierte Analysesystem war jedoch in der Lage, ein verwertbares DNA-Profil zu erstellen. Der Drucker würgte in einem nervend langsamen Druck, Zeile für Zeile, ein buntes Bild von Zacken hervor, das wie das EKG eines Schwerkranken aussah, nur mit dem Unterschied, dass sich die halbe Laborbesatzung wegen dieses Bildes vor Freude um den Hals fiel. Es war tatsächlich gelungen! Die Haarwurzel stammte mit der größten Sicherheit nicht vom Verstorbenen, sondern von Viktor Wendranow.

Staatsanwältin Kernbach war entzückt von der Neuigkeit. Sie nahm sich vor, Viktor Wendranow anzuklagen, auch ohne Geständnis und nur mit Indizien bewaffnet, in der Hoffnung, dass er im Verlauf der Verhandlung »umfallen« würde.

Kapitel 36

Verhandlungsbeginn

Das weiße Hemd hing verzogen mit nicht geschlossenem Kragenknopf. Es widersetzte sich einem passgenauen Sitz am Hals, ebenso wie dieser den ungebetenen Besuch von Enge und Zwang durch besondere Prallheit abzuwehren suchte. Die Krawatte erweckte ihr Eigenleben, sodass der Knoten erst im dritten Anlauf gelang. Letztlich saß alles irgendwie und wurde dem Tageslauf überstellt. Doktor Brandenburg griff den Aktenkoffer. Der stand bereit in seiner Grundausstattung aus Taschenrechner, grundlegender Literatur zu Fahrtüchtigkeit und Schuldfähigkeit, toxikologischen Datenblättern, Schreibpapier, Kulis und Visitenkarten und natürlich mit allen Dokumenten, die zu den Fällen Köster und Bentlin gehörten. Er schloss sein Dienstzimmer, meldete sich ab und ging die zehn Minuten zu Fuß bis zum Gerichtsgebäude in der Rostocker August-Bebel-Straße.

Dieses wirkte allein durch seine Baugestalt und warf dem Besucher dunkle Vorahnungen entgegen. Die Eingangstüren öffneten langsam und schwer. Es war ein einschüchternder Weg für jeden, dem im Verhandlungssaal mit Sicht auf das Gericht die linke Flanke in der Sitzordnung zukam. Die Sachverständigen saßen in aller Regel rechts, auf der Seite der Staatsanwaltschaft. Zum Erstaunen von Doktor Brandenburg hatte ihm und auch seinen Kolleginnen und

Kollegen diese Sitzposition niemals einen Befangenheits-antrag beschert. Wo sollten sie auch sonst hin? Die mittlere Position war mit einem Stuhl und einem Tisch möbliert, bereit für die Zeugen. Zwischen den Besuchern war ein Arbeiten nicht möglich, also blieb nichts anderes, man nahm es hin und gewöhnte sich daran.

Die Tür zum Saal stand bereits offen und er hielt Kurs auf den angestammten Platz. Dabei musste er an Kameraleuten vorbei, die einen Beitrag für das Nordmagazin in den Kasten bekommen wollten.

Die Staatsanwältin war ebenfalls bereits anwesend, hatte sich sortiert und grüßte etwas verspannt zurück. Franziska Kernbach konnte in dieser Sache kein befreites Verhältnis zu anderen Verfahrensbeteiligten haben. Daher fiel die Begrüßung äußerst förmlich aus.

Fünf Minuten vor Verhandlungsbeginn drängelte sich unter lautem Gekicher, durchsetzt mit pubertärem Geröhre eine Schulklasse in die Sitzreihen, die für das Publikum bestimmt waren, um irgendeine Jugendstunde oder ein Projekt zu beleben. Nun war klar, dass der Rest des Tages, der noch nicht mal richtig begonnen hatte, Kaugummischmatz, Getuschel, Smartphonebefingern und alle Sinnesreize aufbieten würde, die die menschliche Biologie erzeugen kann.

Die Angeklagten wurden hereingeführt. Die Kameraleute und Fotografen hetzten auf scheinbar beste Positionen. Auslösegeräusche, Blitzlichter, Blinken roter Lampen, Geschiebe und Geschurre. Die Angeklagten hielten irgendwelche Mappen oder Unterlagen vor die Gesichter. Bedienstete der JVA mit monomorphen, finsteren Gesichtszügen lösten die Handfesseln und beließen die Fußfesseln.

Der Verteidiger von Viktor Wendranow sprang sofort an und versuchte, letztere entfernen zu lassen, was jedoch nur eine unmissverständliche und monotone Lautgebung der dienstlichen Begleitung erzeugte, aber keinen Erfolg. Die Anwälte von Viktor Wendranow und Falk Wenzlow zerrten ihre Roben eilig aus den überfüllten Aktenkoffern und wickelten sich in die Knüllware aus edlem Stoff. Sie bauten Büchernester, um keine Zweifel an ihrer Tiefenkenntnis aufkommen zu lassen.

Das Gericht betrat den Saal: Der Vorsitzende Richter, zwei beisitzende Richterinnen, Schöffen und die Protokollantin. Alle erhoben sich, die Schulklasse widerwillig erst nach Ermahnungen, ohne zu verstehen, weil sie nicht vorbereitet worden waren. Die Kammer, wie sie sich bezeichnete, blieb zunächst geschlossen stehen, kontrollierte mit einem Blick durch den Saal, ob das alle anderen auch taten, wies die Presse hinaus, rief einen guten Morgen in den Raum, worauf der Vorsitzende Richter sagte: »Bitte nehmen Sie Platz!«

Die Strafsache wurde aufgerufen, um das Prinzip der Öffentlichkeit zu unterstreichen, hörbar durch alle Gänge des Justizgebäudes, kongruent mit den Eintragungen auf der Terminrolle, die im Foyer und neben der Tür des Verhandlungssaales zu lesen war. Und so begann der Prozess zirka zehn Monate nach dem Auffinden der ersten Leiche im Grundlosen Moor.

Zunächst die Feststellung der Anwesenheit. Das Gericht zählte Namen und Zugehörigkeiten der Geladenen auf. Staatsanwaltschaft, Sachverständiger, Verteidigung.

»Angeklagter Wenzlow, sagen auch Sie bitte Ihren vollen Vor- und Zunamen, ihr Lebensalter in Jahren und Ihre derzeitige Anschrift.«

»Falk Michael Wenzlow, 22 Jahre, derzeit JVA Bützow.« Falk Wenzlow hatte sich für diese Angaben widerwillig aufgebogen und sank dann gleich wieder zurück in seine Flegelhaltung.

»Und nun zu Ihnen, Herr Wendranow!«

»Wir machen keine Angaben zur Person«, beeilte sich die Verteidigung zu erklären.

»Dann führe ich schon jetzt das Ergebnis der erkennungsdienstlichen Untersuchungen ein. Danach handelt es sich bei dem Angeklagten um Viktor Wassiljewitsch Wendranow, geboren am 10. April 1982 in Grodna, heutiges Weißrussland, somit 37 Jahre alt, derzeit ebenfalls in der JVA Bützow. Frau Staatsanwältin, verlesen Sie bitte die Anklage!«

Staatsanwältin Kernbach erhob sich und klagte beide des Mordes an. Das Verfahren gegen Mirko Wenzlow habe man abgetrennt.

Dann begann die Beweisaufnahme mit einer sehr ausführlichen Aufarbeitung von Kindheit und Jugend und des gesamten persönlichen Werdeganges von Falk Wenzlow. In der Reihenfolge Vorsitzender Richter, beisitzende Richterinnen, Staatsanwältin, Verteidiger und Sachverständiger wurde viel gefragt, um auch aus der Vorgeschichte alle Tatsachen und

Beweismittel zu erfassen, die für die spätere Entscheidung des Gerichtes bedeutsam sein könnten. Für Falk Wenzlow gelang diese Aufarbeitung, für Viktor nicht. Dessen Verteidiger riet ihm, auch dazu keine Angaben zu machen. Das verkürzte diesen Frageteil, sodass das Gericht mit der Behandlung der persönlichen Verhältnisse schon am ersten Gerichtstag fertig wurde. Der Vorsitzende Richter wollte gerade die Verhandlung unterbrechen und den Fortsetzungstermin verkünden, als Viktors Verteidiger die Hand hob.

»Bitte, Herr Verteidiger, was gibt es noch?«

Der Anwalt stand auf und verlas einen vorbereiteten Schriftsatz: »Gemäß §74 Strafprozessordnung ist Doktor Karsten Brandenburg, Facharzt für Rechtsmedizin, dienstliche Anschrift wie bekannt, als Sachverständiger in diesem Verfahren wegen Befangenheit abzulehnen. Begründung: Erstens. Während der mehrmonatigen Ermittlungen in der hier zu verhandelnden Sache kam es wiederholt zu einer von der Staatsanwaltschaft offenkundig herbeigeführten oder zumindest geduldeten Verknüpfung rechtsmedizinischer Dienstaufgaben und Ermittlungen.«

Gemurmel in den Zuschauerreihen. Staatsanwältin Kernbach schaute fragend, abwechselnd zur Richterbank, zu Brandenburg sowie zum Verteidiger.

Der fuhr ohne Unterbrechung fort: »Doktor Brandenburg bot mehrfach die Hilfe bei Ermittlungen an, weil ihm sein Hobby, das Geocachen, einen Zugang zu Lokalisationen und Logbucheinträgen von Geocaches ermöglichte. Diese Aktivitäten begannen bereits vor der Obduktion des zuerst gefundenen Leichnams, sodass davon auszugehen ist, das Doktor Brandenburg bei der Gutachtenerstattung nicht mehr frei war, sondern von außen gesetzten Erwartungshaltungen folgte, die durch fortgesetzte Interaktionen mit der ermittelnden Kriminalbeamtin Kerstin Semlock zusätzlich geprägt wurden.«

Doktor Brandenburg zeigte keine Regung. In ihm arbeitete es jedoch. Er kannte diese Taktik der Verteidiger bereits. ›Das Spiel hat begonnen‹, dachte er.

Der Anwalt nahm derweil weiter Fahrt auf: »Zweitens. Neben der eben geschilderten Verknüpfung von rechtsmedizinischen und polizeilichen Aufgaben ist aus Sicht der Verteidigung davon auszugehen, dass es ein privates Verhältnis zwischen Doktor Karsten Brandenburg und Kriminalhauptkommissarin Kerstin Semlock gegeben hat, welches in die laufenden Ermittlungen zu der hier verhandelten Sache hineinwirkte. Beide sind beobachtet worden, wie sie zu zweit im Pkw des Doktor Brandenburg auf dem Parkplatz des Neuen Friedhofes Rostock intensive Gespräche führten, …«

›Das gibt es nicht!‹ Beinahe wäre der Rechtmediziner aus seiner Rolle gefallen, aber er hatte seine Mimik und Gestik weiterhin unter Kontrolle. ›Die haben ihre Augen überall‹, dachte er.

»… wonach Doktor Brandenburg Kommissarin Semlock nach Reutershagen fuhr und sie vor ihrer Wohnung absetzte. Vielen Dank.« Der Verteidiger stand auf, schritt langsam zum Richtertisch und gab den Befangenheitsantrag ab. Auf dem Rückweg strich sein Blick über die Gesichter der Staatsanwältin und des Sachverständigen. Pokerface.

Stille im Saal. Rascheln von Papier. Hüsteln und Kichern aus den Reihen der Schulklasse.

Der Vorsitzende Richter lehnte sich zurück, als ob er das alles erst einmal sacken lassen wollte. Er nahm den Befangenheitsantrag entgegen und wies die Protokollantin an, ihn für die übrigen Verfahrensbeteiligten zu kopieren. »Ich gebe die Möglichkeit zur Stellungnahme. Frau Staatsanwältin?«

»Ich erkläre ausdrücklich, dass die im Antrag beschriebenen Verknüpfungen keineswegs von der Staatsanwaltschaft herbeigeführt wurden. Es ist richtig, dass Herr Doktor Brandenburg seinen Account bei geocaching-international. com angeboten hat. Damit hat er wesentlich zur Beschleunigung der Ermittlungen beigetragen, aber keinesfalls Situationen erzeugt, die ihn bei seinen rechtsmedizinischen Aufgaben unfrei gemacht hätten. Die Obduktion der Verstorbenen ist so erfolgt, wie es §87 Strafprozessordnung und die Leitlinien der Deutschen Gesellschaft für Rechtsmedizin vorschreiben. Davon konnte ich mich im Sektionssaal überzeugen. Ich kann zugleich bekunden, dass das Thema Geocaching, welches hier von der Verteidigung aus meiner Sicht in unangemessener Weise ausschließlich als Störmanöver strapaziert wird, bei der Obduktion keinerlei Rolle spielte. Der Befangenheitsantrag ist aus Sicht der Staatsanwaltschaft abzulehnen.«

»Vielen Dank, Frau Staatsanwältin. Weitere Stellungnahmen? Doktor Brandenburg?«

»Ich schließe mich den Ausführungen der Staatsanwaltschaft an und habe nur hinzuzufügen, dass es zwischen mir und Kommissarin Semlock lediglich ein dienstliches Verhältnis gibt. Wir sind privat in keiner Weise verbunden. Das beobachtete Gespräch zwischen ihr und mir hatte lediglich bedrohliche Szenarien zum Inhalt, die wir beide im Zusammenhang mit der Arbeit an den Tötungsdelikten im Kontakt mit dem sogenannten Außendienst der Geocaching Profile erlebt haben. Das Außergewöhnliche an diesen Szenarien schien mir diese Kommunikationsform zu rechtfertigen. Falls das Gericht darüber weitere Aufklärung verlangt, stehe ich natürlich zur Verfügung.«

»Danke. Das Gericht wird über den Antrag beraten und zu Beginn des nächsten Verhandlungstages seine Entscheidung vortragen. Damit ist die Verhandlung unterbrochen und wird am kommenden Dienstag, um 9 Uhr am selben Ort fortgesetzt. Ich gehe davon aus, dass alle Beteiligten ordnungsgemäß geladen sind? Ihr Nicken signalisiert mir das. Danke.«

Das Gericht erhob sich, die Verfahrensbeteiligten ebenfalls, die Schulklasse brauchte einen Anstupser, bis sie widerwillig folgte. Dann verließ das Gericht den Saal.

Sofort schwoll der Stimmenpegel an, Stühleschurren, Fensterklappern, erster frischer Luftzug, der versuchte, einige ausgebreitete Blätter auf eine kurze Reise mitzunehmen.

Doktor Brandenburg raffte schnell seine Unterlagen zusammen. Er blickte zu Franziska Kernbach hinüber. Ihre Blicke trafen sich. »Das war gut, Frau Kernbach. Sie waren vorbereitet?«

Sie sah ihn mitleidig an und schwieg. Hinter ihnen stand der Verteidiger von Viktor.

Brandenburg spürte jemanden hinter sich und drehte sich um.

»Sie werden verstehen, Herr Doktor, ich musste das machen. Das war eine Steilvorlage. Das ist ein Fresschen für uns: der eloquente Rechtsmediziner und die toughe Kommissarin.« Ihm wuchs ein süffisantes Grinsen. »Selbst wenn da nichts dran ist, so ist es doch zu schön, um es hier nicht einzuführen.« Dann klopfte er ihm auf die Schulter und ging.

Kernbach, inzwischen sortiert und verpackt, klopfte Brandenburg auf die andere Schulter und ging ebenfalls.

So blieb er zurück. Die beiden Schulterklopfer waren weder als Beförderung noch als Ritterschläge gemeint. Er fühlte sich ausgelaugt und sammelte sich so lange, bis der Gerichtsdiener ungeduldig auf die Uhr schaute.

Nach dem Durchschreiten der Haustür blies ihm kalter Wind etwas Frische ins Gesicht. Die August-Bebel-Straße hatte sich in einen Windkanal verwandelt, dem er nach einem Schwenk in die Hermannstraße schnell entgehen konnte.

»Semlock.«

»Brandenburg.«

»Na, Doc, wie lief der erste Tag?«

»Sie haben uns am Haken.«

»Wie, am Haken!?«

»Befangenheitsantrag gegen mich wegen Verknüpfung von dienstlich und privat und außerdem sind wir auf dem Friedhof damals gesehen worden.«

»Wie weit seid ihr gekommen?«, fragte sie.

»Nur die persönlichen Verhältnisse von Wenzlow. Viktor hat keine Angaben gemacht. Überrascht dich das gar nicht?«

»Was?«

»Na, der Befangenheitsantrag!«

»Nö, damit war zu rechnen, allein wegen des Geocachings. Da warst du zu eifrig.«

»Jetzt fang du nicht auch noch an! Das war keine schöne Situation im Gerichtssaal gestern! Mein Eifer hat dir in dem Moment doch sehr gut gefallen, oder? Du warst regelrecht begeistert, als ich geliefert habe!«

»Ja, sicher, aber über kurz oder lang wäre es auch so gegangen. Insofern hast du nichts beigetragen, was uns nicht ohnehin vielleicht einige Tage später zugefallen wäre. Das dürfte die Staatsanwältin auch so sehen, oder?«

»Ihr habt euch abgestimmt! Sie war vorbereitet und hat eine ganz passable Stellungnahme abgegeben.«

»Na, siehst du, lass die Weiblichkeit machen und dann wird das schon. Nimm das mal alles nicht so schwer! Ich bin mit Wenzlows Verteidiger heute Abend verabredet.«

»Wie bitte?«

»Er ist nett. Ich bin auch manchmal nett. Schon mal zwei Zutaten für einen schönen Abend. Ist wie ein SOFD, nur angenehmer.«

»Ein was?«

»Schon gut, lass mal! Wir sehen uns spätestens vor Gericht.«

Brandenburg legte auf und lehnte sich erschöpft zurück in seinen Bürosessel. Ihm war, als ob jemand in seinen Hirnkammern aufräumte und damit noch lange nicht fertig war. Nichts lag mehr an seinem Platz. Alles musste neu geordnet werden. »Die tosende Ventrikelbrandung führte zur endgültigen Strandung« hatte er mal für eine Büttenrede vor Studenten gereimt, in der es um die Rebellion der inneren Organe nach einem Trinkgelage ging. Auf seinem Schreibtisch lag ein Klumpen Katzengold. Den griff er sich und ließ ihn durch die Hände wandern. Der hatte etwas Ewiges. Der glänzte immer. Er hielt ihn fest, als könnte er damit halten, was nicht vergehen sollte.

Der Dienstwagen der Rechtsmedizin bog vom Obotritenring in Schwerin nach rechts auf das Friedhofsgelände. An den Besucherparkplätzen vorbei rollte er dann nach links auf den Parkstreifen der Rechtsmedizin. Das Gemäuer des alten Krematoriums im Bauhausstil beherbergte seit den frühen Neunzigerjahren die Rostocker Rechtsmedizin mit einem Büro- und einem Sektionstrakt. Kurz bevor Doktor Brandenburg den Zündschlüssel zog, meldete sich die Freisprechanlage im Auto mit einem Telefonklingeln.

»Brandenburg.«

»Landgericht Rostock, Scherzer.«

»Herr Vorsitzender, ich grüße Sie. Ich sitze gerade im Auto.«

»Ich kann später anrufen.«

»Nein, nein, ich stehe schon vor unserer Außenstelle in Schwerin, alles gut, kein Problem.«

»Doktor Brandenburg, Sie können sich denken, warum ich anrufe?«

»Sicher. Tut mir leid, wenn ich da für unangenehme Situationen gesorgt habe.«

»Schon gut. Das müssen Sie sportlich nehmen. Ich wusste, dass das kommen könnte. Frau Staatsanwältin Kernbach hatte mich vorgewarnt. Der Zeitpunkt des Antrages war ganz gut gewählt. Besser so, als am Ende der Beweisaufnahme. Das zeigt mir, dass der Verteidiger nicht unbedingt darauf aus ist, die Verhandlung zu verschleppen. Hoffe ich jedenfalls. Wir als Kammer werden den Antrag natürlich ablehnen. Ich wollte Ihnen das nur ankündigen, damit Sie mit gleicher Vorbereitung und motiviert in die Fortsetzung gehen. Ich möchte das jetzt auch gar nicht weiter kommentieren. Nur, dass Sie das wissen.«

»Ich danke Ihnen für die Information.«

»Schon gut, bis dann.«

Brandenburg wischte über das rote Telefonsymbol auf dem Display und atmete entspannt aus. Damit hatte er gerechnet. Die Vorab-Information und ein vor allem ausbleibendes, unangenehmes verständnisloses Fragen und Erklären-müssen signalisierte ihm, dass das Gericht ihm gewogen war und gedachte, das Intermezzo von Viktors Verteidigung kurz und knapp zu behandeln. Blieb nur abzuwarten, wie die Verteidigung dann reagieren würde. Kurz musste er an Kerstin Semlock denken, nicht ohne neuen Krampf in der Seele, der dort Platz fand, wo der Richter am Telefon eben einen weggenommen hatte.

Kapitel 37

Die nächsten Verhandlungstage

Der zweite Verhandlungstag begann etwas entspannter, obwohl die Entscheidung über den Befangenheitsantrag zu verkünden war. Vielleicht war es auch nur, weil keine Schulklasse dabei war, auch keine Presse. Wie so oft, hatte sich das Interesse der Medien nur auf den Prozessauftakt gerichtet.

Der Vorsitzende ergriff das Wort. »Bevor wir in die Beweisaufnahme eintreten, ist eine Entscheidung der Kammer zu verkünden. Der Beweisantrag der Verteidigung des Angeklagten Viktor Wendranow, Doktor Karsten Brandenburg als Sachverständigen abzulehnen, wird abgewiesen.« Es folgte eine ausführliche Begründung und die Frage nach weiteren Anträgen. Das war nicht der Fall. So ruckten sich alle zurecht, um endlich zum Kern der Sache zu kommen.

»Herr Verteidiger, wird der Angeklagte Viktor Wassiljewitsch Angaben zur Sache machen?«

»Nein, wir machen von unserem Aussageverweigerungsrecht Gebrauch. Im Übrigen halte ich es für entwürdigend, meinen Mandanten nur mit seinem Vornamen anzusprechen. Ich behalte mir vor, das als eine vorgefasste, negative Einstellung meinem Mandanten gegenüber zu werten.«

»Verzeihen Sie bitte, Herr Angeklagter, Herr Verteidiger, mir ist ein Fehler unterlaufen, der keineswegs eine Missachtung oder eine irgendwie andersartig gelagerte, negative Einstellung ihrem Mandanten gegenüber bedeutet. Ich habe versehentlich den zweiten Vornamen als Zunamen gesprochen. Natürlich meinte ich Herrn Viktor Wassiljewitsch Wendranow. Ich hoffe, die Situation damit geklärt zu haben.«

Keine Reaktion des Verteidigers von Viktor.

Dessen Berufskollege neben Falk Wenzlow schüttelte den Kopf. Er war an keinerlei Störmanövern interessiert.

Falk Wenzlow feixte, Viktor Wendranows Gesicht war wie aus Stein gemeißelt und nicht zu lesen.

Im Folgenden gestand Falk Wenzlow umfänglich. »Beim zweiten Treffen in Walkenhagen, zu dem wir beide wieder pünktlich erschienen, kamen die Gangster mit zwei Autos. Eine große schwarze S-Klasse von Mercedes und ein Kleinwagen, der schon ziemlich ramponiert aussah. In dem Wagen lag im Kofferraum eine Leiche, eingeschlagen in ein Laken oder ähnliches. Die Leiche sollten wir beseitigen. Warum die das nicht selbst gemacht haben, weiß ich nicht. Vielleicht haben Sie sich ausgerechnet, dass dabei mehr Spuren entstehen als bei der Tötung und wollten kein Risiko eingehen oder vielleicht sogar gesehen werden. Wir haben uns den ja dann angeguckt. An dem war kaum was zu sehen, höchstens am Hals, sonst nix, kein Blut. Uns wurde überlassen, wo wir den Leichnam entsorgen, aber hinterhergefahren sind sie doch ein Stück. Dann ging es zum Moor. Wir waren gerade fertig, da sehen wir, wie sich was am Waldrand bewegt. Wir dachten erst an irgendwelches Viehzeug, aber dann standen wir ganz still, guckten rüber und sahen den Mann da hocken. Ich bin gleich los, weil mir klar war, dass wir keine Zeugen gebrauchen können bei der Sauerei. Ich also zu dem hin, die letzten Meter langsam, weil ich auch Schiss hatte. Der hockte da, muss mich wohl nicht bemerkt haben. Erst, als ich dicht dran war, guckt er hoch, machte große Augen und da hab ich ihm eine gegeben. Der sackte gleich zusammen und blieb liegen. Ich habe noch ein paar Sekunden gewartet, aber der blieb still und dann bin ich wieder zu Mirko zurück, der sich fast eingepullert hatte vor Angst.« Falk Wenzlow schilderte noch, wie er auf das Grundlose Moor gekommen war. Er wusste aus der eigenen Familiengeschichte von einem See, der eigentlich keiner war, was ihn erstaunt habe. Einfach jemanden dort zu versenken, funktionierte nicht. Und so hatten sie einige Mühe gehabt, den Leichnam in dem Morast unter Wasser zu drücken.

Die nächsten Verhandlungstage vergingen mit den Zeugenvernehmungen. Frau von Wenzlow erschien besonders prachtvoll im Zeugenstand, wollte jedoch ihr Alter nicht verraten. Ihre Mimik zeigte, dass sie sich zierte. Sie machte deutlich, dass es in ihren Kreisen nicht üblich sei, darüber zu reden oder das Alter gar in einen öffentlichen Raum zu stellen. Auch die Angabe ihres Vornamens berührte ihr Inneres in nicht gekannter Weise. Nach längerem Zögern und mehrfachem Nachfragen gelang ihr ein verschämtes »Annemarie«, wobei sie den Ausklang des Namens in die Länge zog und dabei schaute, als ob sie sich dafür entschuldigen müsste. Nach mühevollen Anläufen der Richter, sie auf die etwaige verwandtschaftliche Beziehung zu den Wenzlow-Brüdern zu bringen, antwortete sie jedoch ganz ohne Schnörkel, dass es sich bei den beiden um ihre Neffen handele. Sie trug einiges zur Kindheitsgeschichte der Jungens bei und erklärte, warum der Kontakt in den vergangenen Jahren schließlich abgerissen war.

Der Zeuge Kolosalski lief vor Gericht zur Höchstform auf. Er erzeugte so manchen Schmunzler. Seine Art konnte er natürlich nicht ablegen. Bis die Richter ihn auf den Punkt bringen konnten, kostete das einige Mühe. Er war kooperativ und sehr aussagewillig und schoss in seinem Berichtseifer oft über die Fragestellung hinaus. Er war eine gute Seele, wie man so sagte, und plötzlich so wichtig wie noch nie zuvor in seinem Leben. Da er es nicht gewohnt war, auf den Punkt genau den Kern der Fragen zu besprechen und die Juristen ihre Sprachebene nicht verließen, ergaben sich bei aller Tragik, zu der verhandelt wurde, in seiner Zeugenvernehmung immer wieder komische Momente.

Was weder Kolosalski noch sonst jemand im Saal wusste: Es hatte nicht viel gefehlt und die beiden Dunkelmänner in dem Berliner Café hätten ihn eingefangen. Ob es nun glückliche Umstände waren, dass sie ihn nicht in seiner Wohnung aufgesucht hatten, oder ihnen das Risiko, in der alten fünfstöckigen Mietskaserne gesehen zu werden, zu groß war, wurde nicht geklärt. Kolosalski wohnte ganz oben. Das Telefonat mit Kerstin Semlock hatte ihm vielleicht das Leben gerettet. Er hatte etwa 30 Minuten vor Hannes Köster denselben Cache am Grundlosen Moor gefunden und war damit für die Organisation ebenfalls zu einem Risiko geworden.

Der Stationsarzt Doktor Hanau beschrieb den falschen Polizisten so wie Doktor Brandenburg seinen abendlichen Besucher, sodass das Gericht zu der Überzeugung kam, dass es sich in beiden Fällen um Viktor Wendranow gehandelt haben musste. Zudem passte die Beschreibung zu den Angaben von Kommissarin Semlock, der Viktor in Berlin als Drohkulisse vorgeführt worden war.

Zu den Ereignissen auf dem Parkplatz hinter den Hörsälen Ulmenstraße gab es trotz mehrfacher Aufrufe in der Bevölkerung keine Zeugen.

Kapitel 38

Sachverständige

Die Spurengutachten wurden eingeführt, die Laborleiterin dazu geladen und vernommen. Das Gericht hatte zu diesen Dokumenten keine Fragen und gab das Fragerecht weiter. Die Staatsanwaltschaft verneinte und der Verteidiger von Viktor Wendranow wippte seinem Auftritt schon unruhig entgegen.

»Frau Doktor Wendler, wenn ich Sie richtig verstanden habe, und bitte korrigieren Sie mich, wenn das nicht der Fall sein sollte, dann können Sie das DNA-Profil dieser Haarwurzel meinem Mandanten zuordnen?«

»Ja.«

»Können wir davon ausgehen, dass die Zuordnung mit der gleich hohen Sicherheit erfolgt, wie sonst nach den Kriterien des Strafrechts für positive Zuordnungen gefordert?«

»Ja.«

»In der Akte findet sich Ihr Gutachten und ein mehrfarbiges Linienmuster, umsäumt von Zahlen und Buchstaben. Ist Letzteres das von Ihnen so bezeichnete DNA-Profil?«

»Ja.«

»Zeigt das DNA-Profil auch, wie die DNA beziehungsweise die Haarwurzel meines Mandanten an die Heckklappe des Pkw Renault R4 gekommen ist?«

»Nein.«

»Kann man aus der Feststellung der Haarwurzel meines Mandanten an dieser Heckklappe schlussfolgern, dass er ihn getötet hat?«

»Nein.«

»Danke. Keine weiteren Fragen.«

»Derartige Schlussfolgerungen wären nur über den indiziellen Wert …«

»Ich sagte danke, Frau Doktor. Die juristische Würdigung obliegt nicht Ihnen!«

Die Vernehmung von Doktor Brandenburg brauchte einige Zeit. Er baute die Gutachtenerstattungen streng chronologisch auf. Es begann mit den Einsatzforderungen zu den Auffindungsorten, dann ging es jeweils weiter mit der Leichenschau, mit den Leichenveränderungen und der Todeszeitschätzung, mit der Sicherung der Identität, mit den Absprachen am Auffindungsort, wie es am nächsten Tag weitergehen sollte und endete mit den Obduktionsbefunden der beiden Verstorbenen. Die Fotografien der Rechtsmedizin und die sogenannte Anlagenkarte der Polizei illustrierten alle Abläufe und Feststellungen vom ersten Eintreffen am Auffindungsort bis zur Obduktion. Brandenburg liebte diese klare Ordnung und es lag ihm, den Juristen medizinische Sachverhalte zu erörtern. Die Befund- und die Spurenlage waren überschaubar. Lediglich die Demonstration der verletzten Kehlkopfskelette wurde mehrmals vom Richter hinterfragt. Der Rechtsmediziner hatte in dieser Voraussicht ein Kehlkopfmodell mitgebracht und konnte so den

Ist- mit dem Soll-Zustand aufzeigen. Im Publikum wurde es unruhig, weil man aus den Sitzreihen zwar einiges verstehen, aber nichts sehen konnte. So kam manch einer um blutige Eindrücke, die er sich erhofft hatte.

Nach etwa eineinhalb Stunden am Richtertisch straffte sich der Vorsitzende und wippte nach vorn. »Gut, ich meine, dass wir nun alles Wichtige gehört und gesehen haben. Gibt es weitere Fragen an Doktor Brandenburg? Frau Staatsanwältin?«

»Nein, danke.«

»Seitens der Verteidigung?«

»Ja, da gibt es noch einiges, Herr Vorsitzender«, sagte der Verteidiger von Viktor Wendranow, wobei er eine bedeutungsschwere Miene aufsetzte und sich beinahe wie in Zeitlupe zu Doktor Brandenburg drehte, um ihn überlange zu fixieren. »Herr Doktor Brandenburg«, er sprach die Anrede so gedehnt, dass er in Kombination mit der überlangen Fixierung mindestens einen Merksatz für spätere Geschichtsbücher vorzubereiten schien, »ich habe …«, er überdehnte und verlangsamte seine Sprache noch mehr, »ich habe – all das, – was Sie in den vergangenen eineinhalb Stunden erzählt haben, – nicht verstanden.«

Stille. Ebenso verständnisloser Blick des Richters.

Die Augen des verständnislosen Verteidigers klebten an denen von Brandenburg, um den Moment seiner Reaktion nicht zu verpassen, der gegen ihn verwendet werden könnte.

Diese Situation galt es jetzt einfach auszuhalten. Brandenburg hatte sich über die Jahre in vielen hundert Gerichtsverhandlungen ein maskenhaftes Gesicht antrainiert. Diese Maske ließ keine Gefühlsregung durch und in die andere Richtung jedenfalls nicht den forschenden Blick eines Rechtsanwaltes, der ein Störmanöver fuhr. Reagieren musste er aber, denn er war am Zug und die Umstehenden wandten sich ihm zu. »Das finde ich – schade«, entgegnete er und sprach im Folgenden ebenso langsam und gedehnt wie der Jurist.

»Bitte?«, fragte der zurück.

»Ich finde es sehr schade, dass Sie – all das, – was ich in den – letzten eineinhalb Stunden – gesagt habe, – nicht verstanden haben. Dann beginnen wir – von vorn.« Brandenburg legte seinen Zettelstapel wieder auf Anfang und startete mit dem Telefonat, in dem er zur ersten Leichenschau zu dem verstorbenen Hannes Köster gerufen worden war. In stoischer Gelassenheit begann er die Situation vor Ort zu schildern und wie man sich dem Leichnam genähert hatte, wie das Vorgehen besprochen worden war und wollte eben mit der Lage der Leiche beginnen, als der Verteidiger ihn unterbrach.

»Danke, keine weiteren Fragen.«

Angespornt durch den Vorstoß seines Kollegen und um nicht gar zu unauffällig zu bleiben, hatte Falk Wenzlows Verteidiger Klosenow nun auch noch eine Frage: »Herr Doktor Brandenburg«, er sprach nicht so gedehnt wie sein Vorredner, »auf den Fotos sind weiße Streifen zu erkennen. Was ist das, die gehören doch dort im Original nicht hin?«

»Oh, Herr Verteidiger, das ist ein Lineal«, antwortete Brandenburg wie frisch aufgelegt. »Wir fotografieren einen Maßstab mit, damit Sie bei der Betrachtung des Fotos die Größe des Befundes erkennen können.«

»Ah, verstehe. Auf dem – wie sagten Sie doch – Lineal befinden sich aber viele kleine schwarze Striche. Können Sie mir die bitte noch erklären?«

»Selbstverständlich. Das ist die metrische Einteilung eines Längenmaßes. Von einem Strich zum nächsten Strich haben wir genau einen Millimeter.«

»Millimeter? In Millimeter kann ich gerade nicht so … Wie muss ich mir das vorstellen?«

Jetzt geriet auch Brandenburg auf Neuland, ohne freilich sein Pokerface abzulegen. »Ich lade Sie ein, Herr Verteidiger, in unserem Sektionstrakt Messungen mit unseren Linealen vorzunehmen und die Ergebnisse mit einem ihnen vielleicht geläufigeren System abzugleichen. Dafür stellen wir Ihnen gern Raum und Zeit zur Verfügung.« Brandenburg merkte, wie der Dialog langsam zu einer Kabarettnummer wurde.

»Nein danke, keine weiteren Fragen.«

»Bestehen Bedenken, Doktor Brandenburg zu entlassen?« Der Vorsitzende blickte in die Runde.

Allgemeines Kopfschütteln.

»Dann wird Doktor Brandenburg mit Dank und unvereidigt entlassen.«

»Das war cool, Doc«, gab ihm die Staatsanwältin anerkennend zurück, als sich beide am Ende des Verhandlungstages zum Ausgang begaben. »Die hofften auf unbeherrschte Reaktionen für einen weiteren Befangenheitsantrag. Ich habe

Sie unterschätzt. Das hat mir gefallen.« Sie schenkte ihm ein Lächeln.

»Wollen wir im Heumond noch etwas trinken?«, fragte Brandenburg mit leichter Scheu in der Stimme.

»Herr Doktor, eben haben Sie mich begeistert und nun enttäuschen Sie mich«, lachte sie ihm in die Seite. »Sie wissen doch, ich mag keine Cocktails!«, und bog ab zum Parkhaus.

Die August-Bebel-Straße gab wieder den Windkanal. Eine Böe blähte die Jacke von Franziska Kernbach. Sie schüttelte ihr Haar auf, um auch den letzten Muff aus dem stickigen Verhandlungssaal loszuwerden.

Brandenburg sah ihr kurz nach und schlurfte Richtung Universitätsplatz.

Kapitel 39

Bestenfalls Nötigung, Bedrohung, Erpressung

Zehn Tage später ging Doktor Brandenburg mit seiner Frau Anna gegen 19 Uhr vom Parkplatz unterhalb der Rostocker Petrikirche hoch zum »Ursprung«. Die Kleinkunstbühne veranstaltete einen Jazz-Abend. Sie hatten Karten und soeben das Auto abgestellt. Es war regnerisch und sie duckten sich unter einen Schirm. Einige Parklücken weiter stieg ein Paar aus einem großen schwarzen Geländewagen. Brandenburg erkannte die Frau und sprach sie unvermittelt an: »Hallo Frau Kernbach, darf ich vorstellen? Meine Frau. Anna, das ist Staatsanwältin Kernbach. Sie hat die Anklage in der Sache Bentlin und Köster vertreten.«

Man begrüßte sich.

»Läuft der Prozess noch?«

»Nein, wir sind vorgestern fertig geworden.«

»Nun sagen Sie schon! Wenzlow ist sicher verurteilt worden und mit Wendranow dürfte es knapp geworden sein, oder?«

»Wenzlow, klar, ich habe lebenslänglich gefordert. Der psychiatrische Gutachter hat keine verminderte Schuldfähigkeit festgestellt. Das Gericht ging mit, von der Verteidigung kein Widerspruch. Für Wendranow hat es nicht gereicht. Bestenfalls Nötigung, Bedrohung, Erpressung. Da haben sich noch weitere Betroffene gemeldet, sodass wir das

Verfahren abgetrennt haben. Da geht also noch mal was und Sie werden sicher wieder als Zeuge gebraucht.« Während sie die Fakten kurz aufzählte, gingen sie und ihr Begleiter etwas schneller als Brandenburg und dessen Frau, sodass sie die letzten Worte schon bei leicht gedrehtem Kopf fast zurücksprach, als untrügliches Zeichen, dass diese kurze Unterhaltung im Moment nicht auf ihrer Wunschliste stand.

»Alles klar, schönen Abend!«

»Danke, Ihnen auch«, rief sie nun schon nach vorn in ihre Gehrichtung.

»Die wollte eben nicht so gerne«, flüsterte Anna ihm zu. »Weibliches Gespür!«

»Ist auch mein Gespür«, entgegnete er. »Lass sie, alles gut. Was ich wissen wollte, weiß ich.«

»Was denn?«

»Viktor Wendranow, der hat nach meiner Überzeugung getötet und ist frei. Das ist derselbe Typ, der damals abends bei uns im Garten auftauchte.«

Anna lief es kalt den Rücken hinunter. Sie zog ihren Mann an sich.

Er legte seinen Arm fest um sie und sie gingen schweigend den Berg hinauf zum Alten Markt und dann über das Kopfsteinpflaster rüber zum Ursprung.

Der Kellereingang war schon geöffnet und einige Besucher standen vor der Abendkasse. Ihre Gedanken wurden vertrieben durch Stimmengewirr, helles Licht, die freudige Begrüßung durch die Inhaberin und Smooth Jazz mit einem supersoften Piano.

Erster Epilog

Begegnung am Salzhaff

Ein Jahr war vergangen. Der Spätsommer zeigte sich von seiner angenehmsten Seite. Anna bereitete zusammen mit ihrem Mann das Kajak vor, um eine Tour zur Insel Poel zu machen. Von Boiensdorfer Werder paddelten die beiden zunächst mit Kurs auf die Vogelschutzinsel Langenwerder, dann erreichten sie bei wenig Wellengang den Strand unterhalb von Gollwitz und ließen sich dort Zeit.

»Karsten, das wird vielleicht das letzte Mal sein, dass wir mit den Enkelinnen im Urlaub sind. Ich möchte sie nicht so lange allein lassen«, teilte Anna nach einer Weile ihre Gedanken mit.

»Ach, keine Sorge! Die vier können sich auch allein beschäftigen und werden ganz sicher nicht böse sein, wenn wir ihnen dazu Gelegenheit geben.«

»Trotzdem, mir wäre wohler, wenn wir zurückfahren.«

Brandenburg sah sie an und nickte. Sein Blick verlor sich im verwehenden Sand, den er immer und immer wieder hob, um ihn durch die Finger rinnen zu lassen, während Anna die Decke einrollte und unter dem Vordeck des Kajaks verstaute. Dann erhob auch er sich, beide zogen das Boot ins seichte Wasser, stiegen ein, klappten das Ruderblatt herunter und stakten sich mit den Paddeln aus dem ufernahen Flachwasser. Weiter draußen spannten sie den

Sturmschirm auf und liefen vor dem inzwischen mäßigen Wind zurück.

Auf Kieler Ort war ein Adlerpaar gelandet und riss an einem Beutestück. Die Wellen kamen von hinten, unterholten das Boot und trieben es zusätzlich voran. Als sie die Fahrrinne nach Rerik kreuzten, sahen sie backbord ein grün-weißes Fahrgastschiff nahen.

»Lass uns ein paar Paddelschläge draufgeben, Karsten! Ich möchte aus der Fahrrinne.«

»Nur die Ruhe, Anna! Das schaffen wir locker«, antwortete Brandenburg und setzte sein Paddel ein, zog einige Male kräftiger durch und gab dem Boot damit einen Schubser nach vorn.

Am Ufer angekommen, zog er das Kajak aus dem Wasser, schnürte es auf den Bootswagen und rollte es bis zum Zelt. Eine schöne, kleine Tour mit einem guten Gefühl, für Körper und Seele etwas getan zu haben.

Dieses schöne Gefühl wich aber der Erkenntnis, dass die Mädchen nicht da waren. »Anna, wo könnten sie stecken?«, fragte er.

»Ich weiß nicht, Karsten, vielleicht sind sie baden?«

»Dann hätten wir sie doch eben gesehen.«

»Sie sind alt genug, um auf eigene Gedanken zu kommen. Du kannst ja wohl nicht erwarten, dass sie ehrfürchtig sitzen bleiben, bis wir wiederkommen!«

»Du bist gut. Vorhin warst du in Sorge und jetzt wiegelst du ab! Einen Zettel hätten sie wenigstens hinterlassen können.«

Nach einer Stunde wurde Brandenburg unruhig. Es war Abendbrotzeit und der Hunger sollte sie zurücktreiben. Er ging ein paar Meter an den Strand zum Haff hinunter. Von dort konnte er die Wasserlinie entlang in beide Richtungen grob überschauen. Richtung Boiensdorfer Werder gab es einen zweiten Wohnmobilstellplatz, keine Toilettenhäuschen, kein Kiosk, für Kurzparker eben. Er kannte den Platz, weil er dort mit Anna schon öfter das Boot zu Wasser gelassen hatte. Für einen Tagesausflug brauchte es nicht mehr. Die Parkgebühr war erträglich. Etwa auf dieser Höhe sah er die Konturen von fünf Personen schemenhaft im Gegenlicht der tief stehenden Sonne. Das mussten sie sein und er meinte seine vier Mädchen an ihrer Körperhaltung zu erkennen. »Ich glaube, ich sehe sie«, rief er Anna zu. »Sie sind aber nicht allein, da ist noch jemand.«

»Na siehst du, sie haben eben irgendjemanden getroffen und sich verquatscht.«

»Sieht aus wie ein alter Mensch mit gebeugter Haltung, der etwas Schweres hinter sich herzieht!«

»Vielleicht sind sie nur hilfsbereit. Mach dir keine Sorgen, sie werden gleich kommen.«

Brandenburg ärgerte sich, dass er nie richtig laut pfeifen gelernt hatte. Das wäre jetzt von Nutzen gewesen. Er bewunderte immer wieder die Lautstärke und Frequenz, die der Schwiegervater seines Sohnes erzeugen konnte. Wenn man dicht neben dem Pfiff stand, war das wie ein Trommelfelldurchschuss. Also winkte er mit übertriebenen, rudernden Bewegungen, die zu einer lächerlichen Akrobatik wurden.

Endlich winkte eines der Mädchen zurück und er setzte nach mit der, wie er meinte, unmissverständlichen »Komm her«-Geste, die aber nicht so quittiert wurde, wie er es sich jetzt wünschte. Da blieb nur ein bisschen Geduld.

Anna stand inzwischen hinter ihm und bemerkte nicht sofort, wie ihr Mann in eine Starre fiel, die von Gesichtsblässe und schreckgeweiteten Augen begleitet wurde. »Das kann doch nicht wahr sein!«, murmelte er.

»Wie bitte?«, fragte Anna und drehte sich zu ihm. Erst jetzt sah sie sein fassungsloses Gesicht. »Was ist mit dir, Karsten?«

»Sieh dir mal die Nummer fünf an!«

»Was für eine Nummer fünf, um Himmels Willen?«

»Ich meine die fünfte Person.«

»Ja, was denn, eine alte Frau eben mit einem kleinen Handwagen.«

»Fällt dir nicht noch mehr auf?«

Erst jetzt übertrug sich sein Mix aus Schreck, Staunen und Erschütterung auf sie. »Ich will es nicht glauben«, sagte sie zu ihm.

»Die Macht des Faktischen«, entgegnete er.

Inzwischen waren alle so nahegekommen, dass jeder zu erkennen war. Die Mädchen waren offenbar in guter Verfassung, zur ersten Beruhigung der beiden. Sie halfen der alten Frau, ihren Wagen zu ziehen, die sich darüber freute und nicht müde wurde, Dank- und Lobesworte zu sprechen.

Nummer fünf musste gegenüber Anna zu keinen weiteren Erklärungen ausholen. Die abgenutzte Kleidung, an der bunte Bänder hingen, sprach für sich. Im Handwagen lagen einige bemalte Feldsteine.

Gänsehaut bei Anna und Karsten Brandenburg, völlige Unbekümmertheit bei den glänzend aufgelegten Mädchen.

»Wie kann es sein?«, wandte er sich der Frau zu.

Sie blickte kaum auf und entgegnete in ruhigem Ton: »Es kann nicht nur so sein, sondern es ist so, Herr Doktor.«

Jetzt fuhr die Überraschung auch in die Mädchen. »Ihr kennt euch?«

»Kennen wäre zu viel gesagt«, antwortete ihr Großvater. »Wir wissen voneinander, wobei ich nicht weiß, wie viel wer von wem?«

»Das haben Sie aber schön gesagt, Herr Doktor Brandenburg. Wie viele Menschen glauben, Menschen zu kennen, ohne auch nur ein einziges Wort mit ihnen gewechselt und ohne auch nur eine Minute mit ihnen verbracht zu haben.«

Anna und die Mädchen boten der Frau einen Platz an, den sie bereitwillig annahm, ohne den Handwagen aus den Augen zu lassen, die kurze Deichsel am liebsten auch nicht loslassen wollend. Schnell füllten sie ihr ohne zu fragen ein Glas Wasser.

»Danke«, sagte sie artig, mit einer leichten Kopfneigung und verschickte einen wohlwollenden Blick zu ihnen. »Gute Mädchen haben sie da.«

»Ich weiß«, antwortete Brandenburg kurz. »Sie sind gut geworden, weil wir immer gut zu ihnen waren.«

»Karsten, ich weiß nicht, das geht mir zu weit. Die Mädchen werden einbezogen und das will ich irgendwie nicht«, entschied Anna.

»Machen Sie sich keine Sorgen!«, entgegnete die Frau. »Sie sind sehr feinsinnig, ich verstehe sie.«

Brandenburg versuchte nun endlich die Situation aufzuklären. »Ich habe Sie bisher in die nähere Umgebung von Bad Doberan verortet.«

»Und ich muss Ihnen sagen, dass die Dinge oft nicht so sind, wie sie scheinen.«

Brandenburg erschauderte, als er diesen Uraltspruch von seinem Alt-Chef so eins zu eins aus dem Mund dieser Frau hörte. »So helfen Sie uns doch bitte, zu erfahren, wie die Dinge wirklich sind!«, gab er zurück und imitierte die Kopfneigung der Alten, sie dabei jedoch eher bohrend als wohlwollend ansehend.

»Es ist immer das Gleiche. Immer wollen alle alles wissen«, brüchelte ihre alte Stimme zurück.

»Sind wir nicht auch gut zu Ihnen?«, setzte Brandenburg nach.

»Meinen Sie, es wäre gut, Ihnen alles zu erzählen?«, gab sie volley zurück.

Brandenburg wollte verhindern, dass sich dieser Dialog festfuhr und wich aus. »Warum verteilen Sie bunt bemalte Feldsteine?«

»Wundert Sie das?«

»Ich kann es mir jedenfalls nicht so ohne Weiteres erklären. Wir haben ein Prachtexemplar Ihrer Kunstwerke am Uferweg des Grundlosen Moores gesehen. Ich nehme jedenfalls an, dass es von Ihnen ist, weil sie dort von Polizeibeamten gesichtet wurden.«

»Prachtexemplar, Kunstwerk – bitte lassen Sie Ihren Spott! Mir bedeuten die Steine etwas und Ihnen nur deshalb nicht, weil Sie sich nicht mit ihnen befasst haben. Sagen Sie Ihren Studenten im Leichenschaukurs nicht auch, dass sie dicht herangehen sollen, nach dem Motto, Zuwendung ist die halbe Miete? Ich sage Ihnen, alle Zuwendung wird belohnt, sogar von einem kalt und seelenlos wirkenden Stein, den man behaut und beschleift, wenn er nicht gleich gefällt!«

Brandenburg durchlief der nächste Schauer, als sie seinen Lieblingsspruch aus dem Studentenkurs wiedergab. Vor allem war er überrascht von ihrer rhetorischen Wendigkeit, die nichts von einer Alten oder Verrückten hatte, für die sie die meisten hielten.

»Ich liebe Märchen«, setzte sie fort. »Auf Island können manche Steine oder sogar manche Berge der Sage nach von Elfen bewohnt sein.«

Brandenburg, Anna und die Kinder rollten mit den Augen, was der Alten natürlich nicht entging.

Unbeirrt sprach sie weiter. »Es mag wie eine Sage oder ein Märchen klingen, aber wenn man sich den Steinen zuwendet, spürt man ihre Magie. Ohne diese Magie möchte ich nicht mehr leben müssen.«

»Dann versuchen Sie, den Grat zwischen Fiktion und Wirklichkeit zu gehen?«, versuchte Anna zu verstehen.

»Das haben Sie jetzt aber schön gesagt. Zu weit auf der einen Seite sind die Menschen langweilige Rationalisten. Zu weit auf der anderen Seite gibt es psychiatrische Anstalten. Ich kann es mir aufgrund meines Alters leisten, zwischen diesen Seiten meinen Weg zu finden. Ich meine, allein weil ich so rede, kann ich doch nicht verrückt sein, oder?«

»Keineswegs«, beeilten sich alle zu reagieren. »Wir sind sehr froh, dass wir Sie getroffen haben und finden es sehr interessant, mit Ihnen zu reden.«

»Oh je, das klingt mir schon wieder so förmlich, als ob Sie ein Vorstellungsgespräch beenden wollen.«

»Vielleicht haben Sie ja mit uns Nachsicht. Wir bemühen uns immerhin, Sie zu verstehen.«

»Wie haben Sie die Strecke von Bad Doberan hierher zurückgelegt und wie wollen Sie wieder nach Hause kommen? Das frage ich mich inzwischen auch besorgt, Frau … ähm … mein Name ist Anna Brandenburg, ihren Namen habe ich nicht verstanden.«

»Sie kommen aus Ihren antrainierten Kommunikationsformeln nicht heraus, nicht wahr? Sie haben meinen Namen nicht verstanden? Wir wissen doch beide, dass ich meinen nie gesagt habe. Was schrauben Sie da herum? Fragen Sie mich doch direkt, wer ich bin!« Diese Direktheit stand im Kontrast zu der Vorsicht, die sich alle bisher auferlegt hatten.

»Gut, Sie geben mir den Mut, das zu fragen: Wer sind Sie?«, fragte Karsten Brandenburg anstelle seiner Gattin.

Die Frau richtete sich ein wenig auf, sah ihn mit einem durchdringenden Blick an, der von einer schon lange zementierten Traurigkeit getragen wurde: »Ich weiß es nicht mehr.«

Betroffen schwieg die Runde. Verlegenheitsgesten.

Brandenburg fand als Erster in den Dialog zurück. »Ich kann Sie nach Hause fahren. Wo ist das?«

Sie schaute ihn mit dem gleichen Ausdruck an und schwieg. Dann erhob sie sich, richtete die bunten Bänder, zog die abgenutzte Jacke zurecht, nahm die Deichsel des Handwagens, drehte sich noch einmal zu Brandenburg, Anna und den vier Mädchen um, nickte kurz, ruckte den Wagen an und zog von dannen.

Die campenden Kurzurlauber blieben tief bewegt zurück. Sie schwiegen, weil wohl jedes Wort einfach nicht gepasst hätte.

Nach dem Kurzurlaub am Salzhaff und dem Montagmorgensturm der anbrechenden Wochenroutine lehnte sich Brandenburg in seinem Bürosessel zurück und ließ die letzten Abende Revue passieren.

›Kerstin Semlock. Ich sollte ihr von der Begegnung mit dieser Frau erzählen.‹ Er wählte ihre Dienstnummer. Besetzt. Wahlwiederholung. Besetzt. Das ganze dreimal erfolglos. ›Egal, morgen reicht auch.‹

Am nächsten Tag erreichte er sie endlich. Sie nahm den Hörer ab und er stürmte gleich ohne Anrede und ohne Begrüßung los. »Kerstin, ich fasse es nicht. Das wirst du nicht glauben!«

Pause.

»Erzähl!«

Und Brandenburg schilderte die Begegnung mit der alten Dame am Salzhaff.

Pause.

»Kerstin?«

»Am Apparat.«

»Ja, was sagst du denn dazu?«

»Doktorchen, du bist hochgefahren, wie eine der früher gebräuchlichen Handkurbelsirenen. Ich bin nicht gleich so mitschwingungsfähig, wie du das vielleicht erwartest. Bist du sicher, dass es dieselbe Person war, die am Grundlosen Moor beobachtet und vom Jäger beschrieben wurde?«

»Absolut«, entgegnete er. »Kein Zweifel, das ist sie.«

»Doc, klingt wirklich seltsam, aber für mich stellt sich hier kein ermittlungsrelevanter Sachverhalt dar. Jegliches hat seine Zeit. Steine sammeln und Steine zerstreuen. Die Puhdys, 1977. Mehr als Steine sammeln und bunt bemalt wieder in die Gegend legen, scheint sie ja nicht anzustellen. Vielleicht ist sie die Oma von Maschine Dieter Birr. Weiß man's?«

»Kerstin, da steckt mehr dahinter. Sie trägt schwer an ihrem Schicksal.«

»Doc, jetzt ist gut. Was erwartest du von mir?«

Pause.

»Doc?«

»Am Apparat. Hast ja recht, vergib mir, aber das war wirklich Gänsehaut pur, als sie da in Begleitung meiner Enkelmädchen auftauchte. Ich toure wieder ab. Nichts für ungut. Bis bald.« Brandenburg fühlte sich leer, nicht verstanden und legte auf.

Zweiter Epilog

Herbsttagung

Die Jahrestagung der Deutschen Gesellschaft für Rechtsmedizin sollte erneut in Hamburg stattfinden. Ein immer wieder gern besuchter Tagungsort, wobei gute Adressen auch gute Preise hatten. Ein attraktives Tagungsprogramm und Social Events lockten in die alte Hansestadt. Der wissenschaftliche Teil der Tagung umfasste das übliche Themenspektrum aus Morphologie, Genetik und Toxikologie. Kasuistiken, also Fallbeschreibungen, wurden als Vorträge angemeldet, wenn es sich um ganz besondere Fälle handelte, die durch seltene oder besonders charakteristische Befunde geprägt waren oder durch Begleitumstände mit selten beobachteten Wechselwirkungen. Die Autorinnen und Autoren bemühten sich in der Rechtsmedizin natürlich auch um die juristische Würdigung. Bei einem Fremdverschulden wäre die Veröffentlichung vor der rechtskräftigen Verurteilung zudem ein strafprozessuales »No go«.

So entschloss man sich, die Kasuistik um den verstorbenen Informatikstudenten Bentlin und den Geocacher Köster vorzutragen. Es war längst zu einer rechtskräftigen Verurteilung von Falk Wenzlow gekommen. Die Besonderheit des Falles sahen sie im Thema Geocaching und in der Verknüpfung mit organisierter Kriminalität. Der Vortrag lief über die üblichen zehn Minuten. Nach dem Schlusssatz der übliche Applaus und die übliche Frage in das Auditorium, ob es Fragen gäbe.

Eine jüngere Kollegin lobte mit den üblichen Floskeln den sehr interessanten Vortrag, um dann jedoch den Ermittlungsansatz für völlig ungeeignet zu halten. »Der interessante Einzelfall darf nicht zu einer Überbewertung dieses Hobbys führen. Logbucheintragungen werden nie Beweismittel sein. Zudem wird das Spiel von der Geschlossenheit einer Community getragen, die man nicht zerstören darf. Es wird sehr bald Verteidigungsstrategien geben, die die Einführung von Daten aus geocaching-international.com oder opencaching.de als Beweismittel verhindern.«

Brandenburg bedankte sich für die Anmerkung und gab nur zurück, dass man dazu sicher verschiedener Auffassung sein könne.

Tagungspause, im Foyer Stehtische, man traf sich, sah Kollegen aus anderen Instituten wieder, kam ins Gespräch. »Wer war die junge Frau mit ihrer Anmerkung zum Geocaching?«, fragte Brandenburg in die Runde.

Kopfschütteln, Schulterzucken.

»Die meisten von uns kennen sich doch irgendwie, zumindest vom Sehen. Wo steckt sie denn? Würde gern noch mal mit ihr reden.« Brandenburg streckte sich und ließ seinen Blick durch die Vorhalle schweifen, ohne Erfolg.

Ein kurzer heller Glockenklang signalisierte das Ende der Tagungspause und die Gäste schoben sich langsam wieder in den Hörsaal. Brandenburg nahm in den hinteren Reihen Platz, als sein auf stumm geschaltetes Smartphone in der Hosentasche vibrierte. Er fingerte den beinahe unverzichtbar gewordenen Begleiter heraus und sah auf die Benachrichtigungen.

POL-HRO: Heute um 14:30 Uhr ist ein dunkler Pkw BMW, auf der BAB 20, zwischen der Anschlussstelle Güstrow und dem Parkplatz Bansower Forst West, Richtungsfahrbahn Berlin, beim Überholen eines Lkw mit sehr hoher Geschwindigkeit ins Schleudern geraten, gegen die Mittelleitplanke geprallt und nach rechts von der Fahrbahn abgekommen. Er überschlug sich mehrfach. Die zwei Insassen des Fahrzeuges wurden herausgeschleudert und verstarben noch am Unfallort. Bei einem der Insassen handelt es sich um den vom Rostocker Landgericht vom Vorwurf des Mordes freigesprochenen Viktor W. Die Identität des zweiten Insassen ist noch nicht geklärt.

»Viktor W.«, murmelte Brandenburg vor sich hin und fing sich ein »Pssst!« aus der benachbarten Sitzreihe ein. Der Arzt stand auf, schlich aus dem Hörsaal und ging durch den Vorraum nach draußen. Die Sonne stand gleißend hell über dem Campus, sodass er sich einen Schattenplatz suchte, um zu telefonieren.

»Semlock hier«, tönte es in sein linkes Ohr.

»Hallo Kerstin, hier ist Karsten.«

»Hi Doc, ich denke, ihr tagt mit eurer feinen Gesellschaft, was verschafft mir die Ehre?«

»Ja, wir tagen, tagein, tagaus. Eben hatte ich einen Polizeibericht in meinen Benachrichtigungen …«

»Ich weiß schon, wonach du fragen willst«, fiel ihm die Kommissarin ins Wort. »Er ist es, Viktor Wendranow. Unglaublicher Vorgang. Der Unfallort soll ein Trümmerfeld gewesen sein. Ich war selbst aber nicht dort. Viele Gaffer, haben die Kollegen berichtet, Mega-Stau auf der A20. Presse, Fernsehen, das volle Programm. Heute Abend im Nordmagazin. Du, Karsten, ich kann im Moment nicht viel sagen und habe außerdem einen Termin. Mich drückt die Zeit. Bis demnächst mal, okay?«

»Alles klar, Kerstin, danke, schönen Tag noch.«

Brandenburg ging leise zurück in den Hörsaal, entschied sich aber, früher als geplant nach Hause aufzubrechen. In der nächsten Tagungspause verabschiedete er sich von den Kolleginnen und Kollegen, zwei hatten die Nachrichten bereits ebenfalls erfahren. Er nickte nur. »Ja, er ist es. Habe eben mit Kerstin Semlock gesprochen. Heute Abend. Nordmagazin.«

»Dann musst du dich aber beeilen, wenn du pünktlich vor dem Fernseher sitzen willst«, mahnte eine Biologin.

»Kein Problem«, entgegnete er. »Ich werde mir den Luftraum über der Strecke freihalten lassen und ab und zu mal abheben.«

Brandenburg verließ den Tagungsort und ging Richtung Tiefgarage. Die Informationsdichte der letzten Stunden summte noch durch seinen Kopf.

»Haben wir den gleichen Weg?«

Überrascht drehte er sich um und erkannte die jüngere Kollegin wieder, die ihn mit ihren Nachfragen überrascht und nach der er erfolglos Ausschau gehalten hatte. Sie ging hinter ihm und hatte ihn eingeholt.

»Was für ein Zufall«, sagte er.

»Wer weiß?«, antwortete sie. »Ich hatte mir ohnehin vorgenommen, Sie anzusprechen. Ich konnte Sie aber vorhin nicht finden.«

»Das liegt an uns beiden.« Brandenburg sah sie fragend an.

»Sie scheinen mir jemand zu sein, der immer meint, Antworten finden zu müssen«, setzte sie fort.

»Ich bin Skorpion.«

»Dann sind Sie wohl auch jemand, der meint, nach den Sternen greifen zu müssen?«

»Der Himmel auf Erden reicht mir bisher eigentlich.«
Sie lächelte.

»Warum haben Sie denn so vehement gegen unseren Gedanken geredet, Geocaching-Daten für Ermittlungen zu nutzen«, versuchte Brandenburg das Fragespiel umzudrehen.

»Sich zu vernetzen, halten wir für vernünftig«, antwortete sie. »Doch zuweilen sind die Fäden klebrig und so verzauselt, dass man sich darin verfängt. Wir Geocacher sollten immer das Große und Ganze im Auge behalten.«

»Nach den Ereignissen um diesen Fall bin ich mir nicht mehr sicher, wer mit dem Wörtchen ›Wir‹ gemeint ist. Darf ich fragen, wer zu Ihrem ›Wir‹ gehört?«

»Das dürfen Sie. Ich wünsche Ihnen eine gute Heimfahrt.« Mit elegant geneigtem Kopf und einem Lächeln bog sie nach rechts ab, um auf die Ebene 1 des Parkhauses zu gelangen.

Brandenburg hatte einen Platz dicht an der Einfahrt gefunden und sah schon die seinen Wagen verräterisch markierenden Dachträger. Jeder Schritt platzte in das Echo des

Vorherigen. Von weiter entfernt das Klacken einer Autotür und das Starten eines Motors. Die typische Atmosphäre eines Parkhauses. Auch wenn es voll geparkt ist, wird man von einer eigentümlichen Leere umfangen, die nicht unbedingt zum Verweilen einlädt. Er stieg ein, fand alles unversehrt vor, programmierte sein Navi, um aus Hamburg schnellstmöglich herauszukommen, parkte aus und rollte in die Stadt. Vom Universitätskrankenhaus Eppendorf fuhr er Richtung Winterhude, um dann auf der Fünf zum Horner Kreisel zu gelangen. Der Rest lief extrapyramidal, wie die Mediziner sagen. Es brauchte keine Anstrengung, um auf Heimatkurs zu bleiben, weil die Wegführung fest eingeprägt war. Er schwamm mit dem Verkehr, gelegentliche Spurwechsel, das Wetter war gut, der Tempomat auf einhundertsechzig, Keith Richards spielte »Trouble« exklusiv im Autoradio und Brandenburg sah das Cover vor seinem geistigen Auge, auf dem der Musiker in tiefer Grätsche die Gitarre hielt. Mit etlichen weiteren Keith-Richard-Soli verging die Fahrt wie im Fluge, ohne dass er abheben musste.

»Anna, heute möchte ich mal das Nordmagazin sehen«, rief Brandenburg in die Diele, als er sein Haus betrat. »Stell dir vor, dieser Viktor, der in dem Geocacher-Fall freigesprochen wurde, der uns hier im Garten heimsuchte, der einen falschen Polizisten auf Station spielte und in Berlin im Gebäude der GCP festgenommen wurde, der ist auf der A 20 hinter Güstrow tödlich verunglückt.«

»Kein Problem«, entgegnete sie, noch zwanzig Minuten, solange können wir das Abendbrot vorbereiten. Wir essen dann im Wohnzimmer.«

Beide waren allein im Haus. Sie rückten sich die Stühle zurecht und nahmen Platz. Das Nordmagazin begann mit dem Nachrichtenüberblick. Nach einigen Minuten der angekündigte Bericht über den Verkehrsunfall. Ein langsamer und viel zu viel Einzelheiten zeigender Kameraschwenk über die Unfallstelle. Es musste eine Kakophonie berstender Teile gewesen sein. Blinkendes Blaulicht strapazierte die Augen. Die Autos der Retter und Einsatzkräfte der Polizei standen schräg durcheinander. Dazwischen Trümmerteile. Der Nachrichtensprecher verlas monoton seinen vorbereiteten Text.

Brandenburg hörte nicht mehr genau hin, weil er plötzlich etwas sah, was ihn erstarren ließ. Anna ging es ebenso. Ungläubig erkannten sie im Hintergrund der letzten Kameraeinstellung, wie eine gebeugt gehende, alte Frau einen Handwagen durch das Bild zog. Sie schien von niemandem beachtet zu werden und war nur für einen kurzen Moment zu sehen. Zwei Sekunden länger vielleicht wehten noch bunte Bänder, die an ihrer Jacke hingen und mit jedem ihrer Schritte aus dem Bild gezogen wurden, beinahe, als ob sie winken würden, so wie man früher mit Tüchern in der Hand einem ausfahrenden Zug zum Abschied hinterher grüßte, bis er kleiner werdend mit der Ferne verschmolz.

Dritter Epilog

Geschüttelt oder gerührt?

Die Männer schlürften genüsslich einen Cocktail, während sie aus bequemen Stühlen auf die Marina von Ponta Delgada blickten. »Weiß gar nicht, warum die Kernbach keine Cocktails mag«, sagte der eine.

»Vielleicht hat sie noch keiner auf den Geschmack gebracht«, entgegnete der andere, wobei sich beide mehrdeutig und breit grinsend zulächelten, weit weg von zu Hause, unbeobachtet und sicher.

»Wie lange sollen wir hier abhängen? Auf die Dauer ist das auch nichts.«

»Besser als zu Hause. Da stünde jeden Tag einer auf der Matte, der blöde Fragen stellt.«

»Hast ja recht, aber trotzdem, ich brauche immer ein Ziel, eine Perspektive, wo soll das hingehen? Was wird weiter?«

»Du bist ungeduldig. Es konnte so auf die Dauer auch nicht weitergehen. Wir waren naiv, nur weil es eine Zeit lang ging. Wir hätten früher beidrehen sollen.«

»Beidrehen? Du bist gut. Dann wären wir auch auf Grund gelaufen.«

Der Ältere stand auf, sah auf seinen Begleiter herab und sagte in einem noch dienstlich gewohnten Tonfall, als wollte er den Tagesbefehl verkünden: »Komm mit!«

Die beiden gingen zu ihrem kleinen Mietwagen. Auf der Rückbank lagen noch von der letzten Tour nach Vila Franca do Campo zwei Wasserflaschen, Badehosen, Handtücher, eine untaugliche Landkarte im Touristenformat und etwas zum Überziehen.

»Hast du gestern Abend das Gesicht der Barfrau gesehen? Die dachte bestimmt, hier wird der neue Bondfilm gedreht.«

»Ich habe ihr Gesicht gesehen, mein Lieber. Nur hat mir das nicht gefallen und ich finde das auch nicht so lustig wie du.«

»Ist ja gut, das war doch eine Steilvorlage, wenn sie mich fragt, wie ich meinen Martini will.«

»Sicher, aber wenn sie dich das auf Deutsch fragen kann, hat sie vielleicht auch mitbekommen, was wir beide uns vorher auf Deutsch erzählt haben! Wir müssen vorsichtig sein!«

Harry verstummte, während sein früherer Chef das Auto aus Ponta Delgada heraus nach Nordwesten navigierte.

»Wir sind hier nicht im Urlaub, Harry! Lustig war mal. Die haben uns hochgezogen und wir können froh sein, dass die Organisation noch funktioniert. Sonst hätten wir nicht so ein Hotel, weit weg vom Gesundheitsland Mecklenburg-Vorpommern.«

Harry Stein gab ihm ohne Worte recht und besah sich die vorbeiziehende Landschaft. »Wo willst du hin?«, fragte er kleinlaut.

»Nach Ponta da Ferraria. Da soll es so ein Naturbadebecken zwischen den Klippen geben. Das wird von einer Thermalquelle schön warm gehalten. Da sollten wir mal

rein. Hilf mir und schau auf die Karte! Wir sollen der EN 1
1 A folgen.«

»EN 1-1 A? 1A hätte auch gereicht oder A 1, wie es bei uns
heißen würde.«

»Darüber brauchen wir nicht philosophieren. Sag mir lieber, wo ich langfahren soll!«

»Wie weit ist das denn?«

»Circa 25 Kilometer. Sieh auf die Karte und nicht nach
vorn, das mache ich schon! Sag mir rechtzeitig, wo ich ab-
biegen soll, und nicht erst als Nachlese, wenn wir zehn Kilometer zu weit sind!«

Es war schon später Nachmittag, als sie sich auf der Azo-
reninsel Sao Miguel dem kleinen Ort Ginetes näherten. Vor
ihnen floh ein Regenschauer der frischen Atlantikbrise und
die Sonne zauberte einen beinahe unwirklich schönen Re-
genbogen, so scharf gezogen und so kontrastreich, als ob
sich bunte Bänder spannen würden, um jegliches Entkom-
men zu verhindern. Sie hielten am Straßenrand, um dieses
Naturschauspiel zu genießen. Wenig später fanden sie den
Weg hinunter zur Felsenküste. Die Straße endete nach einigen Serpentinen auf einem Parkplatz, der kaum besucht war.
Sie stellten das Auto ab, nahmen ihre Sachen und schlen-
derten gemächlich einer Beschilderung folgend zum *Natu-
ral Swimming Pool*. Dabei blies ihnen ein stärker werdender
Wind entgegen, der gleiche Wind, der schon den Regenschauer vertrieben hatte. Sie erreichten einen überdachten
Umkleideplatz, nicht mehr als betonierte Kabinen und ein-
gefasste Duschen. Ein schmaler werdender Pfad endete vor

braunschwarzer Lava, die zu einem unbarmherzig scharf-kantigen Gestein erstarrt war. Mit vorsichtigen, ausgewähl-ten Schritten und ungelenken Armbewegungen, um das Gleichgewicht zu halten, näherten sie sich einer Leiter aus Edelstahl, die hinunter in das Wasser führte. Sie legten die Handtücher ab, streiften die Badelatschen von den Füßen und stiegen wie die Lemminge hinunter.

Das Wasser hatte jetzt im September noch gut 20 Grad. Dazu strömte immer mal ein Schwall heißen Wassers aus uralten tektonischen Spalten in das Meer. Für norddeutsche Verhältnisse war es geradezu paradiesisch, für verwöhnte Genießer eine undenkbare Badetemperatur. Vielleicht war das der Grund, dass die beiden Männer bis auf ein älteres Ehepaar dort allein waren. Die Wogen der See liefen in das Becken, sodass auf der letzten Stufe der Badeleiter das Was-ser schnell zwischen knie- und brusttief schwankte. Quer durch den Pool war ein Haltetau gespannt, um nicht von der Brandung gegen die Klippen geschleudert zu werden. Beide Männer bemühten sich, an das Tau zu kommen. Die Meldung vom Tode Viktors hatte sie nicht mehr erreicht.

ENDE

Danksagung

Dank und Respekt möchte ich den vielen Kolleginnen und Kollegen aller Qualifikationen aussprechen, ohne die Rechtsmedizin nicht möglich ist: Morphologie (insb. Traumatologie, Pathologie), Toxikologie, Genetik, Psychiatrie, Psychologie, Klinische Medizin, Labormedizin, öffentlicher Gesundheitsdienst, Rechtswissenschaften, Polizei, technische Sachverständige uvm.

Großer Dank gilt meiner Familie, besonders meiner Frau für unermüdliche Korrekturhinweise, und natürlich dem Lektor des Hinstorff Verlages, Henry Gidom.

Bei HINSTORFF bereits erschienen:

ISBN 978-3-356-01218-7 | Euro 12,90